Tara Duncan Le Livre Interdit

타라 덩컨

비밀의 책

TARA DUNCAN, Le Livre Interdit
by Sophie Audouin-Mamikonian

Copyright© Editions du seuil, Paris, 2004
Korean Translation Copyright©SODAM Publishing Co., 2005
All rights reserved.
This Korean edition was published by arrangement with Editions du Seuil, (Paris)
through Bestun Korea Agency Co., Seoul

이 책의 한국어판 저작권은 베스툰 코리아 에이전시를 통해 저작권자와의 독점계약으로 소담출판사에 있습니다.
저작권법에 의해 한국 내에서 보호를 받는 저작물이므로 무단전재와 무단복제를 금합니다.

TARA DUNCAN Le Livre Interdit
타라덩컨
비밀의 책 ④

펴 낸 날 | 2005년 10월 5일 초판 1쇄
2017년 11월 20일 초판 32쇄

지 은 이 | 소피 오두인 마미코니안
옮 긴 이 | 이원희
펴 낸 이 | 이태권
펴 낸 곳 | ㈜태일소담
서울시 성북구 성북동 178-2 (우)136-020
전화 | 745-8566~7 팩스 | 747-3235
e-mail | sodam@dreamsodam.co.kr
등록번호 | 제2-42호(1979년 11월 14일)

ISBN 978-89-7381-955-3 03860
978-89-7381-857-0 (세트)

● 책 가격은 뒤표지에 있습니다.
● 잘못된 책은 구입하신 곳에서 교환해드립니다.

www.dreamsodam.co.kr

Tara Duncan Le Livre Interdit

타라 덩컨

비밀의 책

소피 오두인 마미코니안 지음 | 이원희 옮김

소담출판사

필리프, 디안과 마린, 유머 감각과 명철한 감각으로 아내와 엄마를 열렬하게
지지해주는 나의 정겹고 명쾌한 가족에게 이 책을 바친다.
사랑하는 이들이여, 당신들이 없었다면 이 책은 존재하지 못했을 것이다.

— 소피 오두인 마미코니안

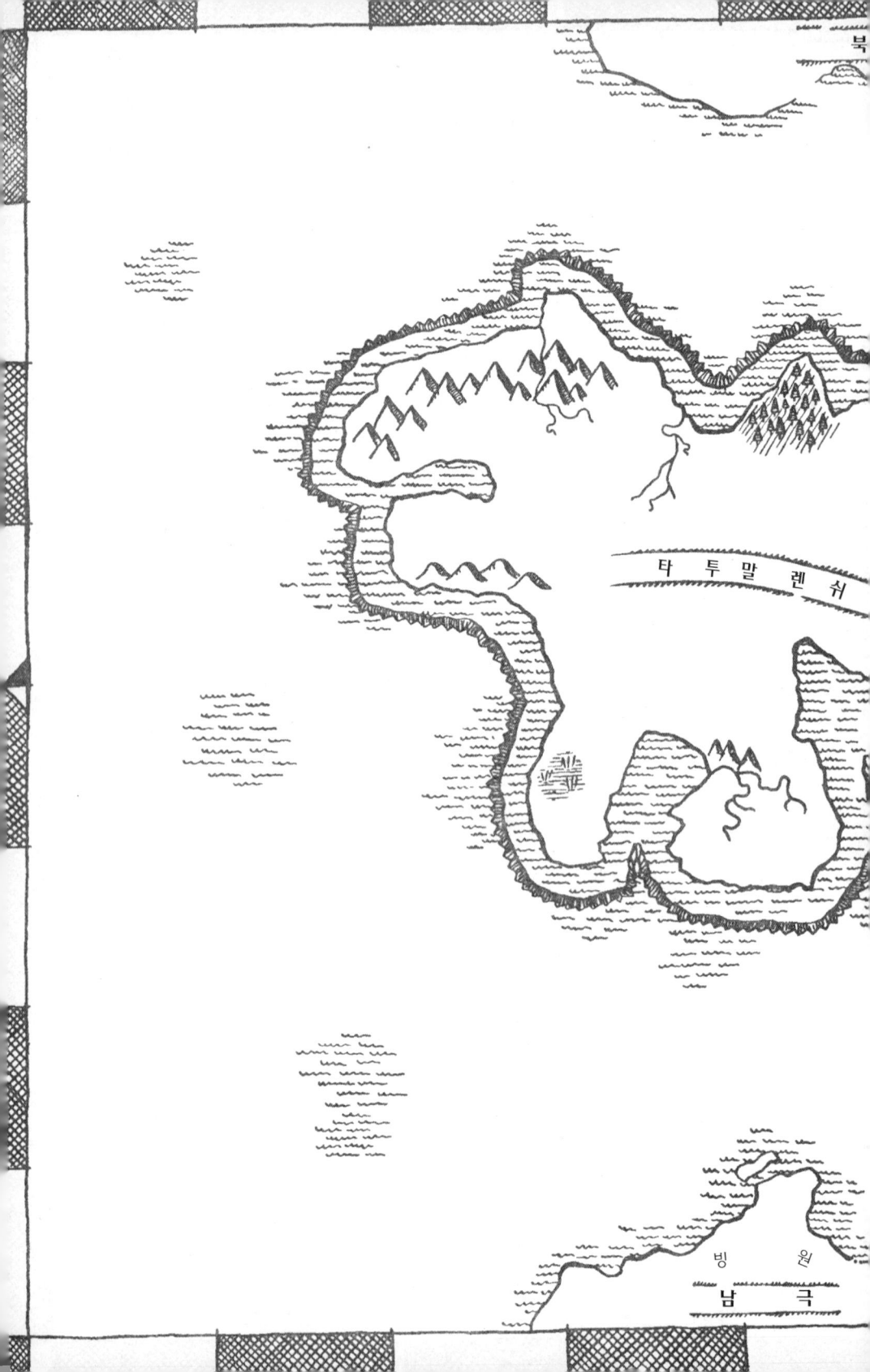

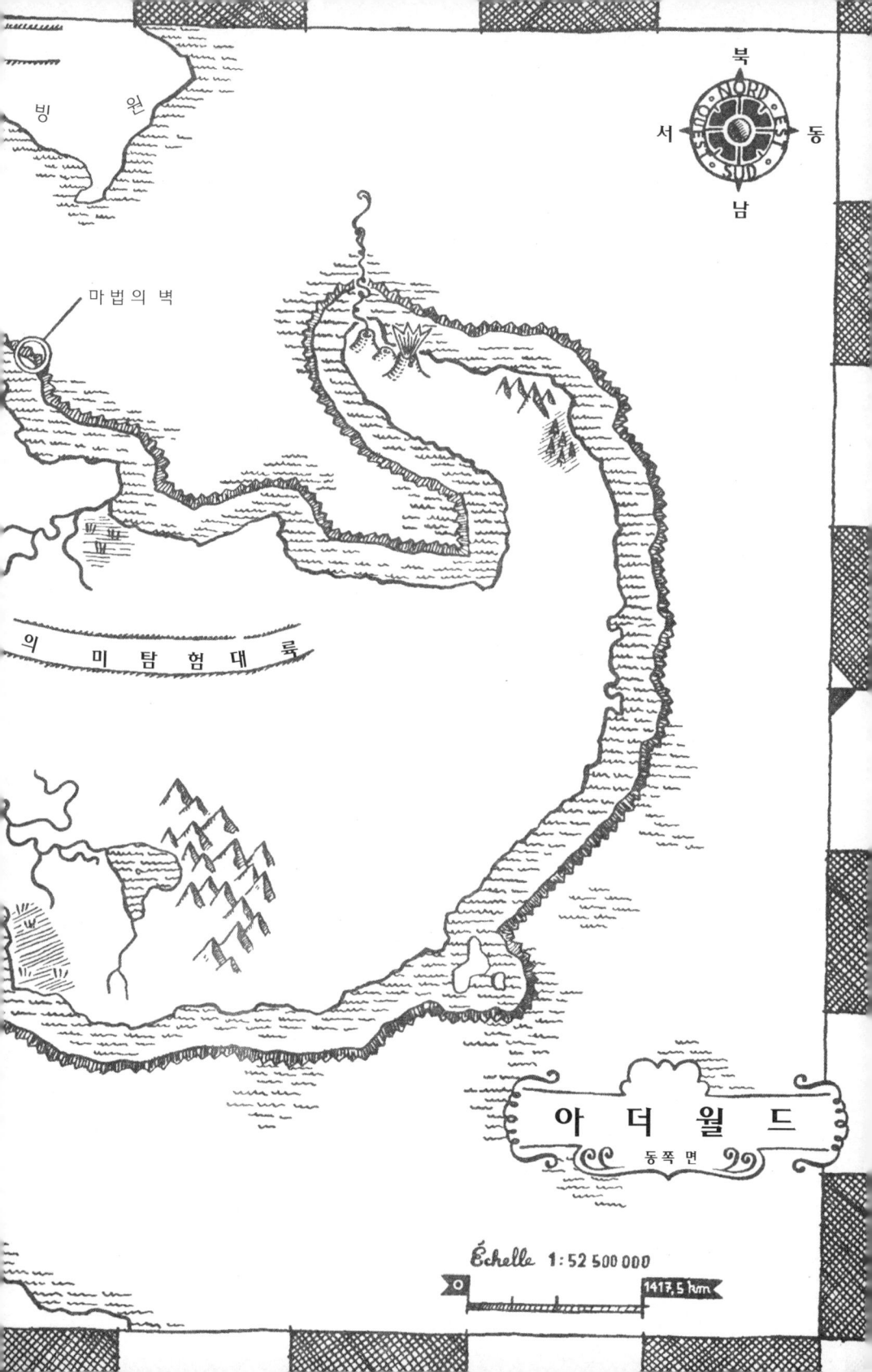

Tara Duncan Le Livre Interdit

타라 덩컨
비밀의 책 상 | 차례

1장	체포	14
2장	살인 누명	35
3장	진실의 입	69
4장	오무아 제국의 진실	91
5장	땅 신령들의 납치	131
6장	파란 땅 신령	147
7장	크리스털 함정	177
8장	치명적인 주문	201
9장	미지의 목적지	220
10장	흑장미의 전령	247

아더월드의 용어 해설 269

비밀의 책 상

1
체포

*

보스의 마스크가 분노의 검은색으로 지글지글 타고 있었다. 한 줌의 재는 감히 자기를 방해하는 미치광이들에게 본때를 보여주겠다는 표시였다. 그래서일까, 갑자기 그를 둘러싼 시커먼 실루엣들이 눈썹 하나 까딱하지 않으려고 애를 쓰고 있다.

"그 머저리가 감히 나한테 도전을 하다니! 아주 잘됐어. 그런데 그자를 공식적으로는 제거할 수 없단 말야. 다른 상그라브들이 용서하지 않을 테니. 하지만 사고라면……."

상그라브들의 보스는 마음을 굳힌 듯 웃음을 터뜨렸고, 마스크도 서서히 만족스런 파란색으로 물들었다.

"바로 그거야. 사고로 위장해서 내 적수를 없애고 동시에 그 계집애를 함정에 빠트리는 거야. 기막힌 우연의 일치처럼! 일단 계집애를 붙잡아두기만 하면 악마의 능력을 가진 모든 사물들에 접근할 수 있게 돼. 그렇게만 되면 그 무엇도 나를 막을 수 없다! 이제 우리가 할 일은……."

보스가 방금 세운 복잡한 계획을 들으면서 검은 실루엣 중의 하나가 몸서리친다. 안 돼, 그럴 순 없어! 그 계집애는 산 채로 잡아오면 안 돼. 이젠 선택의 여지가 없군.
    타라 덩컨은 죽어야 해!

*

    그림자 하나가 살금살금 벽을 따라 미끄러지듯 빠져나갔다. 창문을 통해 줄기차게 쏟아지는 하얀 달빛 때문에 그림자는 나직한 소리로 툴툴거렸다. 그림자는 의자와 책상, 침대의자들을 요리조리 잘도 피하면서 계속 전진했다. 그림자의 목적은 문의 형상을 하고서 노기 띤 말소리가 새어나오는 사무실로 접근하려는 것 같았다.
    그림자는 좀 더 가까이 문에 접근하더니 호주머니에서 투명한 물건을 꺼내 조심스럽게 벽에 댔다.
    말소리가 들리는지 그림자가 배시시 미소를 지었다. 이제는 똑똑히 들리는 데다 아주 흥미롭기까지 한 모양이다.
    제일 먼저 들리는 것은 용 마법사 솀나샤오비로다인트라쉬부의 목소리였다. 아무래도 솀 선생님이 변명을 하느라고 쩔쩔매는 것 같았다. 점잖지만 힘겹게 발음하고 있는 두 번째 목소리의 주인공은 개 마법사 마니투였다. 화가 잔뜩 난 카랑카랑한 세 번째 목소리는 안 봐도 뻔했다. 그건 타라의 할머니인 강력한 마법사 이사벨라 덩컨의 목소리였다. 마지막으로 들리는 아주 차분한 음성, 그건 보나마나 이사벨라의 딸이자 타라의 어머니인 셀레나 덩컨의 목소리였다.
    "아니! 절대로 용납할 수 없는 일이오!"
    이사벨라가 냅다 소리쳤다. 어떤 질문에 대한 대답이 분명했다.

"일주일이나 지났는데도 난 도저히 화가 나서 참을 수가 없어요! 정말 기가 막혀서. 타라가 납치되었는데 나한테 알리지도 않다니! 셈, 당신이 아직까지 양서류 동물이 되어본 적이 없다면 내가 당장 두꺼비로 둔갑시켜주겠소!"

"크흑, 그것만은 제발, 이사벨라!"

용 마법사는 기겁하면서 항의했다.

"이래 봬도 파충류에 속하는 몸인데! 나를 모욕하지 말아 주시요. 그 상황이라면 당신이라고 별수 있었겠소? 손톱이나 손가락을 물어뜯는 거 말고!"

"그래도 끝까지 사과를 하지 않는군요, 셈. 내 성질을 뻔히 알면서."

원한에 사무친 이사벨라는 분통을 터뜨렸다.

"하지만 결과적으로는 오히려 다 잘되지 않았소. 타라를 무사히 찾았고, 납치되었던 수석 조수들도 구출했고, 또 마지스터를 물리쳤으니."

용 마법사가 응수했다.

"쯧쯧쯧!"

마니투가 못마땅한 어조로 쏘아붙였다.

"하지만 그건 당신이 해낸 일이 아니오. 당신의 도움 없이 타라와 파브리스, 로빈, 파프니르, 무아노와 내가 잿빛 요새를 탈출했으니까. 마지스터를 묵사발로 만든 것도 우리지 당신이 아니오!"

궁지에 몰린 용 마법사는 재빠르게 화제를 바꿨다.

"묵사발이란 말이 나와서 하는 말인데……."

용 마법사는 억지로 꾸민 부드러운 목소리로 속삭였다.

"랑코비트에 몇 건의 고소장이 접수되었지요. 당신을 갈기갈기 찢어 발기겠다고 잔뜩 벼르고 있는 여자 마법사들이 여섯 명이나 있더군요!"

마니투는 한숨을 푹 내쉬었다.
"이거야 원! 도대체 내가 또 뭘 어쨌다는 게요?"
"12년 전에 그 여자들에게 물약을 팔았더군요. '영원한 젊음'의 묘약이었다는데 젊음은커녕 하루아침에 쉰 살로 폭삭 늙어버렸답니다. 그 사례의 여자들이 무더기로 나타난 건 며칠 전이었는데…… 나도 똑같은 사례의 환자 한 명을 1년 전부터 치료하고 있단 말이지요. 그런데 문제는 당신의 물약으로 인한 부차적인 결과가 아주 복잡하다는 겁니다. 내가 설사 별 문제없이 다른 여자들에게도 원래의 모습을 되찾아준다고 해도 그 부차적 결과는 아무래도 치유가 불가능할 것 같으니……."
"이게 무슨 날벼락인지!"
마니투는 구시렁거렸다.
"난 그런 걸 판 기억이 없으니 정말 미치고 팔짝 뛰겠군! 그런데다 난 당신을 도와줄 수도 없단 말이오! 내 정신은 온전하지 않으니까. 난 한 달 전에야 정신을 되찾았고, 내 기억은 구멍난 정도가 아니라 한없이 깊은 늪이란 말이오!"
"마니투, 당신이 지구에 있다는 것, 그리고 사냥개로 둔갑해 있다는 걸 아는 사람이 거의 없다는 게 그나마 다행인 줄 아시오. 그렇지 않았다면 당신의 목숨을 그 여자들에게 넘기지 않고는 배기지 못했을 테니까!"
용 마법사의 말에서 빈정거림이 스며 나왔다.
"그 여자들이 나를 그 정도로 원망하고 있단 말이오?"
"원망뿐이겠소? 스무 살의 꽃다운 모습으로 잠자리에 든 여자들이 다음 날 아침에 연인 또는 남편 옆에서 할머니의 모습으로 눈을 떴으니! 그 충격이 어땠을지 상상해 보세요! 광고에 '영원한 젊음'이라는 문구만 넣지 않았어도 좋았으련만!"

"가진 재주가 발명인지라 아버님이 마법을 쓰기로 결정하자마자 일으킨 문제에 대해서는 내가 왈가왈부하고 싶지 않군요."

이사벨라가 떨떠름한 목소리로 그 대화를 중단시켰다.

이사벨라는 용 마법사가 그 난처한 상황을 그런 식으로 미꾸라지처럼 빠져나가게 할 생각이 없다는 얼굴로 말을 이었다.

"그러니까 좀 전에 하던 얘기로 돌아가지요. 그 마지스터라는 상그라브가 지구와 림보 사이의 지각단층을 열 뻔했다는 건 엄청난 사건입니다. 하마터면 악마들이 지구를 침략할 뻔했는데, 물약보다는 그 사건이 훨씬 중요한 문제란 말이오. 그리고 셈, 당신은 정말 운이 좋았던 겁니다. 타라가 실루르의 옥좌를 파괴할 정도로 영리하고 강력한 능력을 가졌기에 망정이지!"

"자, 이제 그만 합시다. 얼마든지 일어날 수 있는 일을 가지고 우리가 했어야 한다느니, 하지 말았어야 한다느니 따위의 말싸움으로 서로를 헐뜯지는 맙시다."

계속되는 악다구니에 귓속이 윙윙거리는 용 마법사가 딱 잘라 말했다.

"이사벨라, 어쨌거나 죽은 줄 알았던 딸을 찾았고, 손녀딸도 무사히 돌아왔으면 된 거 아니오? 그러니 이제는 다른 문제들을 논의하도록 합시다. 가면 속의 마지스터는 누구인가? 그자가 타라에게 말했다는 사냥꾼은 누구인가? 그리고 타라를 소용돌이 속으로 빨려들게 해서 죽이려고 한 자는 누구인가? 범인이 마지스터가 아니었던 건 분명합니다. 악마의 능력을 가진 사물들에 접근할 수 있는 유일한 열쇠가 타라인데 마지스터가 그 애를 죽일 리가 없지요. 우리가 아직 실마리도 풀지 못한 의문들이 이 정도로 많단 말입니다. 생각하기도 싫은 일들이지만."

"흠! 리지보누스 주문에 대해서는 어떻게 생각하시오?"

골똘히 생각에 잠겨 있던 마니투가 입을 열었다.

이어지는 침묵에 그림자는 셈 선생님이 몹시 당황하고 있음을 알았다.

"뭐라고요?"

"마지스터가 맨 처음 타라를 납치하려고 했던 건 한 달 전이었소. 그자는 그 기회에 상그라브 한 명을 보내서 이사벨라를 제거하려고 했지요."

마니투는 웃음을 머금은 목소리로 설명했다.

"그런데 그때 사용했던 주문이 좀…… 해괴했단 말이오. 처음에는 돌처럼 굳어버리게 하는 리지디푸스 주문이었는데 도중에 그 광선이 태워버리는 카르보누스 주문으로 바뀌었지요. 그래서 내가 그 주문을 '리지보누스'라고 이름 붙인 것이오. 리지보누스 주문이 이사벨라를 정어리처럼 지글지글 구우려는 순간, 타라가 그 불타는 광선을 낚아채서, 정말 알 수 없게도 그 상그라브의 얼굴을 정통으로 맞췄지요. 그자는 중상을 입은 데다 이중 주문까지 걸려 있어서 타라가 아니면 나을 수가 없단 말이오. 그자의 얼굴은 분명히 스테이크가 되어 있을 게요. 그것도 아주 바싹 구워진 스테이크로."

"윽! 제발!"

셀레나가 끼어들었다.

"그렇게까지 자세하게 묘사할 필요는 없잖아요. 그러니까 타라가 죽으면 자동으로 그자가 낫는다는 거죠?"

"그래, 바로 그 말이다!"

마니투는 흡족해했다.

"그걸 단서로 범인을 붙잡을 수 있지 않겠소?"

"내 생각은 달라요."

용 마법사는 잠시 생각하다가 말했다.

"그건 아마 대단한 효과는 없을 게요. 고통이야 몹시 심하겠지만 내 생각에 그자가 지금 할 수 있는 건 물집 작전밖에 없을 겁니다."

"물집이라니요?"

약간 업신여기는 듯한 목소리로 용 마법사가 설명했다.

"네, 물집 작전. 그자는 화상의 고통을 가라앉히기 위해서 머리에 얼음물을 뒤집어쓰고 있을 게 틀림없어요. 고통의 비명을 지를 때마다 수많은 물집이 생기겠지요. 따라서 불타는 얼굴은 단서가 되지 못할 게요."

셈 선생님의 블랙유머에 침묵이 흘렀다.

"타라가 마지스터의 빗에서 머리칼을 채취해 왔는데 그게 단서가 되지 않겠소?"

마니투가 생각에 잠긴 얼굴로 물었다.

"잿빛 요새를 기습했을 때 우리도 마지스터의 빗과 옷가지, 심지어는 팬티까지 회수해 왔지요. 엘프 사냥꾼들의 수사본부에 의뢰했지만 모조리 악마의 마법에 걸려 있어서 알아낸 것이 없소. 그 비열한 작자의 정체도, 위치추적도 불가능했지요."

"마지스터는 언제나 마스크를 쓰고 있었어요."

셀레나가 끼어들었다.

"10년 동안이나 갇혀 있었지만 그자가 누군지 전혀 모를 정도로 그는 주도면밀한 사람이에요."

"유감스럽게도 나는 해줄 말이 없군요."

이사벨라는 여전히 성난 목소리로 대화를 중단시켰다.

"그 일에서 난 제외되어 있으니까. 그런데 그보다 더 중요한 의문이 있소. 타라가 오무아 제국의 후계자라는데 앞으로 그 문제는 어떻게 해야 하는 겁니까? 나한테 몇 가지 생각이 있긴 한데……."

벽에 달라붙은 그림자는 끽소리도 내지 않고 귀를 기울이고 있었다. 엿듣느라고 정신이 없는 그림자는 등뒤로 소리 없이 나타나는 덩치 큰 동물을 보지 못했다. 동물은 귀를 쫑긋 세운 채 먹이를 향해 살금살금 다가섰다. 갑자기 그림자가 움직이자, 동물은 바닥에 납작 엎드려서 꿈쩍하지 않았다. 그러고는 축 처진 입술을 위로 젖히면서 번뜩번뜩한 송곳니를 드러냈다. 신비의 육감이 작동한 것인가, 그림자가 휙 돌아봤지만 이미 때는 늦었다.

고양이과 동물이 느닷없이 달려들었고, 둘은 그대로 나뒹굴었다.

으악! 사람의 비명소리에 이어지는 맹수의 으르렁거리는 울음소리, 쨍그랑! 유리 깨지는 소리……, 셈 선생님과 셀레나, 마니투, 이사벨라는 소스라치게 놀랐다.

사무실 문을 벌컥 열어젖히던 셀레나는 아연실색했다. 누런 동물에게 깔린 채로 박살난 유리파편들 위에 나자빠진 갈색머리 소년, 거기에다 동물은 다정하게 소년의 얼굴을 핥고 있으니.

"이러면 재미없지!"

소년이 그 까칠까칠한 혀를 피하려고 얼굴을 요리조리 돌리면서 악을 썼다.

"완전히 돌았어! 사람한테 이런 식으로 덤벼들면 곤란하잖아!"

"칼? 너 여기서 뭐 하는 거니?"

마니투가 외쳤다.

"놓아줘, 셈보르!"

셀레나가 자신의 패밀리어에게 명하자, 퓨마는 마지못해서 먹이를 놓아주었다.

셀레나는 칼을 일으켜주었다.

타라 덩컨 21

"저기 그냥…… 이 앞을 지나가고 있는데…….."

칼은 주뼛주뼛 중얼거렸다.

"새벽 2시에?"

이사벨라는 가차없이 그 말을 가로막았다.

"2시요?"

칼은 순진한 얼굴로 잿빛 눈을 똥그랗게 뜨면서 외쳤다.

"그렇게 늦었어요? 이런, 가서 자야겠어요. 시끄럽게 한 걸 용서해주세요!"

칼이 잽싸게 내빼려고 할 때, 셈 선생님이 목덜미를 움켜잡으면서 말했다.

"잠깐! 한밤중에 네가 여기서 뭘 했는지 알아봐야지."

셈 선생님이 바닥으로 눈길을 던지면서 주문을 외웠다.

"*레파루스의 이름으로 깨진 조각들은 냉큼 다시 붙을지어다!*"

즉시 바닥에 흩어진 유리 파편들이 한데 모여 만들어진 유리컵이 얌전히 떠오르자, 셈 선생님이 덧붙였다.

"한밤중에 유리컵……, 그것도 빈 잔이라."

얼른 거짓말로 둘러대려고 하던 칼은 이사벨라의 성난 표정에 단념했다.

"우리 같은 도둑들은 정보가 생명이거든요."

칼은 어깨를 으쓱하면서 고백했다.

"근데 어른들이 비밀리에 모였기에 부엌에서 유리컵을 들고 나와 벽에 대고 엿들었어요."

셀레나는 어이가 없다는 얼굴을 했다.

"유리컵을 대고 들어?"

"도둑의 오랜 수법이거든요. 소리는 공기를 진동시키잖아요. 그러니까 그 진동이 벽에 부딪혀서 유리컵으로 전달되면 방안에 같이 있는 거나 거의 마찬가지로 들리죠."

"저런, 참고 삼아 말하는데 우리는 비밀 얘기를 하고 있는 게 아니었어."

셈 선생님이 너털웃음을 쳤다.

"타라가 납치되었던 걸 알리지 않았다고 이사벨라가 나를 심하게 몰아붙이고 있는 중이었다. 이제 그 얘기는 끝났어. 안 그렇소, 이사벨라?"

이사벨라는 셈 선생님에게 눈을 흘겼다.

"내가 늙은 도마뱀, 당신을 용서했다고는 꿈도 꾸지 마시오. 그 얘기는 나중에 다시 할 거니까 그리 아세요!"

"그놈의 도마뱀, 도마뱀!"

셈 선생님이 탄식했다.

"그래요, 난 파충류요. 하지만 난 파충류 중에서도 고등급이란 말이오. 당신에게 화가 났다고 해서 내가 당신을 늙은 원숭이로 취급한 적 있소? 아니질 않소? 그러니 논쟁할 때마다 족보까지 들먹이며 헐뜯는 일은 하지 맙시다, 우리 제발!"

셀레나의 킥킥거리는 웃음소리에 아랑곳없이 이사벨라는 경멸하듯 초록빛 눈을 찡그리면서 냉랭하게 응수했다.

"틀린 말은 아니긴 한데…… 어쨌거나 셈, 당신은 한심한 멍청이요!"

어휴! 선전포고나 다름없는 말이 아닌가. 이러고 있다가 괜히 고래 싸움에 새우등 터지는 거 아냐, 칼은 슬그머니 내빼기로 마음먹었다. 셀레나가 난처한 미소를 지어 보일 때 칼은 안도의 숨을 내쉬면서 줄행랑쳤다. 한밤의 정탐 작전은 실패로 끝나고 말았다.

칼은 로빈과 파브리스와 같이 쓰는 방으로 돌아갔다. 친구들이 불안한 얼굴로 기다리고 있었다. 칼의 패밀리어인 여우도 덩달아 깨어 있었다.

"어떻게 된 거야?"

파브리스는 비꼬듯이 내뱉었다.

"그렇게 잘난 척하면서 나가더니! 너 뭐라고 했어? 우리들은 소리를 내서 데려갈 수가 없다며 큰소리쳤잖아? 근데 아까 그 소리는 뭐야? 난 집이 아주 폭삭 무너지는 줄 알았네! 음, 좋았어. 첫 글자는 포유류의 몸에 기생하여 피를 빨아먹는 것. 둘째 글자는 똥의 점잖은 표현, 다 합하면 예기치 못한 사태."

"또야?"

로빈이 시큰둥하게 대꾸했다. 걸핏하면 수수께끼를 내는 파브리스의 별난 버릇에 어이가 없다는 얼굴이었다.

반응이 썰렁하니 할 수 없지, 혼자 북 치고 장구 치는 수밖에. 파브리스는 자기가 답을 말했다.

"이변!"

"빌어먹을! 그 멍청한 퓨마 때문이야!"

칼이 씩씩거렸다.

"어느 구석에 숨어 있다가 갑자기 덤벼드는 데야 어쩌겠어."

"어이구, 그러셔!"

하프엘프 로빈이 빈정거리면서 흰털이 희끗희끗한 검은머리를 절레절레 흔들었다.

"도둑 면허 연수생도 별수 없네, 뭐. 그래도 뭔가 알아내긴 했겠지?"

"없어. 셈 선생님과 어른들이 이런저런 얘기를 하고 계셨어. 아니, 정확히 말하면 셈 선생님이 엄청 당하고 있더라고. 손녀가 납치됐던 걸 숨겼다고 타라의 할머니가 불같이 화를 내면서 펄펄 뛰셨거든. 어쨌든 지금으로서는 별일 없는 것 같아."

"그렇다면 휴가를 신나게 즐겨도 된다는 뜻이네."

로빈은 크리스털 같은 눈을 반짝이면서 미소를 지었다.

"난 진짜 지구가 마음에 들어. 아더월드와는 전혀 다른 아주 색다른 면이 있단 말야."

수석 조수들을 무사히 구출한 걸 축하하는 뜻에서 랑코비트의 최고 마법사들은 어린 영웅들에게 20일간의 휴가를 주었다. 그들이 지구에 와 있은 지 어느새 일주일이 지나 있었다. 애석하게도 개학이 코앞에 다가왔기 때문에 타라는 이틀 후에는 학교로 돌아가야 했다.

아더월드에서 지구로 돌아왔을 때, 파브리스는 친구들에게 성에서 지내라고 제안했다. 하지만 타라의 할머니에게서도 초대를 받은 두 친구는 타라와 무아노와 같이 지내고 싶어했다. 그러자 이사벨라는 소외되는 느낌을 갖지 않게 파브리스도 초대했고, 그 바람에 셀레나와 셈 선생님까지 묵고 있는 장밋빛 저택은 초만원이 되었다.

물론 마법을 사용하면 간단하게 해결될 일이었다. 그러나 낡은 저택이 하루아침에 베르사유 궁전처럼 으리으리하게 변했다가는 동네사람들의 시선을 끌 게 뻔했다. 그래서 이사벨라는 그들을 수용하기에 적당한 크기로 방들을 넓히는 정도로 만족했다.

얼마 후, 들릴 듯 말 듯 조심스러운 노크 소리에 소년들은 후닥닥 이불을 뒤집어썼다. 괜한 소동이었다. 얼굴을 들이민 사람은 셀레나도, 이사벨라도 아니었다. 바로 타라와 무아노가 그들의 패밀리어인 페가수스 갈랑과 표범 쉬바를 데리고 온 것이었다. 하도 오랜만에 맞는 평화로운 날들이라서 오히려 쉬이 잠이 오지 않는 걸까. 두 소녀는 다정한 눈길로 친구들을 쳐다봤다. 운동선수 같은 체격의 금발 파브리스, 키는 작아도 동작이 민첩하고, 천사의 얼굴을 하고 있는 칼리반, 이 두 친구보다 훨씬 큰 키에 크리스털처럼 해맑은 눈의 하프엘프 소년 로빈이 두 소녀에게 미소를 보냈다. 그렇게 한자리에 모인 그들의 모습은 한 폭의 멋진 그림이었다.

칼이 정탐을 나갔다가 실패한 경위를 들으며 타라와 무아노가 배를 잡고 웃어대는 바람에 그 평온한 그림이 약간 망가졌다.

"너네 정말 이러기야?"

칼이 으르렁거렸다.

"그만 좀 웃어라. 나 졸리니까 나가, 빨리!"

타라는 자기를 도와주려고 그렇게까지 애쓰는 친구가 고마웠다. 타라의 다정한 포옹에 칼은 금세 얼굴이 빨개졌다. 친구들이 어찌나 웃고 떠들어대는지 타라의 애정 표시가 좀 구겨지긴 했지만.

다음 날 아침, 다섯 명의 어린 마법사들은 근처로 소풍을 가기로 했다.

"자전거를 타고 가자. 쭉 둘러보는 데는 최고야."

타라가 제안했다.

"뭐를 타?"

자전거라는 걸 본 적이 없는 칼과 무아노, 로빈이 물었다.

"이거야."

타라는 짓궂은 미소를 지으며 자전거에 올라앉았다.

"이렇게 앉아서 페달을 밟기만 하면 굴러가. 자, 봐. 아주 쉽지?"

칼은 저택의 잔디밭에서 두 번이나 보기 좋게 코방아를 찧었다. 길가에서 허리를 꺾으며 미친 듯이 웃어대는 타라와 파브리스를 보면서 망신살이 뻗친 칼은 그들을 감쪽같이 속이기로 마음먹고 슬그머니 주문을 외웠다.

"스타빌루스의 이름으로 내가 잘 굴리고, 내가 더는 미쳐 날뛰지 않기를!"

아더월드에서보다는 지구에서의 마법이 확실히 덜 강력한데도 평형 주문이 작동했다. 자전거가 아주 똑바로 굴러가기 시작했다.

"저, 저건 속임수야!" 하고 소리치던 무아노는 아름드리 마로니에를 피하기 위해 전속력으로 굴러가는 자전거에 몸을 내맡겼다.

"어유, 이 자전거 진짜 장난이 아니네."

로빈이 투덜거렸다.

"이제 더는 못 참겠다. 스타빌루스의 이름으로 나 평형을 유지하고 넘어지지 않기를, 그리고 내 몸이 자유로워지기를!"

타라는 똑같은 주문인데도 로빈의 주문이 확실히 칼의 주문보다 더 점잖다고 생각하면서 빙긋이 웃었다.

으악! 그때 갑자기 무아노가 비명을 질렀다. 자전거와 몸이 따로 놀던 무아노가 장미나무를 향해 질주하고 있었다. 어머 저걸 어째, 장미의 가시…… 게다가 엄청나게 길기까지 한데…….

무아노는 본능적으로 변신했다.

400년 전 무아노의 조상을 야수로 둔갑시켰던 저주가 순간적으로 작동한 것이다. 그 왜소한 글로리아 다비일 공주는 온데간데없고 흉측한 야수가 나타났다. 키가 무려 3미터에다 곰도 아니고 황소도 아니고 늑대도 아닌 무시무시한 잡종 동물의 모습이었다. 거기에 삐죽삐죽한 송곳니하며 갈퀴발톱, 세상에 무서울 게 없는 정신이상자라도 덜덜 떨게 만들 괴물딱지가 아닌가.

그 변신은 자전거에 치명적이었다. 장미나무는 오죽했을까. 무아노의 옷도 갈기갈기 찢겨나갔다.

"휴!"

무아노는 그 커다란 털북숭이 몸을 일으키면서 종알댔다.

"미안해! 내가 자정거를 망가뜨린 것 같아!"

"자정거가 아니라 자전거야."

타라는 얼른 발음을 수정해 주고 나서 웃지 않으려고 볼의 안쪽 살을 깨물었다.

"자전거가 부서진 건 괜찮아. 근데 있잖아, 무아노?"

"응?"

머리에 뒤집어쓴 장미꽃들을 터느라고 몸을 마구 흔들어대면서 야수가 대답했다.

"여기 사람들은 너 같은 동물에 익숙해 있지 않거든. 그래서 말인데 다시 변신해 주겠니?"

"아참! 그렇지, 미안해! 옷 갈아입고 올게. 바지가 너덜너덜해졌어. 이런, 셔츠도 그러네. 금방 돌아올게."

로빈은 손짓 한 번으로, 아니 마법으로 망가진 자전거를 새것으로 만들었다.

타라의 페가수스 갈랑, 무아노의 은빛 표범 쉬바, 칼의 여우 블롱딘은 최근 며칠간의 모험으로 피곤해서 저택에 남아 있기로 했다.

지구의 여름은 이번만은 여름의 참맛을 제대로 한번 보여줄 작정을 한 듯이 화창하고 상쾌했다. 자전거를 타고 폐허가 된 요새들을 구경하고 나서 준비해 간 도시락을 맛있게 먹은 뒤에(아더월드의 세 아이들은 프랑스 치즈 냄새에 익숙해지는 데 몹시 애를 먹었다!) 그들은 돌아왔다.

저택으로 이르는 길에 접어들었을 때였다. 맨 앞에서 신나게 페달을 밟던 타라가 갑자기 멈추었다. 스무 명 가량 되는 검은 옷차림의 남자들이 집을 포위하고 있는 게 아닌가!

이런 저런 생각할 것 없이 타라는 수풀 속에 자전거를 눕혀놓고 작은 숲으로 뛰어가서 숨었다. 깜짝 놀란 칼과 무아노, 로빈, 파브리스도 덩달아 몸을 숨겼다.

"왜 그래?"

파브리스가 불안한 얼굴로 물었다.

"우리 집 주위에 수상한 사람들이 있어. 아무래도 집을 포위하고 있는 것 같아. 뭔가 이상해!"

"으음, 안 돼!"

파브리스는 신음소리를 냈다.

"또다시 시작되는 건 아니겠지? 오, 제발!"

"저들이 할머니를 공격하러 온 적이라면 이번엔 큰코다치게 될걸!"

타라는 덤불 사이로 살피느라고 목을 반쯤 잡아 빼면서 말했다.

"셈 선생님과 엄마가 가만 두지 않을 거야. 아주 끝장을 내버릴걸."

"오, 타라! 그렇게까지 적나라하게 말할 필요는 없잖아!"

상상력이 풍부한 무아노가 한 마디했다.

"공격하려고 온 사람들이 아닌 것 같아."

로빈이 유심히 살펴본 뒤에 말했다.

"그냥 가만히 서 있잖아. 마치 뭔가를 기다리고 있는 것처럼."

"음…… 뭔가가 아니면 누군가겠지!"

무아노는 고갯짓으로 타라를 가리키면서 말했다.

"있잖아, 우리 증거가 나타날 때까지 지켜보자. 마지스터가 노리는 사람은 너니까."

파브리스는 놀란 토끼눈이 되었다.

"맙소사, 그럼 아더월드에서 온 사람들이란 말야? 또 상그라브들이라고? 타라를 납치하러 왔다 그거지?"

"어, 글쎄."

무아노가 대답했다.

"상그라브들이라면 마스크를 쓰고 있어야 정상인데, 저 사람들은 아니거든. 또 모르지, 저게 함정일지도. 일단 숨어 있자. 타라, 특히 너는."

타라는 대답할 겨를이 없었다. 그 순간 셈 선생님과 셀레나, 이사벨라, 마니투가 저택 현관에 나타났기 때문이다. 어린 마법사들은 싸울 각오를 단단히 하면서 싸움이 일어나길 기다렸지만 아무 일도 일어나지 않았다. 검은 옷 무리의 대장으로 보이는 사람이 자연스런 태도로 그냥 무슨 말인가를 하고 있었다. 잠시 후, 공중에 홀로그램 같은 것이 뜨더니 작은 실루엣이 엄숙하게 본문을 읊었다.

귀머거리들이 있을 걸 대비한 걸까, 실루엣이 읊어대는 내용이 마치 자막처럼 약간 파리한 불빛 문자로도 새겨지고 있었다. 셈 선생님은 주의 깊게 들으면서 고개를 끄덕이고 있었다.

그들이 있는 곳에서는 선생님의 표정을 읽기 힘들었다. 하지만 타라는 늙은 마법사가 몹시 난처해하고 있음을 느꼈다.

"내 말 잘 들어."

무아노가 말했다. 그녀는 말을 더듬지 않게 된 뒤로 하루가 다르게 대담해져 있었다.

"저녁 내내 이 나무 뒤에 숨어 있을 수는 없어. 우리가 가서 무슨 일인지 알아볼게. 타라는 로빈이랑 여기 있어. 나는 칼과 파브리스하고 저쪽으로 가볼게. 별일 없으면 오라는 손짓을 할게. 위험하면 집으로 그냥 들어갈 테니까 너희 둘은 아더월드의 최고위원회에 연락해서 지원군을 보내달라고 요청해."

"하지만 난 여기 있고 싶지 않아!"

불안해서 죽을 지경인 타라는 반대했다.

"넌 선택의 여지가 없어."

무아노는 단호하게 대답했다.

"우리랑 같이 갔다가 저자들이 너를 붙잡으려고 달려들면 우리는 싸워야 해. 그러면 우리는 목숨을 내놓고 너를 보호해야 되잖아."

"그래도 그런 식으로 이야기 하는 건 너무하다."

타라는 발끈했다. 하지만 무아노는 똑부러지게 말했다.

"그럴지도 모르지. 하지만 어쩔 수 없어. 그럼 이따 봐."

타라가 또 무슨 말을 하기 전에 무아노와 파브리스, 칼은 부리나케 자전거를 타고 저택으로 돌진했다.

타라는 흰 머리털을 질경질경 씹으면서 친구들의 뒷모습을 불안한 눈길로 좇았다. 소풍을 나가느라고 하프엘프의 특징들을 감쪽같이 감추고 있는 로빈도 걱정스런 얼굴이었다.

동그랗게 둘러선 검은 옷의 남자들은 친구들이 지나가도 아무런 반응을 보이지 않았다. 그 무리의 대장이 뭐라고 묻자, 셈 선생님은 칼을 가리키면서 끄덕였다.

그 즉시 두 남자가 칼을 붙잡아서 자전거에서 끌어내렸다.

등골이 서늘해진 타라는 순간적으로 머리가 빠르게 돌아갔다. 내 친구를 붙잡았다! 그렇다면 나를 억지로 굴복시키려고 인질로 잡아두겠단 건데! 저들을 실망시킬 수야 없지!

화가 치민 타라는 자전거에 뛰어올라서 저택을 향해 돌진했다. 로빈은 말릴 겨를조차 없었다.

정말 본의 아니게 마법을 쓰게 되면서부터 타라는 원하는 것을 시각화해야 한다는 걸 깨달았다. 그래서 타라는 그 적들을 전광석화처럼 재빨리 칼과 저택에서 멀리 떨어진 데로 쭉 밀어내는 상상을 했다.

그런데 타라는 한 가지를 잊고 있었다. 아더월드 마법의 저장소인 살아 있는 돌이 호주머니 안에 있다는 것을.

살아 있는 돌은 지능을 갖춘 실체적 존재였고, 흑장미 섬에서 구해 준 뒤부터 강력한 마법으로 타라를 도와주고 있었다. 타라와 살아 있는 돌의 능력이 더해질 때마다 그 둘은 그야말로 움직이는 폭탄이나 다름없었다.

살아 있는 돌은 자기가 일으킬 수 있는 피해에 대한 관념이 없었다. 또 인간들이 약하다는 사실에도 아직은 적응하지 못하고 있었다.

'능력?'

살아 있는 돌이 타라의 머릿속에서 노래불렀다.

'나쁜 짓을 하려는 악당들을 처치할 능력을 원해? 능력을 줄까? 자, 받아!'

타라는 반응할 겨를이 없었다. 갑자기 붕 떠오른 자전거가 매처럼 쏜살같이 날아가는 동안 타라는 핸들을 움켜잡고 필사적으로 버티면서 검은 옷의 남자들 쪽으로 향했다.

흐아아압! 하는 소리에 그 무리가 고개를 쳐들었다.

그런데 이상하게도 기합 소리 '흐아아압'은 호전적 분노보다는 분명히 공포를 나타내고 있었다.

그들은 의아해할 겨를이 없었다. 타라와 살아 있는 돌이 결합한 강력한 마법이 침입자들을 움켜잡더니 칼에게서 20미터 떨어진 곳으로 날려 버렸으니! 아뿔싸, 착지가 장난이 아닐 텐데, 저걸 어쩌나. 이사벨라가 장미꽃과 뽕나무를 좋아하기 때문에 저택은 가시덤불로 둘러쳐 있었다. 가시밭에 나가떨어진 남자들의 울부짖는 소리가 처절하게 울렸다.

자전거는 땅바닥 바로 위에서 아슬아슬하게 멈춰 섰고, 타라가 지르던 공포의 기합 소리도 뚝 그쳤다. 자전거에서 펄쩍 뛰어내린 타라는 주머니 속의 돌을 흘겨보고 나서 홱 돌아서서 손을 폈다. 그 순간 파란 광선이 번쩍이는 것으로 보아 친구들을 도와주러 갈 기세였다.

"칼! 파브리스! 무아노! 도망쳐, 내가 엄호할게!"

타라가 소리쳤다.

하지만 칼은 꿈쩍도 하지 않고 얼떨떨한 표정으로 쳐다보고만 있었다.

"타라! 그만둬!"

셈 선생님이 고함을 질렀다.

"당장 멈춰라! 이 사람들은 오무아 제국의 친위대야!"

셈 선생님의 말이 끝나기도 전에 그들을 구하러 날아오는 갈랑 때문에 혼란이 더 커졌다. 온몸이 가시에 찔린 채 절뚝거리며 걸어오던 친위대 대장은 성난 페가수스의 갈퀴발톱과 싸우게 되면서 그 전설적인 침착성을 잃고 말았다.

바지가랑이를 우지직 찢어놓은 뒤에 재차 공격해오는 페가수스를 향해 손가락질을 하면서 대장은 고래고래 주문을 외웠다.

"*포쿠스의 이름으로 나 너를 마비시키니 이 발작은 당장 멈출지어다!*"

남자의 손에서 발사되는 광선을 피하지 못한 갈랑은 잔디밭에 쓰러졌다.

"오무아 제국 여제의 명이다. 너희들에게 아더월드로 돌아갈 것을 명한다. 지금 즉시!"

불행히도 타라의 반응은 본능적이었다. 자신의 패밀리어를 마비시켰는데 가만히 구경만 하고 있을 타라가 아니었다. 오무아 제국의 친위대 대장이 폼 나게 날아가는가 싶더니 풍덩! 하는 소리가 요란하게 울렸. 그건 보나마나 그가 저택의 수영장에 빠졌다는 뜻이었다!

수영장에서 나온 친위대 대장은 씩씩거리면서 침을 퉤퉤 뱉었다. 그 짧은 공중비행 동안에 검은 망토를 잃어버렸는지, 그는 오무아 제국의 주홍빛과 금빛이 어우러진 제복 차림이었다. 게다가 은폐 주문이 사라지면서 친위대원들은 여러 개의 연장과 둔기를 들고 있는 데 유용한 네 개의 팔들이 고스란히 드러나 있었다.

가슴이 철렁한 타라는 마법능력을 억제했다. 그 싸움에 끼여들 만반의 채비를 하고 있는 살아 있는 돌의 항의에도 불구하고.

"그, 그럼 나를 납치하러 온 사람들이 아니었어요?"

"전혀! 칼리반 때문에 온 거야."

셈 선생님은 눈살을 찌푸리면서 대답했다.

"칼이요?"

영문을 모르는 타라가 물었다.

"그래."

셈 선생님이 침울하게 대답했다.

"칼리반을 체포하러 온 거야. 살인죄로 고소를 당했으니!"

2
살인 누명

"보통 심각한 일이 아냐, 타라."
얼굴이 새파래진 무아노가 말했다.
"안젤리카도 체포되었대. 셈 선생님은 소용돌이에 휘말려 목숨을 잃은 소년의 사고 경위를 설명하라는 이유로 궁전에 소환되셨고, 너와 나도 참석하기를 바란대!"
타라는 어찌나 충격을 받았는지 가슴에 따끔한 통증이 느껴질 정도였다. 칼과 안젤리카가 소년의 죽음에 일말의 책임이 있는 건 사실이었다. 비록 본의 아니게 일어났던 비극이긴 해도.
"내가 동행할 거니까 준비해야……."
셈 선생님이 말했다.
"어림없는 소리요."
이사벨라가 말을 딱 잘랐다.
"타라는 오무아에 갈 수 없습니다!"
친위대 대장은 눈살을 찌푸렸다.
"덩컨 양이 왜 우리의 아름다운 수도로 갈 수 없다는 겁니까?"

대장은 아주 정중하게 물었지만 네 개의 손이 번쩍번쩍한 검들을 향해 조금씩 내려가고 있었다.

"갈 수 없으니까 갈 수 없다는 겁니다!"

이사벨라가 딱 잘라 응수했다.

대장의 얼굴이 굳어졌고, 네 개의 손이 좀 더 내려갔다.

"타라는 이미 여러 차례 죽을 뻔했으니 위험을 무릅쓰면서까지 아더월드로 갈 수는 없지요."

셈 선생님이 능란하게 개입했다.

"타라에게는 너무 위험한 일이오."

친위대 대장의 얼굴로 봐서는 타라야말로 사람들에게 위험한 존재라고 생각하는 것이 느껴졌다. 어쨌거나 그의 주임무는 칼리반을 데려가는 것이지 타라가 아니었다. 타라와 무아노는 참고인 자격으로 참석해 주기를 부탁하는 차원이었다.

"덩컨 양의 안전을 위태롭게 하고 싶은 마음은 없습니다."

친위대 대장은 허리를 굽혔다.

"어제 폐하께 그대로 보고하겠습니다."

하지만 그는 이사벨라를 향해 싸늘한 눈길을 던지면서 덧붙였다.

"그래도 폐하께서 덩컨 양의 출석이 꼭 필요하다고 판단하시는 경우에는 다시 오겠습니다."

"제가 따라가겠어요."

무아노는 결심을 했다.

"타라, 내가 대신 갈게."

"칼, 괜찮겠어?"

타라는 눈물을 참으면서 물었다.

어린 도둑은 갑작스런 상황에 아직은 얼떨떨해 있었다. 칼은 눈살을 찌푸리다가 배시시 미소를 지었다.

"더 심한 일도 겪어봤는데 뭐. 어쨌든 걱정하지 마. 곧 판명이 나겠지. '진실의 입'들이 내 머릿속에서 무슨 일이 있었는지 읽어낼 거야. 그러면 소년을 죽인 건 내가 아니라 너를 없애버리려고 소용돌이를 확장시켰던 사람이라는 걸 알아내겠지. 어쨌든 남자 아니면 여자 아니겠어?"

무아노와 불안한 눈길을 주고받은 뒤에 타라가 고개를 끄덕이면서 양뺨에 입맞춤을 해주자, 칼은 당황해서 어찌할 바를 몰랐.

로빈과 파브리스는 남자답게 친구의 등을 툭 쳐주는 것으로 만족했다. 친위대 대장은 부하들에게 칼리반과 블롱딘을 붙잡고 있으라는 손짓을 하고 나서 갈랑을 마비 주문에서 풀어주었다. 아직 정신이 들지 않은 페가수스는 타라에게 비칠비칠 걸어갔다. 친위대원들과 무아노는 넋나간 표정으로 걸어가는 셈 선생님을 따라갔다. 그들은 아더월드로 이르는 공간이동의 문이 있는 브주아 지롱 백작의 성으로 향하고 있었다.

"잠깐!"

자신의 은발만큼이나 허옇게 질린 이사벨라가 손목이 아픈지 주무르면서 친위대 대장을 멈춰 세웠다.

"지구에서는 그런 차림으로 다녀서는 안 되지요. 어서 몸을 말리고 망토를 걸치시오. 그리고 그 아이가 무슨 흉악한 살인범이라도 되는 듯이 그렇게 포위해서 가면 되겠소? 비마들이 뭐라고 생각하겠습니까?"

친위대 대장은 자신의 차림새를 훑어봤다. 물이 뚝뚝 떨어지는 벨벳옷은 쓰레기통에나 던져버리면 딱 좋을 것 같았다. 그는 한숨을 푹 내쉬면서 주문을 외웠다. 갑자기 아주 뜨거운 바람이 휘익, 불었다.

앗, 실수였다. 뜨거운 바람으로 그것도 갑자기 벨벳을 말리면 어떻게 되는지 뻔히 알면서…… 벨벳이 사정없이 쪼그라들고 말았으니!

그 순간 친위대 대장은 맨살이 드러난 종아리와 네 개의 팔뚝을 보면서 그만 아연실색했다.

웃음을 꾹꾹 참으면서 셀레나는 친위대 대장에게 검은 망토를 내밀었다. 그는 얼른 망토를 걸치는 것으로 땅에 떨어진 체면을 추스르고는 성난 걸음을 재촉했다. 병사들도 뒤를 따랐다.

셀레나는 타라를 끌어안았다. 이런 식의 신체 접촉에 아직은 익숙해 있지 않은 타라는 적잖이 당황하다가 마음이 녹아 내리는 걸 느꼈다. 엄마는 숨막히게 하려는 것이 아니라 다정하게 안아주는 것이었다.

"괜찮니, 타라?"

셀레나가 물었다.

타라는 자기를 걱정해주는 것에도 익숙해 있지 않았지만, 긴장이 약간 풀리면서 엄마의 애정에 가슴이 뭉클해졌다.

"아니, 괜찮지 않아요! 칼이 걱정돼 죽겠어요. 그리고 화가 나요. 어떻게 해야 할지 모르겠어요. 친구가 아주 곤란한 상황에 빠지게 생겼는데……."

"나도 네 친구가 걱정된다. 그런데 간단히 해결될 일이 아닌 것 같구나. 나는 데미데루스에게 감사하고 있어. 내 딸이 고소 당하지 않은걸."

셀레나가 타라를 너무 불안하게 만드는 것이 영 못마땅한 이사벨라는 쯧쯧, 하는 얼굴로 하늘을 올려다보고는 저택으로 발길을 옮겼다. 할머니가 연신 주무르는 손목의 팔뚝에서 붉은 흉터 두 개가 번들거렸다. 타라는 마음이 편치 않았다. 아버지에게 했다는 피의 맹세 때문에 타라가 최고 마법사가 되면 할머니는 목숨이 위험할 수 있었다. 타라는 칼을 도우려고 돌격하면서 잠시 그걸 잊었었다. 그런데다 할머니가 보는 앞에서 마법능력을 사용했으니, 그래서 할머니가 자꾸 손목을 주무르는 건지도 몰랐다. 앞으로는 정말 더 조심해야겠어!

셀레나는 자기 어머니의 태도에 한숨을 내쉬었다. 그녀는 체념하듯 마지못해하며 타라를 놔주었다.

"자식의 교육문제에 관해서는 나한테 권리가 있다고 생각해. 자식에게 뭘 알려주고 뭘 알려주지 말아야 하는지도 모르다니……. 타라, 나중에 보자꾸나."

타라는 픽 웃었다. 일주일 전부터 어머니와 할머니는 10년이라는 긴 이별의 공백을 회복하고 있었다. 이사벨라는 상냥하고 다정하던 딸이 지난 10년간 강인한 성격으로 변해 있음을 알았다.

"그럼 이제 우린 어떡하지?"

파브리스가 물었다.

길모퉁이로 사라지는 칼과 무아노를 바라보던 타라는 심호흡을 하고 나서 결정을 내렸다.

"일단 할머니를 따라가 보자!"

타라는 친구들의 대답을 기다리지도 않고 쏜살같이 뛰어갔다. 뒤따라가던 파브리스와 로빈은 들키지 않고 응접실까지 가기 위해 꾀를 쓰는 타라를 보면서 어리둥절했다.

"우리가 왜 숨어서 이래야 하는데?"

양탄자 위를 살금살금 기어가는 것이 좀 우습게 느껴진 파브리스가 물었다.

"할머니가 무슨 일을 꾸미는지 알고 싶어서. 엿듣는 게 유일한 방법이거든."

타라가 속삭였다.

타라 덩컨 *39*

"에잇, 그건 어젯밤에 칼도 실패했잖아."

파브리스는 심드렁하게 대답하면서 아무래도 불안하다는 듯 주변을 살폈다. 셀레나의 패밀리어 솀보르가 어디쯤 숨어 있을까 찾는 모양이었다.

"쉿, 입 다물어! 좀 들어보자!"

타라가 소곤거렸다.

그들은 순순히 입을 꾹 다물고 문에 귀를 바짝 붙였다.

두 여자의 목소리가 또렷이 들려왔다. 가냘픈 몸매의 셀레나가 안락의자에 앉아서 어머니의 말을 듣고 있는 모습이 쉽게 상상되었다.

"내가 네 남편 단비우를 아주 좋아했다고는 말할 수 없다. 하지만 단비우가 우리를 얼마나 놀라게 했는지 생각해 봐라."

자식의 교육에 관한 얘기는 이미 지나갔고, 모녀는 지난 일을 들추고 있었다.

"뭘 그렇게 굉장히 놀라셨는데요?" 하고 셀레나가 물었는데 약간 어이가 없다는 어조였다.

"황제였잖아! 오무아 제국의 황제였어! 뭔가 이상하다 했지만 그럴 줄이야! 네 남편이 낯선 사람들과 마주칠 때마다 불안해하는 걸 보면서 난 오무아의 평범한 귀족인데 어떤 이유가 있어서 가족을 피하는 것이려니 생각했다. 그런데 내가 끝내 알아채지는 못했지만 단비우는 제국을 피하고 있었던 거야. 내가 단비우를 탐탁히 여기지 않은 것은 네가 더 잘난 사람과 결혼하길 바랐기 때문이다. 그렇게 비밀이 많은 사람은……."

셀레나의 대답은 타라를 몹시 슬프게 했다.

"어머니는 그 사람을 끔찍이 싫어했죠. 그 사람을 못 만나게 하려고 나를 탑 속에 가둬놓기까지 하셨죠!"

이사벨라는 헛기침을 하고 나서 대답했다.

"내가 좀 지나치긴 했다."

"좀 지나쳤다고요? 어머니는 트롤들에게 탑을 지키게 했어요. 어떻게 해서든 내 마음을 돌리려고 어머니가 보냈던 그 번드레한 여섯 명의 왕자들이나 마법사들 얘기는 굳이 꺼낼 필요도 없겠죠. 그들은 어머니의 주문에 걸린 사람들이었어요! 이제 지구의 그 낡은 공상소설은 그만 읽으셔야 해요. 그런 식으로는 절대 성공하지 못해요!"

"그래, 인정한다, 인정해. 트롤들에게 지키게 한 건 지나쳤어. 하지만 다 너의 행복을 위해서였어. 어느 날 하늘에서 뚝 떨어져서는 너와 결혼하고 싶다는 정체불명의 남자에게 난 도저히 믿음을 가질 수 없었다."

타라는 아연실색했다. 그러니까 할머니는 그 결혼을 반대한 거였어! 그래서 부모님 얘기만 나오면 피했던 거구나! 그 동안에 느꼈던 그 알 수 없는 많은 일들이 갑자기 이해가 되었다.

셀레나는 과거를 들추고 싶은 마음이 없었다. 그녀는 화제를 바꿔 현재로 돌아왔다.

"여제의 소환에 불응하면 친구에게 해가 될 수도 있다는 걸 타라가 알고 있을까?"

"그 소년의 운명에는 난 아무 관심이 없다."

이사벨라는 매정하게 응수했다.

"내 손녀가 오무아에 가는 건 절대 반대야! 타라에게 너무 위험해. 마지스터가 또 그 아이를 납치한다고 생각해 봐라!"

"그 위험을 과소 평가하는 건 아니에요."

셀레나는 침착하게 답변했다.

"타라는 의협심이 강한 아이라 절대로 친구를 저버리지 않을 거예요.

그 아이를 막기 위해서 이번엔 또 어떻게 하실 건가요? 나한테 그랬던 것처럼 탑 속에 가둘 건가요?"

이사벨라가 갑자기 생각에 잠긴 목소리로 대답했다.

"그건 생각도 안 해봤는데 나쁘지 않은 것 같구나."

그 말에 타라는 부리나케 뒷걸음질치면서 친구들에게도 물러나라는 손짓을 했다. 가슴이 콩닥콩닥 뛰기 시작했다.

로빈은 그들의 생각을 요약했다.

"와, 너희 할머니 진짜 과격하시다. 그럼 우리 이제 어떡하지?"

"그거야 뻔한 거 아니겠어? 오무아로 가는 거야. 칼에게는 우리가 필요해!"

파브리스는 신음소리를 냈다.

"휴, 네가 그렇게 말할 줄 알았어! 그럼 우리가 빠져나갈 수 있게 내가 손을 써야겠지?"

"미안해."

친구를 곤란하게 만들고 싶지 않았던 타라가 속삭였다.

"하지만 아더월드로 가는 공간이동의 문을 지키는 분이 너희 아버지니까 어쩔 수 없어. 그리고 우리는 지금 달아나야 한다고 생각해. 할머니가 나를 현대판 잠자는 숲 속의 미녀로 둔갑시키기 전에!"

"로빈, 너도 갈래?"

파브리스는 큰 기대 없이 물었다.

"싸움하러 가자고?"

하프엘프는 눈을 반짝이면서 물었다.

"그래, 알았다, 알았어."

체념한 얼굴로 한숨을 내쉬던 파브리스는 수수께끼를 낼 절호의 기회를 잡았다.

"첫째 힌트는 이럴 때 떠오르는 영화 제목! 둘째 힌트는 이행하기 상당히 힘든 임무!"

"미션 임파서블!"

타라가 대답했다.

"와우, 빙고!"

그들은 출발준비를 서두르기 시작했다. 이사벨라의 조수인 두 마법사 타쉴과 망구스의 눈을 피해서 부랴부랴 마법복과 아더월드에서 갈아입을 옷가지를 챙겼다.

마법복은 단순한 옷이 아니었다. 천 자체에 마법이 걸려 있어서 겨울에는 따뜻하고 여름에는 시원하고, 불연성인 데다 여간해선 더러워지지도 않으며, 신통한 호주머니도 있었다. 그래서 원하는 것은 뭐든 넣고 다닐 수 있었다. 단 주머니 안에서는 숨을 쉴 수 없기 때문에 무생물이면 뭐든, 바늘에서부터 심지어는 욕조에 이르기까지 온갖 잡동사니를 넣고 다닐 수 있다. 물건들이 쌓이는 곳은 다른 차원에 속해 있기 때문에 그 무게 자체가 완전히 소멸되는, 말 그대로 마법복이었다. (무아노는 마법복의 원리를 타라에게 설명해 주려고 한 적이 있었다. 하지만 '양자물리학, 원자들의 분리, 다중 영역' 이니 하는 말을 꺼내자, 타라의 눈이 졸음이 온 것처럼 가물가물해지는 걸 보면서 무아노는 설명을 포기했었다.) 게다가 마법복은 색을 바꾸거나 무늬를 넣을 수도 있었다. 이것이 바로 아더월드의 멋쟁이들이 아주 실용적이라고 생각하는 점이었다.

신중한 타라는 크레디트—무트와 마법의 지도를 챙겨 넣으면서 중얼거렸다. 사실 할머니에게 드리려고 사온 지도지만 나에게 더 필요하단 말야. 할 수 없지, 뭐. 아더월드에서 다른 걸 사다드리면 돼."

로빈은 무엇이든 순식간에 자라게 할 수 있는, 살아 있는 나무의 가지가 호주머니 안에 있는지 점검했다. 여섯 권의 만화책과 책 몇 권을 챙겨 넣던 파브리스는 의아하게 쳐다보는 친구들에게 뭔가를 읽지 않으면 잠자기가 힘들다면서 아더월드의 책들은 취향에 맞지 않는다고 덧붙였다. 이윽고 그들은 갈랑이 기다리는 마구간으로 달려갔다.

로빈은 페가수스를 똥보 개로 둔갑시켰다. 그 멋진 페가수스는 화가 단단히 났는지 아예 입도 벙긋하지 않았다.

브주아 지롱의 성까지 가는 데는 시간이 얼마 걸리지 않았다. 애지중지하는 장미를 손질하느라 바쁜 정원사 이고르는 건성으로 그들에게 인사를 했다. 육중한 문을 밀었는데 삐거덕……, 그들은 가슴이 철렁했다. 누가 뭐라고 했나, 도둑이 제발 저리는 격이었다.

"여기서 기다리고 있어. 사무실에 가서 열쇠를 찾아올게."

안으로 들어서자마자 파브리스가 속삭였다.

"너네 아버지가 열쇠를 가지고 있을 텐데."

타라도 소곤거렸다.

"응, 하지만 만약을 대비해서 복사한 열쇠가 있거든. 금방 올게!"

신중을 기하기 위해서 그들은 흰색과 검은색이 어우러진 현관 복도에 장식품처럼 주르륵 걸린 갑옷들 뒤에 숨었다. 타라는 칼에 대한 걱정과 재회한 지 얼마 되지도 않아서 또 어머니와 헤어지는 아쉬움 때문에 마음이 편치 않았다. 전혀 원하지 않는데도 자꾸만 인생에 끼어드는 마법이 타라는 정말 싫었다. 또 아더월드의 재판에 믿음이 가지 않는 데다 그곳으로 돌아가야 한다는 생각만으로도 몸서리가 쳐졌다. 하지만 칼을 위해서라면 림보의 모든 악마들과도 맞설 각오가 되어 있었다.

옆에 있는 로빈의 표정도 그리 편해 보이지는 않았다. 로빈은 타라를 뚫어져라 쳐다보면서 제비추리 같은 흰 머리털과 쪽빛 눈 때문에 더욱 돋보이는 긴 금발에 감탄하고 있었다. 타라를 보고 있으면 어찌나 예쁜지 로빈은 이따금 숨이 턱턱 막혔다.

"함정이라면 어쩌지?"

로빈이 속삭였다.

"지구에서는 너를 공격하기가 어렵다는 걸 마지스터도 알겠지. 그래서 아더월드로 너를 유인하기 위해 꾸며낸 거라면?"

"나도 같은 생각이야."

타라는 기계적으로 흰 머리털을 움켜잡고 질겅질겅 씹었다.

"하지만 다른 방법이 없잖아. 함정이든 아니든 우리는 칼을 혼자 내버려둘 순 없어!"

"물론 맞는 말이야. 하지만 조심해야 해."

그 사이에 파브리스는 3층에서 비지땀을 흘리고 있었다. 자신의 멋진 계획에 난처한 일이 생겼던 것이다.

복사한 열쇠는 아버지의 책상 안에 있었다.

그런데 문제는 파브리스의 아버지도 거기 있다는 것이었다.

반쯤 열린 문 뒤에 숨은 파브리스는 심호흡을 하면서 주문을 외웠다.

"*솜놀루스의 이름으로* 아버지가 잠들어서 내가 실수하지 않기를!"

불행히도 지구에서는 마법이 훨씬 약해서 아버지는 눈썹 하나 까딱하지 않았다. 파브리스가 친구들에게 도움을 청해야 한다는 생각에 난감해하고 있을 때였다. 아버지의 눈꺼풀이 파르르 떨렸다. 눈을 비비던 아버지의 고개가 한쪽으로 기울어지더니 코를 골기 시작했다.

좋았어, 이젠 열쇠를 손에 넣어야 해. 바로 이런 때 칼이 있어야 하는

타라 덩컨 *45*

건데! 내가 한 발짝도 떼지 못한 채 용기를 쥐어짜고 있는 사이에 칼이라면 이 방을 벌써 세 번은 돌았을 텐데!

발꿈치를 들고 살금살금 파브리스는 책상으로 향했다. 간신히 서랍을 빼는데 삐걱, 어휴, 진짜 협조를 안 해주네.

파브리스는 숨을 죽인 채 깍지를 꼈다. 이를 악물고 열쇠를 집어드는 순간, 이런! 또 짤그랑거리는 소리.

파브리스가 허겁지겁 문간에 이르렀을 때 굵직한 목소리가 고함을 질렀다.

"두꺼운 널빤지는 여기가 아니라니까! 저기, 저기에 놔!"

등골이 서늘해진 파브리스가 돌아봤다. 아버지는 눈을 감은 채 팔을 허우적거리고 있었다. 잠꼬대였다!

파브리스는 덜덜 떨리는 손으로 문을 살짝 닫고 난 뒤에야 안도의 숨을 내쉬며 파브리스는 친구들이 기다리는 곳으로 달려갔다.

"됐어, 열쇠를 손에 넣었어. 자, 가자!"

"그런데 얼굴이 왜 그렇게 새파래? 괜찮은 거야?"

로빈이 눈치도 없이 물었다.

"최선을 다했어."

아직도 심장이 벌렁벌렁하는 파브리스는 힘없이 대답했다.

"아버지에게 마법을 거는데 어찌나 떨리는지 심장마비를 일으킬 뻔했어. 그 일을 아버지가 절대로 모르셔야 하는데…… 아니면 난 앞으로 한 50년 동안은 엄청난 벌을 받게 될 거야!"

잠시 후, 그들은 탑에 이르렀다. 방은 텅 비어 있고, 아더월드의 다섯 종족을 표현하는 화려한 태피스트리만 보였다. 인간 마법사들, 거인들, 엘프들, 난쟁이들, 유니콘들.

타라와 로빈, 파브리스, 그들의 패밀리어들은 재빨리 방 한복판에 섰다.

벽감에서 왕홀을 꺼내든 파브리스는 태피스트리의 왕홀에 갖다대고 나서 재빨리 친구들 옆에 섰다. 윙윙거리던 왕홀이 새하얀 광선을 그들에게 비추자, 파랑, 노랑, 빨강, 초록, 네 개의 광선이 다른 태피스트리들을 스치면서 작은 무지개를 이루었다. 그 순간이었다. 목적지를 소리치던 파브리스의 외침이 목구멍에 걸렸다.

문이 벌컥 열리는 것이 아닌가!

그 즉시 공간이동의 문이 작동을 멈췄고 광선도 사라졌다. 공포로 얼어붙은 그들은 뛰어들어오는 검은 사냥개를 멍하니 쳐다봤다.

"증조할아버지? 여길 어떻게?"

타라가 깜짝 놀라서 소리쳤다.

"타라, 내가 몇 번을 말해야겠니? 나를 증조할아버지라고 부르지 말라고 그렇게 말했건만. 그럴 때마다 내가 100년씩은 늙는다 말이다! 얘야, 제발 그냥 할아버지나 마니투라고 불러다오!"

"그럼 파피누는 어때요?"

더는 우길 수가 없는 타라가 제안했다.

"파피누라고 부르는 건 괜찮죠? 그런데 여긴 왜 오셨어요?"

"파피누는 싫다. 그냥 파피라고 부른다면 몰라도. 그리고 내가 여길 왜 왔냐하면 난 너희들이 바보 같은 짓을 저지를 줄 알았거든. 그래서 따라왔지. 너희들과 같이 가려고. 어른인 내가 끼여 있으면, 이사벨라와 셀레나가 너희들이 무슨 일을 꾸미고 있는지 알아차렸을 때, 적어도 너희들이 남은 여생을 딱딱하게 굳은 빵과 물만 먹어야 하는 끔찍한 벌은 면할 수 있을 테니까. 또 이사벨라가 너희들이 사라진 걸 알았을 때 난 아주 멀리 떨어져 있고 싶다. 얼마나 시끄러울지…… 아이고, 생각만 해도…… 내 귀가 아주 예민해서 말이야!"

"할아버지, 정말 사랑해요."

감동한 타라가 말했다.

마니투는 타라에게 미소를 보내는 표시로 송곳니를 드러내면서 방 한복판에 와서 섰다. 파브리스는 다시 이동주문을 외쳤다.

"오무아, 팅가푸르의 황궁으로!"

그 외침에 다섯 개의 광선이 그들을 건드렸다.

그들의 모습이 흔들거리다가 잠시 후, 사라졌다.

그들이 오무아에 다시 나타났을 때, 엄청나게 많은 창들이 그들을 겨누고 있었다. 그들이 온다는 통지를 받지 않았기 때문에 친위대는 먼저 창으로 찌르고 그 다음에 질문하는 관례에 따라 하마터면 그들의 목숨을 끊어놓을 뻔했다.

휴! 다행히 궁전의 감독관 칼리 부인이 그 자리에 있었다. 그녀의 고함소리가 친위대가 찌르려는 창들을 중지시켰다.

"통지를 받지 않은 손님은 통과되지 않아요."

칼리 부인이 여섯 개의 팔을 흔들어대면서 타라 일행을 나무랐다.

"마침 내가 대합실에 있었기에 망정이지, 아니면……."

칼리 부인은 말꼬리를 흐렸지만, 파브리스는 등골이 오싹했다.

타라는 친위대의 의심에 찬 눈길을 거들떠보지도 않고 앞으로 나섰다.

"저는 타라틸랑넴 덩컨입니다. 어제 폐하께서 제어되지 않은 소용돌이에 목숨을 잃은 신하의 죽음에 대한 진상을 밝히기 위해서 우리의 출석을 요청하셨습니다. 솀나샤오비로다인트라쉬부 최고 마구스와 함께 왔어야 했는데 우리가 좀 늦었습니다."

타라는 겉으로는 아주 평온해 보였지만 사실 속으로는 사시나무 떨듯 엄청 떨고 있었다. 이 무시무시한 부인이 내 거짓말을 곧이들었으면 좋겠는데!

칼리 부인은 안도의 숨을 내쉬면서 미소를 지었다. 그러고는 정중하게 허리를 굽혔다.

"즉시 여제 폐하와 황제 폐하께 여러분이 늦게 도착했음을 알리겠어요. 우리의 수석 조수인 다미엔이 여러분을 숙소까지 안내해줄 거예요."

이번에는 반들거리는 검은머리의 소년이 허리를 굽혔다. 지난번 방문했을 때 적대감을 보이던 다미엔이었다.

그들의 친구 무아노가 키가 3미터에 이르는 야수로 변신할 수 있으며, 랑코비트의 공주라는 걸 알게 된 뒤로 다미엔은 눈에 띄게 정중하고 친절해져 있었다.

오무아의 황궁은 여전히 눈이 돌아갈 지경으로 신기하고, 어디를 보나 휘황찬란했다. 눈이 예민한 사람은 심각한 결막염을 피하기 위해 선글라스라를 가지고 다녀야 할 정도였다.

보석이 박혀 있는 데다 순수 광선의 조명까지 받는 황금 조각상들이 도처에서 번쩍거리고, 바닥에는 고급 양탄자들이 깔려 있고, 진주 광택이 아롱진 노란색 또는 초록색 대리석은 흡사 벽을 따라 흐르는 맑은 강물 같았다. 게다가 멋진 가구들이 눈치 빠르게 앉거나 눕고 싶어하는 사람들을 향해 달려가는 모습도 보였다.

타라는 자신도 모르게 비명을 질렀다. 눈앞에서 늙은 마법사가 휘청휘청 넘어지려는 찰나였다. 그 순간 난데없이 나타난 안락의자가 그 깡마른 엉덩이 밑을 받쳐준 덕분에 노인은 가까스로 넘어지지 않았다. 그런데 언제 무슨 일이 있었냐는 듯, 화려한 만년필을 꺼내는 노인의 얼굴은 너무도 태연했다. 그러자 이번에는 외발 탁자가 쏜살같이 그 앞으로 달려왔다. 이어서 양피지가 나타나자, 노인은 만년필에게 받아쓰게 했다. 만년필은 작은 팔들을 펴고 늘어지게 하품을 하더니 글씨를 쓰기 시작했다.

진짜 여기는 알아 모셔야겠다! 그러니까 누가 나가동그라진다고 해도 눈썹 하나 까딱할 필요가 없는 것이었다. 어차피 아무 일도 일어나지 않으니까.

생각은 그렇게 하면서도, 사람들이 허공에 앉으려고 할 때마다 갑자기 안락의자가 쪼르르 달려오면 타라는 깜짝깜짝 놀라면서 가슴을 졸였다.

게다가 궁전의 실내정원에 이르렀을 때는 실내 장식에 관한 여제의 기상천외한 취향에 타라 일행은 입이 다물어지지 않았다.

그들이 정원이라기보다는 꼭 정글 같은 어마어마한 정원을 통과하려는 순간이었다. 파브리스의 비명소리에 모두 소스라치게 놀랐다. 어디서 나타났는지 흉측한 발 하나가 보이는가 싶더니…… 괴물이 아주 흥미롭다는 듯이 송곳니가 빼곡한 입을 쩍 벌리고 있었다. 겁에 질린 파브리스가 덥석 집어삼킬 것만 같은 괴물을 피하려고 후닥닥 물러서자, 다미엔은 피식 미소를 지었다.

"걱정하지 마. 드래곤 티라노사우루스는 너희들을 해치지 못해. 정글 안으로 들어오는 순간 자동적으로 우리에게 힘의 장막이 작동하고 있으니까. 놈들의 눈에 우리가 보이기는 하지만 그래도 우리를 건드리지는 못해."

파브리스가 고개를 쳐들어 보니 과연 그 장막 위에서 거대한 파충류가 뚫고 들어오려고 기를 쓰면서 부질없는 침만 질질 흘리고 있었다.

"와, 정말 싫다 싫어! 굶주린 것들은 왜 꼭 나한테 이러는지 몰라! 안전

시스템이 고장나기 전에 여기서 나가게 해줘!"

"위험하지 않아."

다미엔이 대답했다.

"돈을 아무리 많이 들여서 최첨단으로 무장해 놨다고 해도 컴퓨터들만 철석같이 믿어서는 안 되지."

"컴퓨터라니?"

"여길 나가게 해달라니까!"

다미엔이 그 말을 들어주긴 했지만 황당한 표정이었다. 파브리스의 정신건강에 심각한 문제가 있다고 생각하는 것 같았다.

이어서 그들은 거대한 수족관 같은 곳을 지났다. 물거품 속에 갇힌 물고기들이 수초와 모형가구들 사이를 까불까불 돌아다니고 있었다. 꼭 고래 같이 생긴 녀석과 맞닥뜨리게 되었을 때, 타라는 여제가 좀 심하다는 생각이 들었다. 아주 몹쓸 일사병에라도 걸린 듯이 녀석이 빨간색이었기 때문이다.

다음 방은 으스스한 것이 냉장고 안으로 들어가는 느낌이었다. 빙하가 펼쳐지는 풍경 속에서 공처럼 동글동글한 털북숭이들이 하얀 냉동풀을 뜯어먹고 있었다. 무슨 조화인지 눈보라까지 몰아치고 있어서 그들은 앞으로 나아가기도 힘들 정도였다. 빙하의 균열 속에서 가재처럼 생긴 푸르뎅뎅한 것들이 집게발을 흔들면서 털북숭이들 중 한 마리가 걸려들기를 기다리는 모습도 보였다. 바닥에 쌓인 뼈다귀들은 그런 불상사가 종종 일어난다는 증거였다.

여제는 궁전 안의 기후를 조종해서 동물상이며 식물상을 재창조하고 있는 것이 분명했다.

주홍빛 에프리트들이 여기저기 분주하게 날아다니고 있었다. 사실 에프리트들은 아더월드의 종족들에게 해를 끼칠 수 없는, 림보 왕국의 미성년 악마들이었다. 마법사들이 이 행성에 머무는 걸 허락해준 데 대한 보답으로 수세기에 걸쳐서 황궁의 청소와 경비를 담당하면서 팅가푸르의 혼잡한 교통질서를 해결하고, 전령 역할까지 맡고 있었다. 간단히 말해서 에프리트들은 제국의 생활에 없어서는 안 될 존재가 되어 있었다. 하지만 림보에 대해 너무나 끔찍한 기억을 가지고 있는 타라로서는 에프리트들을 경계하지 않을 수 없었다.

예전에 묵었던 방에 이르자 방문이 눈을 떴다. 다미엔이 그들을 소개하자, 입이 나타나서 정중하게 인사를 하고 나서 팔 하나가 문의 손잡이를 움직였다. 그들이 합동으로 안도의 숨을 내쉬고 있을 때, 다미엔은 사라지고 문이 닫혔다.

그들이 들어서자, 무아노와 쉬바가 벌떡 일어났다.

"어어, 타라! 어떻게 된 거야? 할머니가 너를 절대로 아더월드에 안 보낸다고 했잖아?"

"오, 무아노! 우린 칼을 저버릴 수 없었어."

타라는 반가워서 어쩔 줄 모르는 은빛 표범을 쓰다듬어주면서 말했다.

"사실은 허락을 받지 않고 몰래 온 거야. 그리고 칼을 도우려면 일단 여기부터 와야지 다른 방법이 없잖아. 칼은 어때?"

"나도 몰라. 도착하는 즉시 헤어졌거든. 난 출석 통지가 오기를 기다리는 중이야."

로빈은 불만스런 눈빛으로 주위를 둘러보고 있었다.

"세상에!"

로빈은 사치스럽고 호화로운 실내 장식을 가리키면서 한숨을 내쉬었다.

"여기에 들인 돈의 4분의 1만 있으면 셀렌다의 마을 하나쯤은 너끈히

먹여 살릴 수 있겠다. 어울리지도 않는데 온통 비싼 것들로 도배를 해놨으니!"

틀린 말은 아니었다. 방의 벽은 순백색이었다. 간디스의 크라크덴트 모피 담요, 자이언트 거미의 줄로 짠 은빛 커튼, 칼로르나 섬유질로 짠 양탄자, 아더월드의 크리스털 조각상 등등 온통 은빛에서 오팔빛 일색이었다. 색채라고는 오직 꽃잎을 흔들며 그윽한 향을 내뿜는 빨간 꽃다발뿐이었다.

커다란 응접실을 중심으로 방이 네 개나 되는 스위트룸이었다. 게다가 패밀리어들을 위한 보금자리가 준비되어 있는 작은 응접실도 있었다. 갈랑도 봤는지 날개를 되찾고 싶은 욕망을 표시했다. 타라가 페가수스로 바꿔주자 갈랑이 퍼드득퍼드득 날갯짓을 하며 타라의 발 밑에 누워 귀 사이를 긁어달라고 무릎에 머리를 기대었다.

이번에는 마니투가 몸이 꺼져들 것처럼 푹신푹신한 소파로 펄쩍 뛰어올라 앉더니 한술 더 떴다.

"그럼 별수 없지, 우리도 무아노처럼 기다리는 수밖에. 기다리는 동안 찔끔찔끔 먹을 만한 걸 주문하는 게 어떻겠니? 칼로르나 튀김을 먹어본 게 언젠지 모르겠다. 그리고 크라켄다리나 마누릴의 새싹도 좋겠고, 브르르르아아아의 등살, 향기로운 야채와 슬루릅 즙을 곁들인 모오오오우우우의 넓적다리 고기가 있으면 더욱 좋고, 정 안 되면 하다못해 메우스 평야의 노란 강낭콩이라도……."

"글쎄, 우리에게 그럴 시간이 있을지 모르겠어요."

로빈이 점잖게 말을 끊었다.

"여제가 곧 우리를 부를 거예요. 우리가 칼을 지원하러 왔다는 걸 알렸으니까."

"지원이라는 말이 나왔으니까 말인데."

이때다 싶은 얼굴로 파브리스가 또 눈을 반짝였다.

"지금처럼 이러기도 저러기도 어려워 입장이 곤란할 때 쓰는 말이 있지! 첫째 힌트는 난관……."

시도 때도 없이 내는 수수께끼에 더는 못 참겠다는 듯이 타라가 한 마디하려는 순간이었다. 문에 커다란 입 하나와 눈의 형상이 나타났다.

그 입이 조심스럽게 또랑또랑 말했다.

"너희들을 만나겠다고 손님이 찾아왔다. 들여보내도 될까?"

"손님이 누구인데요?"

로빈이 신중하게 물었다.

눈이 깜박거리는 것이 난처해하는 느낌이 들었다.

"땅 신령인데 전에 한 번도 본 적이 없다. 어느 종족에 속하는지 다른 문들에게 물어보길 바라는가? 아마도 누군지 알 텐데."

"아니, 됐어요. 들여보내요."

무아노가 말했다.

문은 꿈쩍도 하지 않았다. 아이고, 미안해라! 그 말을 빼먹었네.

"부탁해요."

입이 방긋 미소를 짓더니 잠시 후 문이 열리고 낯선 인물이 등장했다. 타라는 눈을 내렸다. 더 내리고 또 내리고 나서야 아주 작은 파란색의 두 발 동물인지, 사람인지가 보였다. 황토색 옷과 모자 밑으로 비죽 나온 한 뭉치의 털, 뭐지? 머리털인가, 갈기인가? 오렌지빛인데.

"와, 스머프 아냐?"

파브리스는 우스갯소리를 했다.

"타라틸랑넴 양?"

손님이 작지만 카랑카랑한 목소리로 물었다.

"나는 땅 신령 종족의 글룰 부글룰이라고 하는데 칼리반 달 살란 군 측의 조정 위원이다. 처음에는 이 재판에 내가 선임되지 않았는데 여제께서 특별히 칼리반 군의 조정 위원이 되어줄 것을 당부하셨지. 하지만 내가 너희들의 마음에 들지 않으면 다른 조정 위원을 요청할 수 있다."

"조정 위원이 뭐예요?"

묘한 인물에 홀린 얼굴로 타라가 물었다.

"칼을 도와주게 될 사람이란다."

마니투는 설명했다.

"진실의 입들이 칼의 머릿속에서 사건 당시에 일어난 일을 읽으면, 그 내용을 조정 위원이 통역해주지."

"네? 진실의 입들이 말하는 게 아니고요?"

파브리스가 의아한 얼굴로 물었다.

"진실의 입은 일종의 텔레파시야."

무아노는 몸서리치면서 대답했다.

"진실의 입은 우리의 머릿속을 읽을 수는 있지만 성대가 발달되지 않아서 말을 못해. 그래서 진실의 입이 전하는 뇌파를 조정 위원이 완벽하게 받아서 대신 말해 주는 거야. 그리고 아무나 그럴 수는 없어. 땅 신령들만 그 능력을 가지고 있거든."

타라는 눈살을 찌푸렸다.

"하지만 땅 신령만 진실의 입들과 교감할 수 있다면, 땅 신령들이 진실을 말하는지 그건 어떻게 확신하지?"

"진실의 입들이 벙어리이긴 해."

조정 위원이 아주 의젓하게 대답했다.

"하지만 귀머거리는 아니지! 우리들 중 누군가가 진실을 왜곡하면 그들은 대번에 알아채니까."

"오, 죄송해요, 모욕하려는 건 아니었어요."

무심코 내뱉은 말로 땅 신령의 기분을 상하게 한 타라는 얼른 사과했다.

"땅 신령들의 세계에 대해서 너무 몰라서 그만……. 그리고 사실은 내 친구가 하도 걱정돼서……."

"범죄와 무관한데 제국이 고소한 것이라면 칼리반 군은 아무 일도 없을 것이다."

땅 신령이 대꾸했다.

"그래도 내가 당시 상황을 잘 이해하려면 너희들의 증언이 필요해. 너희들의 진술을 녹음해도 되겠니?"

파브리스는 지구에서 탐정영화를 수없이 봤었다. 친절한 형사가 증인들에게 진술을 녹음해도 되겠냐고 물었는데, 얼마 후에는 그 증인들이 끔찍하기 짝이 없는 감옥에 갇혀 있는 어이없는 장면을……. 파브리스는 거절할 생각으로 입을 열었지만, 타라가 더 빨랐다.

"물론이에요. 우리들 모두 그 광경을 목격했으니까 죄다 얘기하겠어요."

땅 신령이 꺼낸 작은 상자에는 커다란 귀 두 개가 달려 있었는데, 호기심이 가득해서 쫑긋 세우고 있는 듯했다. 그들은 소년이 비극적인 죽음을 맞을 때의 상황을 얘기했다. 어쨌든 말해 줄 수 있는 범위 내에서. 셈 선생님이 그들에게 건 주문이 아직 유효하기 때문에 타라에 대한 안젤리카의 음모에 대해서는 말할 수 없었다.

그들이 얘기를 끝내자, 글룰 부글룰은 허리를 굽혔다.

"그렇다면 문제 될 게 없을 것 같구나. 진실의 입들이 너희들의 얘기를 확인하면 수석 조수들의 집중력을 깨트린 피의자에 대한 질책이 반드시 있을 것이다. 하지만 진짜 범인은 소용돌이를 변화시켰던 자야. 소년이 죽은 건 소용돌이 때문이니까. 방해 주문이 최고 마법사들이 있는 데에서 오는 것 같았다고 했지?"

"네. 그건 확실해요."

로빈이 단언했다.

"사악한 힘 같은 것이 우리 모두의 노력을 방해하고 있었어요. 그 소년을 죽인 건 그 힘이에요."

"얘기해 줘서 고맙다."

땅 신령은 또다시 허리를 굽히고 나서 두 개의 귀를 접고 상자를 호주머니에 넣었다.

"너희들은 조금 있다가 재판이 시작되면 소환될 것이다."

진실의 입이란 것들의 능력에 탄복하는 파브리스의 눈이 또 반짝거렸다.

"첫 두 글자는 이미지와 소리를 전하는 것이고, 세 번째 글자는 수염 뿌리가 있고 먹는 것. 네 번째 글자는 일곱 번째 음계. 다 합하면 아주 유용한 능력."

"세 번째는 파, 네 번째는 시, 첫 두 글자는 뭐지?"

타라가 중얼거렸다.

"'텔레' 잖아."

파브리스는 얼굴이 빨개지면서 말해주었다.

"그러니까 텔레파시. 자, 이제 기다리는 동안 우리 뭐하지?"

"할 게 없지, 뭐."

타라는 미소를 지었다.

"친위대가 그렇게 심하게 무장을 하고 있는데 허가 없이 어디 돌아다니기나 하겠어?"

그리 오래 기다릴 필요는 없었다. 잠시 후, 주홍빛 에프리트가 찾아와서 화려한 실내정원을 지나 어전까지 그들을 안내했다. 여제와 황제가 기다리고 있었다.

처음 들어와 보는 것이 아니건만 이번에는 어전의 웅장한 규모가 실감이 났다. 어전을 완전히 다 통과하려면 아무래도 도시락을 준비해야 할 것만 같았다. 화려한 벽화에서는 유니콘들이 펄쩍펄쩍 뛰어다니고, 꼬마도깨비들은 잠자리요정들에게 들볶이는 꽃을 따라 다니고, 거인들은 언덕 하나를 간단하게 먹어치우고 있고……, 어차피 이것들 모두 하나같이 눈속임이긴 하지만!

사방이 온통 금으로 번쩍번쩍하는 건 말할 것도 없었다. 금속 동물 조각상들은 어찌나 섬세한지 살아 움직이는 것만 같았다. 지난 번 경연 대회 때 타라가 여제에게 선물했던 크리스털 페가수스는 어린 마법사에 대한 고마움의 표시인지 눈에 띄는 자리에 놓여 있었다.

날개 달린 작은 카메라 스쿠프들이 주위를 날아다니는 것으로 보아 아더월드의 기자들이 분명한 크리스틸리스트들이 사람들을 유심히 관찰하고 있었다. 타라는 많은 여자 마법사들이 여제의 제비추리 같은 흰 머리털을 흉내내고 있는 걸 보면서 내심 반가웠다.

타라에게는 천만다행한 일이 아닌가! 오무아 제국의 여제는 타라가 자신의 조카딸이라는 걸 전혀 모르고 있고, 타라도 눈에 확 띄는 흰 머리털을 감추려고 애쓰지 않아도 되니까.

궁인들은 그 재판에 별로 관심이 없는 데 반해, 여제의 사촌이자 궁전의 행정관인 옥시아 부인의 주재 하에 오무아와 랑코비트의 최고 마법사들이 두 옥좌 주위에 둥둥 떠 있었다. 타라는 깜짝 놀랐다. 셈 선생님이 랑코비트의 최고 마법사들을 이렇게 많이 소집해 놓다니! 뱀파이어 드라고쉬 선생님, 부디우 부인, 엘프 덴마릴 선생님, 물방울 속에서 우아하게 일렁거리는 사이렌 시렐라 부인, 카흠보움 종족의 파틴 선생님, 사르도인 선생님, 샹프랭 선생님. 궁전을 관리해야 하는 의무 때문에 자리를 비울 수 없는 칼리브리스 부인과 밤새 박사만 빠져 있었다.

당장이라도 잡아먹을 듯한 기세로 뾰족한 송곳니를 드러낸 뱀파이어를 보는 순간, 타라는 소름이 끼쳤다. 셈 선생님의 성난 눈길과 마주쳤을 때 타라는 침을 꼴깍 삼켰다. 으악, 우리를 두꺼비로 둔갑시키기로 작정한 얼굴이잖아!

잠시 후, 여제의 아름다움에 홀린 타라는 뱀파이어고 용이고 싹 잊어버렸다. 처음 봤을 때 여제의 탐스런 머리는 붉은빛이었다. 이번에는 본래의 색을 찾은 금발이 샌들 위까지 흡사 금빛 강물처럼 구불구불 흘러내리는 데다 그 독특한 흰 머리털 때문에 더욱 화려해 보였다. 황실의 상징을 표현한 반짝이는 보석들이 총총한 크림빛 드레스를 입은 리스베스 틸랑넴은 눈이 부시게 아름다웠다. 장밋빛 볼 터치와 새빨간 립스틱도 그 우윳빛 피부를 한층 두드러져 보이게 했다. 육중한 황금 왕관 밑에서 반짝반짝 빛나는 큰 쪽빛 눈. 그 모든 것이 완벽해서 타라는 여제가 자연스런 아름다움을 강조하기 위해 어떤 주문을 걸었을까 궁금했다.

여제의 옆자리, 100개의 눈을 가진 주홍빛 공작 장식 아래 쌍둥이 옥좌에 앉은 황제는 따분해서 죽겠다는 얼굴이었다. 그는 황금으로 돋을무늬 세공을 한 갑옷 차림인데 땋아 늘인 금발이 근육질 어깨에 걸쳐져 있었다. 옥좌 앞으로 다가오는 타라 일행과 개를 보면서 황제는 흥미롭다는 얼굴로 일어났다.

잿빛 화강암 같은 얼굴의 시종장이 그들의 이름과 신분을 다시 한 번물은 뒤에 아뢰었다.

"글로리아 다비일 공주, 일명 무아노, 최고 마구스 마니투 덩컨, 수석 조수 타라틸랑넴 덩컨 양, 일명 타라, 수석 조수 로빈 망질, 수석 조수 파브리스 드 브주아 지롱 입장입니다. 최고 마구스와 수석 조수들은 피고인 칼리반 달 살란에 관련하여 두 분 폐하의 소환에 응하였습니다."

타라틸랑넴, 타라의 풀 네임에 여제의 눈이 휘둥그레졌다. 여제는 타라를 맨 처음 만났을 때에도 오로지 황실에서만 쓰는 그 이름에 놀랐었다. 하지만 통제되지 않는 소용돌이 때문에 궁전이 무너질 뻔한 위기상황이어서 여제는 정신없이 그냥 넘어갔었다. 그렇지 않아도 타라를 주의 깊게 살피고 있던 황제는 완전 경계 태세로 들어갔다.

여제와 셈 선생님은 동시에 입을 열었지만, 재빨리 고갯짓으로 표시를 하는 황제에게 선수를 빼앗겼다. 황제는 부드러운 목소리로 말했다.

"어떻게 네가 그 특별한 이름을 갖게 되었는가? 여제 폐하와 같은 성을 갖는 것이 금지되어 있다는 건 알고 있는가?"

제국의 합법적인 후계자인 타라는 내심 이런 문제에 부딪칠 거라고 예상하고 있었다. 어쨌거나 비밀에 붙여져 있는 후계자가 아닌가! 셈 선생님의 표정은 그렇지 않아도 칼리반의 소송 문제로 골치가 아픈 이 와중에 그것까지 밝혀지는 걸 원치 않는 표정이었다.

셈 선생님은 어디 어떤 교란작전으로 궁지를 빠져나갈지 지켜보겠다는 얼굴이었다.

"아, 그런가요? 죄송합니다."

타라는 교묘히 피해나갔다.

"저희는 소년 살인죄로 부당하게 기소된 친구를 지원하기 위해 여기 왔습니다. 저희 모두 그 현장을 목격했고, 제가 그 소용돌이를 잠재웠기 때문에(타라는 궁전을 구한 것이 자기였다는 걸 상기시켰다), 저희의 증언이 꼭 필요하다고 생각했습니다."

"흠, 그러니까 죄인을 구하기 위해 여제께서 너에게 약속한 특별한 배려를 요청하겠다는 것이냐?"

황제는 적의를 품은 듯한 어조로 말했다.

이번에는 셈 선생님이 더 빨랐다.

"죄인이라니요? 소년의 죽음이 사고였다는 것은 폐하도 잘 알고 계시는 일입니다. 우리는 칼리반의 무죄를 증명하려고 여기 온 겁니다! 뭔가 석연치 않은 음모가 느껴집니다. 제가 반드시 범인을 밝혀낼 것입니다!"

셈 선생님은 어찌나 화가 났는지 딸꾹질을 시작했다. 옆에 있던 부디우 부인이 재빨리 등을 두드려주는 걸 보면 어지간히 불안한 모양이었다. 그런 노력에도 불구하고 늙은 마법사의 얼굴은 가지색을 띠었다.

여제의 관심이 타라에게로 옮겨지는 순간이었다. 으아아악! 공포의 비명소리. 셈 선생님이 팽창하면서 점점 커지는 것이 아닌가. 손가락 끝에서 쑥쑥 자라는 날카로운 갈퀴발톱, 머리털을 대신하는 흰털 갈기, 푸른빛과 은빛 비늘로 덮이는 살가죽, 가시 돋친 돌기들이 뚫고 나오면서 갈기갈기 찢기는 옷, 입 밖으로 나타나는 무시무시한 송곳니들. 늙은 마법사는 온데간데없고 눈 깜짝할 사이에 위용 넘치는 어마어마한 용이 나타났다. 흥분한 스쿠프들이 크리스텔리스트들에게 사진을 전송하기 위해 부르릉부르릉 날아다니면서 "주우우우움 이이인 줌 인!" 하고 외쳤다.

"끄윽!"

푸른빛의 용은 트림까지 하면서 쉴새없이 불을 토해내고 있었다. 다행히 그 불길이 인화성 물질인 천장에 닿지는 않았다.

타라는 안도의 숨을 내쉬면서 속으로 '와, 기막히다. 아주 절묘한 타이밍이었어!' 하고 생각했다.

황제는 잠시 입을 헤벌리고 있다가 그래도 명색이 자기가 제국의 원수라는 것이 생각났는지 용감하게 검을 뽑아들었다. 옆에 서 있는 친위대 대장 역시 용 마법사를 향해 검을 휘두르고 있는데 표정은 영 불안했다. 하지만 자기를 촬영하는 스쿠프들을 힐끔 쳐다보면서 무기들을 고쳐들고는 용사다운 태도를 취하려고 애를 썼다.

"이런! 그만두지 못할까! 놓아라!"

여제는 안전한 곳으로 대피시키려고 하는 경호원들에게 호통을 쳤다.

여제는 두 손을 허리에 딱 붙인 자세로 용 앞에 버티고 서서 고함을 질렀다.

"솀나샤오비로다인트라쉬부 선생!"

"예, 폐하, 딸꾹."

용이 으르렁거렸다.

"이건 우리 궁정에 대한 모독이오. 즉시 변신하시오. 아니면 제국을 모독한 죄로 감옥에 처넣겠소."

용은 정중하게 허리를 굽히면서 여제의 진노한 얼굴 바로 앞까지 그 무시무시한 낯짝을 들이댔다.

"알겠습니다, 폐하, 딸꾹. 복종하겠습니다, 딸꾹."

"좋아요. 그리고 불길 좀 그만 내뿜으시오. 그 유황 냄새, 정말 지독하군요."

여제는 코를 씰룩거렸다.

용의 몸이 수축되고 송곳니와 비늘이 사라졌다. 늙은 마법사가 그들

앞에 나타났는데 여제 앞에서 홀딱 벗고 있는 것만은 피하고 싶었던 걸까, 어느새 마법복 차림이었다. 여제는 용 마법사를 흘겨보고 나서 타라를 향해 돌아섰다.

"아까 무슨 말을 하다가 중단되었지?"

"저희가 친구를 돕는 걸 허락해주시겠습니까?"

타라는 제안하면서 예쁜 미소를 지었다. 미소 작전이라도 쓰듯.

대답하려고 이미 입을 여는 황제를 보면서 타라는 황제가 그들을 돌려보내리라는 걸 직감했다. 그 순간 여제가 선수를 쳤다.

"물론이지. 너희들 모두 친구를 도울 수 있다. 바로 그 이유 때문에 너희들의 출석을 요청했던 것이고. 이제는 즉시 진실의 입들을 소환해야겠다. 그 이름 얘기는 나중에 다시 하도록 하자."

이런! 황제는 어떻게 속여볼 수 있겠는데 여제는 너무 예리해서 들통이 날 수 있었다. 타라는 정말 아주 신중하게 대답해야 했다.

타라와 무아노, 로빈, 파브리스가 정중하게 허리를 굽히자, 좀 어정쩡하긴 해도 마니투, 쉬바, 갈랑도 따라했다. 하지만 페가수스의 몸은 정말이지 절을 하기 위해 만들어진 것이 아니었다. 이어서 그들은 칼리반과 진실의 입들을 위해 옆으로 자리를 비켜주었다.

얼마 후, 진실의 입들이 등장했다.

휘리릭! 파브리스는 놀라움의 휘파람을 불렀다. 진실의 입이라면서 입이 없잖아! 생물인지 무생물인지 모를 존재들의 부리부리한 눈이 호기심과 인내심의 빛으로 반짝거렸다. 흰색의 길다란 튜닉으로 몸을 감싼 존재들이 바닥을 미끄러지듯 우아하게 천천히 이동하고 있었다. 아주 커다란 머리에 번들거리는 검은색의 큼직한 모자를 쓰고 있는데, 뒤쪽으로 갈수록 끝이 뾰족해지는 모자였다.

뒤따라 들어오는 땅 신령 글룰 부글룰, 칼리반과 블롱딘, 안젤리카. 아! 그랬지, 참! 타라는 흠칫 놀랐다. 꺽다리 소녀도 고소 당했다는 걸 까맣게 잊고 있었으니! 지나가면서 안젤리카는 사나운 눈길로 쨰려봤다.

하긴 언제는 좋았던 사이인가, 뭐.

머리가 반은 벗겨진 뚱보 남자와 너무 까매서 자연스럽지 않은 머리털의 말라깽이 부인이 안젤리카를 호위하면서 충고와 조언을 속삭이고 있었다. 업신여기는 듯이 거만한 표정으로 보아 꺽다리의 부모 같았다. 칼리반은 근심이 가득한 얼굴의 홀쭉한 남자와 주위의 사람들을 유심히 살피는 회색 눈빛의 부인과 함께였다.

타라는 칼의 어머니가 승인 받은 도둑, 랑코비트 정부를 위해 일하는 일종의 '슈퍼스파이' 라는 걸 알고 있었다. 실내를 둘러보는 태도를 보면 부인은 이미 모든 비상구 위치를 탐지했고, 친위대의 수를 파악했고, 불청객들을 결정적으로 처치하는 두세 가지 방법을 강구해 놓은 느낌이 들었다.

안젤리카의 부모는 드라고쉬 선생님 옆으로 가서 자리를 잡는 반면에 칼의 부모는 사르도인 선생님 옆에 섰다.

그들의 맞은편, 허공에 떠 있는 은빛 원반 위에서 남자와 여자가 흐느껴 울고 있었다. 소용돌이에 휩쓸려 목숨을 잃은 소년의 부모였다.

자리에 앉은 사람, 공중에 떠 있는 사람, 몸을 쭉 펴고 누운 사람, 꼿꼿이 선 사람, 모두들 나름의 방식으로 자리를 잡자, 스쿠프들의 카메라 렌즈들이 지켜보는 가운데 재판이 시작되었다.

땅 신령이 고소장을 읽었다. 경연대회에서 두 명의 후보자가 공간이동의 문을 열었을 때, 어린 마법사들이 날카로운 비명소리에 집중력을 잃으면서 마법을 조절하는 힘을 잃어버렸다. 그 순간 어떻게 만들어졌는지 알 수 없는 소용돌이가 안젤리카의 패밀리어인 날개도마뱀 키미와 문을 유형화했던 두 소년 중 하나인 브란디스 탈 미가 압 샹투를 집어삼켰다. 이에 죽은 소년의 부모가 살인죄로 고소하기에 이르렀다는 내용이었다.

고소장을 다 읽은 땅 신령이 진실의 입들에게 신호를 보내자, 진실의 입들이 원을 이루었다. 그들은 안젤리카를 무시한 채 칼리반을 에워쌌다. 얼굴이 파랗게 질려 있는 걸 보면 칼리반은 숨을 쉬는 것조차 힘든 것 같았다. 무겁게 내려앉은 정적이 셈 선생님의 끈질긴 딸꾹질소리에 간간이 깨졌다.

마니투는 불편한 기색이 역력했다. 진실의 입들이 작업을 시작했을 때, 마니투는 뭐랄까 정신적 촉수 같은 것이 개의 뇌를 건드리는 걸 느꼈다. 불안해서 그런 느낌이 들 수도 있었다. 하지만 진실의 입들은 칼리반의 머릿속만 조사하면 되는데 자신의 정신이 혼미해지다니, 마니투는 아무래도 께름칙했다. 촉수가 탐색하고 살필수록 강렬해지는 압박감이 온몸, 심지어는 방광에까지 미치고 있는 듯했다. 생리적 욕구 때문에 혼미한 상태에서 깨어난 마니투는 머리를 살래살래 흔들면서 주위를 살펴보았다.

이거야, 원! 공개 법정에서 다리를 쳐들고 옥좌를 향해 오줌을 갈길 수는 없는 일이니! 적당한 장소를 찾아야 하는데……. 마니투는 슬금슬금 뒷걸음질쳐서 방을 나갔다.

긴급 사태를 대비해 점찍어두었던 실내정원까지 한달음에 달려간 마니투는 한 그루의 거목을 발견하고 안도의 한숨을 내쉬었다. 그런데 법정을 나오자마자 사라지는 압박감. 이상도 해라. 눈살이 있다면 폼 나게 찌푸리겠건만!

타라 덩컨 65

볼일을 보던 마니투는 뒤에서 나는 발소리에 소스라치게 놀랐다. 개의 후각이 이내 냄새로 알아차렸다.

"파브리스! 넌 여기 왜 왔어?"

"갑자기 나가시는 걸 보고 걱정이 돼서 따라나왔어요. 괜찮으세요?"

훤칠한 금발 소년이 대답했다.

"그저 그래. 진실의 입 하나가 내 머릿속을 조사하기로 작정한 것 같아서 영 기분이 안 좋았다. 내가 나온 사이에 별 일 없었니?"

파브리스에게 있어서 아더월드는 하도 이상한 일들이 많아서 마니투가 내뱉은 말속에 함축된 의미를 전부 다는 이해할 수 없었다.

"특별한 건 없었어요. 그들은 칼을 에워싸고서 눈을 부릅뜨더니 그 커다란 머리를 절레절레 흔들고 있었어요. 그게 다예요."

"그거 참 이상하군. 대개는 몇 분이면 끝나는데! 가보자. 셈과 얘기를 좀 해야겠구나."

숲을 돌아 나오던 그들은 기절할 뻔했다. 출구 바로 앞에서 두 마법사가 수군거리고 있었는데, 물론 그게 아주 이상한 일은 아니었다. 단지 얼굴 대신에 반사경 마스크, 그리고 잿빛 옷을 입고 있다는 것만 제외한다면!

"맙소사, 상그라브들이에요!"

파브리스가 속삭였다.

마지스터의 불길한 추종자들과 대치할 능력이 없기 때문에 파브리스는 몸을 움츠렸다. 거기서는 두 마법사가 나누는 얘기가 잘 들려왔다.

"마지스터의 작전대로 돌아가고 있어."

한 사람이 비아냥거렸다.

"멍청한 셈이 칼리반 달 살란을 구하기 위해 전속력으로 달려왔으니 금서가 무방비 상태에 있단 말야. 우리 보스가 그걸 손에 넣는 건 식은 죽 먹기지!"

"악마의 힘을 가진 주문들이 기록된 금서만 손에 넣으면 용들은 우리를 이길 수 없어. 머지않아 우리의 힘 앞에서 모두 굴복할 거야!"

"아이고, 이를 어째!"

마니투가 구시렁거렸다.

"오무아에 상그라브들이 있다니! 그러니까 우리가 꼴좋게 당한 거로군. 우리를 이곳으로 끌어들이기 위해 칼을 고소하게 한 사람이 마지스터였다는 거잖아. 걸리적거리는 것 없이 뻥 뚫렸으니…… 금서를 빼앗기는 건 시간 문제로군. 빨리 셈에게 알려야겠다!"

두 상그라브가 사라지기가 무섭게 어전을 향해 달려가는 마니투를 따라 파브리스도 뛰었다.

그들이 들어갔을 때, 어전은 그야말로 아수라장이었다. 꽥꽥 소리지르는 사람, 울부짖는 사람, 벌집을 쑤셔놓은 듯했다.

"그만 조용히 하시오!"

친위대 대장이 소리쳤다.

"땅 신령의 말을 들어봅시다!"

찬물이라도 끼얹은 듯 강요된 침묵이 흘렀고, 모두들 글룰 부글룰이 아연실색한 얼굴로 침을 꼴깍 삼키는 걸 볼 수 있었다.

"두 분 폐하와 존경하는 참석자 여러분께 아뢰겠습니다. 우리는 전대미문의 경우에 직면해 있습니다. 진실의 입들이 이 어린 마법사의 생각을 꿰뚫어보지 못하고 있습니다."

"사람들의 표정이 왜 저래요?"

어리둥절한 파브리스가 속삭였다.

"진실의 입들이 능력을 잃었다면, 그건 아더월드의 종말을 의미하는 거니까."

마니투는 심각한 어조로 말했다.

3
진실의 입

여제의 낭랑한 목소리가 공포에 사로잡힌 정적을 깨트렸다.
"이렇게 어처구니없는 일이! 이건 이 어린 마법사에게만 관계되는 문제가 아니라 우리 모두의 문제요. 산디아르!"
"예, 폐하."
친위대 대장이 허리를 굽혔다.
"그대가 가운데에 가서 서시오. 다른 시험을 해봅시다."
"저, 저, 저말입니까? 폐하?"
당황한 친위대 대장은 말까지 더듬었다.
리스베스틸랑넴은 한숨을 내쉬면서 이마를 문질렀다.
"여기서 내가 잘 알고 있는 사람은 산디아르 그대밖에 없지 않소! 이제 알겠소?"
"알겠습니다, 폐하!"
친위대 대장은 침착해지려고 애를 썼다.
친위대 대장은 씩씩한 걸음으로 진실의 입들 앞에 서서 네 개의 팔을 반달 모양의 칼들 위에 올려놓았다. 그 태도는 진실의 입들에게 무슨 말이든 함부로 하지 않는 게 좋을 거다, 라고 경고하는 것 같았다.
 글룰 부글룰은 소리가 나게 침을 삼켰다. 진실의 입들이 눈을 부릅뜨자, 땅 신령이 즉시 말을 시작했다.
 "모두들 주목하십시오! 진실의 입들의 선언을 전합니다. 친위대 대장이 첫째로 생각하는 것은 두 분 폐하의 안전이고, 둘째는 타도르 산의 맥주를 마시고 싶은 것이며, 셋째는 아름다운 부인 봄……."
 "그만!"
 친위대 대장은 얼굴이 시뻘개져서 소리쳤다.
 "테스트는 끝났습니다. 진실의 입들은 전혀 능력을 잃지 않았습니다."
 사방에서 안도의 한숨소리가 터져 나왔다. 아더월드에 범죄가 극히 적은 것은 바로 이 텔레파시를 이용하는 진실의 입들의 놀라운 역할 덕분이었다. 그들이 더없이 값진 능력을 잃는다면 아더월드는 혼란 상태에 빠지는 것이었다.
 "좋아요. 진실의 입들이여, 그럼 이번에는 소녀를 시험해 봅시다."
 여제가 말했다.
 안젤리카는 순순히 진실의 입들의 원 안으로 들어섰다. 하지만 결과는 칼리반의 경우와 같았다. 진실의 입들은 안젤리카의 정신을 읽지 못했다. 역시 실패했다는 진실의 입들의 선언을 땅 신령이 전하자, 황제가 말했다.
 "진실의 입들이 왜 이 아이들의 생각에 접근하지 못하는지 도무지 이해할 수가 없소. 누군가가 이 아이들의 유죄를 숨기기 위해 보호 주문을 걸어놓은 것이 아니고서야! 그것은 곧 굉장히 대단한 능력을 사용했다는 뜻이고, 용들만이 그런……."
 셈 선생님은 가만히 앉아서 비난받을 사람이 아니었다.

"이미 말씀드린 바와 같이, 딸꾹, 우리는 칼리반과 안젤리카가 무죄이기 때문에, 딸꾹, 폐하의 소환에 응한 것입니다. 진실의 입들이 무죄를 확증해줄 거라고 생각했습니다, 딸꾹. 하지만 그게 불가능한 것 같으니 우리에게 해결책은 하나밖에 없는 것 같습니다."

"그래요, 브란디스 탈 미가 압 샹투의 혼령을 소환해야겠소!"

여제가 엄숙한 목소리로 말했다.

"하지만 그러려면 준비가 필요합니다. 따라서 우선 우리 모두 휴식을 좀 취하는 게 좋겠군요. 재판은 내일 다시 시작합시다."

"혼령이 뭐야?"

타라가 속삭였다.

"그 소년의 혼백인데 영혼이라고 생각하면 돼."

무아노가 대답했다.

"혼령을 한 번 더 불러서 질문을 할 수 있어."

"그럼 유령이랑 비슷한 거네."

파브리스는 한숨을 쉬었다.

"이 세계에 대해서는 이제 다 안다고 생각했는데…… 휴! 갈수록 태산이네. 그러니까 유령이 칼과 안젤리카를 심판한다는 얘기잖아. 그 유령이 유죄라고 선언하면?"

"그러면 칼과 안젤리카는 사형선고를 받게 돼."

무아노는 심각하게 말했다.

"사형? 농담이지?"

간이 콩알만해진 타라가 물었다.

"농담 아냐. 아더월드에서는 말야, 어른이나 아이나 마법 능력을 갖게 되면 그때부터 자기 행동에 대해 책임을 져야 하거든. 랑코비트에는 사형이 존재하지 않지만, 오무아에는 여전히 사형이 시행되고 있어."
 붉으락푸르락 어찌할 바를 모르는 타라를 보면서 로빈이 말했다.
 "진정해, 타라! 그렇게 걱정하는 건 아무런 도움이 안 돼. 더 혼란스러워질 뿐이야. 싸움을 하기도 전에 이러면 안 되지. 또 모르잖아, 잘 될지도. 칼은 무죄선고를 받을 거야!"
 타라는 힘 빠진 미소를 지었다. 하프엘프는 과연 전사다운 생각을 하고 있었다. 타라는 일어나서 심호흡을 했다. 어쨌거나 로빈의 말이 옳았다. 무슨 일이 일어나는지 두고 보자. 심상치 않게 돌아가면 겁은 그때 먹어도 돼. 지금부터 불안해할 필요는 전혀 없어!
 한 무리의 사람들이 온갖 추측 속에 우르르 몰려나가기 시작하면서 주홍빛 대리석 위를 부딪는 발굽소리, 발소리, 촉수 소리로 시끌벅적했다. 바쁘게 움직이는 크리스털리스트들이 열을 올리면서 동그랗거나 네모난 크리스털에 대고 소식을 전하는 소리도 여기저기서 들렸다. 모든 면에서 흥미진진한 광경이었다!
 잠시 후, 칼이 블롱딘을 데리고 다가와서 친구들을 보고 반가워하자, 타라는 어리둥절했다. 게다가 친위대도 그들이 뭘 하든 전혀 관심이 없는 것 같았다.
 "어머, 이렇게 자유롭게 다녀도 돼? 너…… 감옥에 들어가 있는 거 아니었어?"
 무아노도 깜짝 놀랐다.
 "감옥에? 내가 왜? 난 아무 짓도 안 했는데."
 칼은 씩 웃었다.
 "하지만 너를 체포했잖아?"
 "몇 가지 문제점을 밝혀내기 위해서 정중하게 나를 궁전으로 초대했던 건데 뭐. 어쨌든 난 판결을 받은 게 아니니까 아직은 무고한 사람으로 간주되지. 휴, 차라리 감옥에 가는 게 낫지!"

칼이 아주 괴롭다는 듯이 말했다.

"너희들은 상상도 못할 거다. 안젤리카도 고소되었잖아, 그렇다고 글쎄 우리를 한 방에 집어넣은 거 있지!"

"오, 맙소사! 그건 좀 너무했다."

무아노가 외쳤다.

"이제야 상황 파악이 되냐? 그래서 가능한 한 늦게까지 궁전을 돌아다니다가 잠잘 때만 들어간단니까. 그리고 뭐가 최악인지 알아?"

"뭔데?"

"그 계집애가 코를 고는 거 있지!"

깔깔대는 웃음소리에 셈 선생님이 돌아봤는데, 파브리스와 마니투와 함께 무슨 이야기인가를 하는 중이었다.

"너희들도 이리 와 봐, 딸꾹. 마니투와 파브리스가 뭘 봤다는데, 딸꾹."

마니투는 그들에게 두 상그라브가 나눈 대화를 전하자, 셈 선생님은 딸꾹질을 멈추고 부르짖었다.

"오, 나의 금더미에 걸고 맹세코! 또다시 시작되게 내버려두지 않겠다!"

그들이 얼른 뒤로 물러섰다. 하지만 이번에는 셈 선생님이 제때에 자제했는지 송곳니나 비늘 같은 건 나타나지 않았다.

"그래도 마지스터가 단념할 희망은 없을 것 같아요."

타라는 침착하게, 아주, 아주 침착하게 지적했다.

"그자는 권력욕에 미친 사람이잖아요. 선생님과 싸워서 그 자리를 빼앗을 방법을 찾지 못하면 아마 계속해서 악마의 힘을 가진 사물들을 노릴 거예요. 그런데 금서라는 것이 림보에 이르는 유일한 수단인가요?"

"아니, 마지스터는 금서가 없어도 악마들의 왕국에 갈 수 있다."

셈 선생님이 침울하게 대답했다.

"원하면 언제든 갈 수 있지. 하지만 악마들의 세계에서도 금지되어 있는 몇 가지 주문이 필요한 거겠지. 따라서 그자가 금서를 손에 넣으면 절대로 안 돼!"

"당신을 이곳으로 유인하기 위해 그자가 죽은 소년의 부모나 누군가에게 마법을 걸어서 칼을 고소하게 만든 것이 틀림없소."

마니투가 말했다.

"그걸 막으려면 금서를 가져다가 당신이 지니고 있는 것이 가장 간단한 방법이오."

"난 그럴 수가 없어요."

셈 선생님이 대답했다.

"어째서 그럴 수 없단 말이오?"

"그 책의 힘이 얼마나 대단한지 당신은 상상도 못할 겁니다. 그건 그냥 사물이 아니에요. 림보 세계 악마들의 작품이죠. 고유한 생명을 가지고 있는 책이라서 읽을 때도 가능한 한 만지지 않지요. 내가 지니고 다니면 몇 시간 내에 나를 점령해서 파괴하고 말 겁니다. 그런데 그런 위험한 짓을 하기에는 내가 맡은 책임이 너무 막중하단 말이오."

"그렇다면 당신이 랑코비트를 떠나와 있으니 그 책을 지킬 수가 없다는 얘기인데…… 그럼 이제 어떻게 한단 말이오?"

마니투가 걱정스런 얼굴로 말했다.

"사피르 드라고쉬에게 즉시 랑코비트로 돌아가서 책을 지키라고 부탁해야겠소. 우리의 친구 뱀파이어는 강력한 마법사니까 지켜낼 것이오."

"그게 답니까?"

늙은 마법사는 어깨를 으쓱했다.

"그리고 엘프 사냥꾼들이 오래 전부터 나한테 도둑맞으면 안 되는 귀중하고 위험한 것들이 있다는 걸 알고 있지요. 그래서 그들은 아주 철통같이 성을 지키고 있소. 책을 어디에 감춰놓았는지, 또 그곳에 이르는 방법을 아는 사람은 아무도 없지요. 그래서 난 사실 그리 걱정하지는 않아요."

"아, 그래요?"

마니투는 놀라는 표정을 지었다.

"그럼 당신은 걱정하지 마시오. 나는 걱정을 좀 해야겠소. 만일의 경우에 대비하여."

무아노는 숨을 깊이 들이쉬었다. 셈 선생님이 까맣게 잊은 모양이었다. 책을 감춰놓은 비밀 장소를 내가 알고 있다는걸. 무아노는 털어놓을까 망설이다가 그냥 입을 꾹 다물었다.

"와, 정말 잘됐다, 안 그래?"

칼이 배시시 웃었다.

"뭐가 잘돼?"

파브리스가 어리둥절해서 물었다.

"이번에는 마지스터가 금서를 훔치는 데 타라가 필요하지 않아. 그러니까 타라를 납치하려고 나한테 마법을 걸거나 마비시키거나 불에 지지거나 물에 빠뜨리는 일 따위는 하지 않을 거잖아. 이젠 아주 진저리가 날 판이었는데 말야!"

그 말에 대한 대응으로 타라가 약을 올리듯 혀를 쏙 내밀었다.

저녁을 먹은 뒤에 그들은 스위트룸에 모였다. 디저트에 키디코이 막대사탕이 있었다. 체리/살구/계피/후추 맛, 그 기상천외한 맛을 다 빨아먹은 뒤에 타라는 사탕 속에서 다음의 글귀를 읽을 수 있었다.

함정이 느껴지지만 네가 생각하는 데에 있지 않다.

애걔, 큰 도움이 되는 예언이 아니잖아!
칼의 방은 그리 멀지 않았다. 하지만 그는 안젤리카와 함께 있으니 떨어져 있는 쪽을 택했다. 그들이 한창 노닥거리고 있을 때, 문에서 입이 벌어지면서 알렸다.
"타라틸랑넴 덩컨 양을 만나고 싶다며 한 에프리트가 찾아왔다. 들여보낼까?"
"네."
타라는 약간 의외라는 얼굴로 대답하자, 붉은 악마가 들어왔다.
다리는 없고 몸뚱이 아랫부분이 꽈배기처럼 생긴 에프리트가 둥둥 떠 있는 채로 타라 앞에서 정중하게 허리를 굽혔다.
"나의 주인님이신 여제 폐하께서 황금빛 규방으로 와달라고 하신다."
에프리트는 새된 목소리로 말했다.
"나는 그곳으로 안내하라는 임무를 받았다."
타라의 친구들이 일어나는 걸 보고 에프리트가 얼른 덧붙였다.
"혼자."
로빈은 들은 척도 않고 물었다.
"우리가 같이 가줄까? 이 궁전에 샹그라브들이 있잖아."
"아니, 내 걱정은 하지 마. 멀리 가는 것도 아닌데 뭐. 이따 보자!"
타라는 빙긋이 웃었다. 각별히 신경 써주는 하프엘프의 친절함이 고맙지만, 타라는 여제와 단둘이만 있는 자리에서 칼의 편에 서줄 수 있는지 알고 싶었던 것이다.

　에프리트를 따라 궁전의 복도를 지나가면서 타라는 조명이 아주 흐려지는 걸 알아차렸다. 가면 갈수록 그들은 점점 인적이 없는 복도로 접어들었다. 이윽고 먼지가 뿌옇게 앉은 칙칙한 방에 이르렀을 때, 타라는 속으로 생각했다. 여제의 규방이라고 하기는 아무래도 좀 이상한데…….

　에프리트는 다시 허리를 굽히고 나서 여제에게 알리겠다는 말을 남기고 사라졌다. 타라는 방안을 서성거리고 있었다. 방에는 오무아 사냥꾼들의 모험을 이야기하는 대형 태피스트리들, 조각장식이 어찌나 정교한지 부서질까 앉기가 겁나는 의자 세 개, 주홍빛 벨벳을 씌운 소파 두 개, 다리가 휘어지고, 쪽매붙임을 한 예쁜 탁자 하나가 놓여 있었다.

　앉으려는 순간, 의자 세 개가 싸울 듯이 경쟁을 하는 모습을 어이없이 쳐다보던 타라는 숨이 턱 멎을 뻔했다. 싸늘한 눈초리가 느껴졌던 것이다. 어쩐지 낯설지 않은 느낌이더니, 과연 한 상그라브가 지켜보고 있었다! 홱 돌아서는 순간 날아오는 불타는 광선을 발견한 타라는 날쌔게 엎드리는 것으로 아슬아슬하게 광선을 피했다.

　광선을 맞은 탁자가 폭발하면서 태피스트리에 불이 붙었다. 타라는 벌떡 일어나서 소파 뒤로 몸을 숨겼다. 상그라브는 문 뒤에 있었다. 갑자기 나타난 두 개의 손이 공 모양의 불덩이를 휘둘렀다. 타라가 방패를 만들려고 안간힘을 쓰는 걸 알아차렸는지, 살아 있는 돌이 의견을 묻지도 않고 개입했다. 그 둘의 마법이 합해져서 만들어낸 20센티미터 두께의 장벽이 공격자의 시야를 갑자기 가로막았다.

　정확히 타라가 바랐던 것은 아니지만 유리한 상황으로 돌아가고 있었다. 뜻밖의 사태에 놀라 잠시 멈칫했던 상그라브가 다시 공격을 시도했다. 타라에게는 안된 일이지만 그의 마법 능력은 강력했다.

콰르릉! 불덩이에 벽의 일부가 산산조각 났다. 타라는 파편을 피하기 위해 납작 엎드려서 재빨리 그 화재를 진압할 만큼의 물을 생각했다. 그러나 두 번째의 불덩이가 이미 다가오고 있었다. 타라는 또다시 바닥에 엎드렸다. 벽이 완전히 무너지기 전에 어떻게 해서든 다른 방법을 찾아야 하는데…… 타라는 머리를 재빠르게 굴렸다. 도대체, 어디 있는 거지? 상그라브가 보이지 않아서 주문을 걸기가 곤란했다. 그 순간 마법을 거는 상그라브의 손이 보였다. 그 잠깐의 소강 상태를 이용해서 타라는 벽에 뻥 뚫린 구멍으로 움직임을 살폈다. 두 손이 바쁘게 움직이면서 새 불덩이를 크게 만들고 있었다. 절호의 기회였다. 타라는 실루르 옥좌에 써먹었던 것과 같은 얼음 광선을 떠올리면서 주문을 걸었다.

만화영화를 너무 많이 본 탓인가? 타라는 얼음 광선을 발사하면서 상그라브의 손과 불덩이가 얼음에 덮여 꽁꽁 얼어붙을 거라고 상상했었다.

그런데 그게 전혀 그렇지가 않았다.

얼음 광선이 불덩이를 건드렸을 때 얼어붙기는커녕 피식거리다 꺼지는 것이 아닌가. 상그라브가 욕설을 퍼붓고는 있지만 두 손은 여전히 자유로웠다. 화가 난 상그라브는 타라를 잡아먹을 듯한 기세로 또다시 주문을 외웠다. 타라는 등골이 서늘해졌다. 더는 공격을 견딜 자신이 없는데.

그때 갑자기 요란한 발소리가 들려오자, 두 손이 사라졌다. 몇 초 후, 부디우 부인과 친위대 대장 산디아르가 병사 몇 명을 데리고 들이닥쳤다. 아수라장이 된 방을 보면서 산디아르는 번개같이 네 개의 칼을 뽑아 들었고, 부하들에게 방을 포위하게 했다. 아직 살아 있는 게 믿어지지 않는 듯 얼떨떨해 있는 타라를 향해 부디우 부인이 달려갔다.

"어떻게 된 거니?"

그 황당한 사태에 아연실색한 부디우 부인이 물었다.

타라는 아직도 부들부들 떨면서 대답했다.

"누군가가 나를 주, 죽이려고 했어요. 부인이 제 목숨을 구해주신 거예요. 휴, 몇 초만 늦었어도 이 세상 사람이 아닐 뻔했어요."

부디우 부인이 외쳤다.

"오, 데미데루스여! 이리 오렴!"

어머니처럼 안아주는 부디우 부인의 품에서 타라는 와락 울음을 터뜨렸다.

친위대 대장 산디아르는 노골적으로 의심에 찬 표정을 드러내며 타라에게 어떻게 된 일인지 물었다. 산디아르는 처음 대면했을 때부터 타라가 하는 모든 행동을 자기를 모욕하는 것으로 받아들였다. 타라도 의심받는 느낌이 들어서 괴로웠다. 게다가 조사해본 결과 여제가 타라를 부르지 않았다는 것이 밝혀진 만큼 산디아르의 의심은 더욱 굳어졌다.

메시지를 전했던 에프리트를 찾는 것은 불가능했다(하나같이 쌍둥이처럼 꼭 닮았는데 바보가 아닌 다음에야 어느 누가 자기가 그랬다고 자백하겠는가).

격분한 로빈과 파브리스는 타라의 뒤를 악착같이 따라다니기로 결심했다. 충격을 받은 칼도 친구들과 함께 지내게 해달라고 요청했고, 허락을 받았다. 여제의 사촌이자 궁전의 행정관 옥시아 부인은 타라의 방문 앞에 보초를 세우게 했다. 오무아 궁정의 샤먼인 '가벼운 발' 비송 박사는 놀란 가슴을 진정시켜야 한다면서 온갖 끔찍한 것들을 우려낸 탕약을 그것도 아주 많이 막무가내로 타라에게 삼키게 했다.

그날 밤은 대단한 종합 탕약에도 불구하고 조용히 넘어가지 않았다. 용맹한 기사에 관한 아더월드의 영화를 너무 많이 본 탓인지 로빈이 방문 앞 바닥에서 자겠다고 우기는 통에 타라는 한바탕 입씨름을 해야 했다. 게다가 타라는 밤새도록 악몽에 시달리느라고 녹초가 되었다. 도무지 이해할 수 없는 일이었다. 마지스터는 절대 아니란 말야. 내가 꼭 필요한 사람이니까. 그럼 나를 없애버리고 싶은 사람은 누굴까? 그리고 무슨 이유로?

모든 사람이 그렇듯 타라도 특별한 모험을 꿈꿨었다. 하지만 타라는 이제 시시하고, 따분하고, 맥빠지는 나날들이라도 조용한 삶을 살기 위해서라면 어떤 벌이라도 달게 받을 수 있을 것 같았다.

아침을 먹고 난 얼마 후, 다미엔이 법정으로 데려가기 위해 그들을 찾아왔다. 또다시 정글을 지나면서 파브리스는 멀찍이 떨어져서 나는 프테로닥틸루스들이 자기를 간식거리로 생각하지 않는다는 걸 확인하고는 안도했다. 칼은 병사 두 명의 호위를 받으며 주홍빛과 금빛의 법정으로 들어섰고, 재판이 시작되었다.

전날의 사건에 대한 소문이 궁전을 한 바퀴 돈 게 분명했다. 이날은 법정이 만원이었다. 은빛 유니콘들, 금빛 키마이라들, 샛노란 꼬마도깨비들, 머리가 둘 달린 타트리스들, 전쟁 그림이 그려져 있다는 것만으로도 벽을 경계하는 켄타우로스 스무 마리, 파란 땅 신령들, 다시 말해서 온갖 종족이 두 옥좌 주위로 몰려들고 있었다. 화려한 색의 독특한 옷차림을 한 인간 궁인들은 공중에 둥둥 떠 있거나 긴 의자와 걸상에 편안히 앉아 있었다.

주위를 둘러보던 타라는 소스라쳤다. 바로 옆에 있던 금발미녀가 느닷없이 비쩍 마른 파파 할머니로 변했던 것이다. 동행한 남자가 흠칫 여자에게서 떨어졌다. 기분이 상했는지 파파 할머니가 발로 바닥을 탁탁 치면서 머리를 만지작거리자 금발미녀가 다시 나타났다. 남자가 씩씩거리면서 여자에게 욕설을 뱉으려고 할 때 여자의 주문이 날아왔다. 위풍당당한 근육질의 남자 대신에 나타난 갈비씨 청년은 황당한 얼굴을 하고 있었다. 그 멋진 이두박근이 온데간데없이 없어졌으니! 금발미녀는 까르르 웃음을 터뜨렸고, 여자를 흘겨보던 청년은 요란하게 쿵쿵거리면서 방을 나가버렸다.

그래서 타라는 궁인 마법사들이 자신의 진짜 모습을 드러내는 일이 거의 없다는 결론을 내렸다. 그런데 이런 변신의 문제점은 가짜 모습을 오래 유지하기가 힘들다는 것이었다. 에너지 소비가 너무 많기 때문이다.

잠깐 동안 키 180센티미터에 몸무게 95킬로그램의 거구가 되고 싶은 날이 오면…… 나도 어떻게 해야 할지 알게 되겠지!

마침내 시종장이 손짓을 하자, 웅성거림이 멈췄다. 옥좌에 앉은 여제와 황제는 최고 마법사들에게 둘러싸여 있었다.

이번에는 여제가 그 눈부신 아름다움을 은빛으로 강조했다. 멋지게 틀어 올린 머리는 꼭 금속모자를 쓴 것 같았고, 은빛 드레스에는 반짝이는 새들이 이 가지에서 저 가지로 날아다니는 그림이 선명했다. 백금과 다이아몬드 왕관은 관자놀이를 죄면서 이마를 돋보이게 하고, 키가 커 보이게 했다. 황제 역시 얇은 강철 갑옷을 입고 있는데 은빛 룬 문자로 장식되어 있었다. 가는 금속 밴드를 두른 금발이 이번에는 구불구불 흘러내리고 있었다.

두 번은 호락호락 당하지 않겠다는 듯이 단검 대신에 장검을 택한 황제는 셈 선생님을 쏘아보고 있었다. 또 용으로 변신할까 경계하는 모양이었다.

그 태도는 이렇게 외치고 있었다.

'어디 까딱만 해 봐라, 햄버거 스테이크로 만들어줄 테니!'

그런데 아는 건지 모르는 건지 용 마법사가 눈길도 주지 않는 것에 황제는 심기가 뒤틀려 있었다.

뭐 하나라도 놓칠세라 스쿠프들이 두 옥좌 주위를 이리저리 날아다니며 녹화하고 있었다. 타라는 매혹적인 여제에게서 눈을 떼고 주위를 둘러보다가 뱀파이어가 없음을 알았다. 금서를 지키기 위해 랑코비트로 돌아간 것이 분명했다. 휴, 다행이다.

칼과 안젤리카는 군주들 앞의 바닥에 그린 금빛 원 안에 앉아 있었고, 죽은 소년의 부모는 그 원 밖에 있었다. 무거운 침묵이 법정을 짓눌렀다.

최고 마법사들이 주문을 외우기 시작했다. 그들의 이마에서 땀이 뚝뚝 떨어지는 것으로 보아 굉장한 노력을 요하는 것이 분명했다.

"콘보쿠스의 이름으로 브란디스 탈 미가 압 샹투는 듣거라, 너를 소환하노라!"

그들이 읊조렸다.

"콘보쿠스의 이름으로 우리는 너를 끈으로 묶는다, 너는 응할지어다! 콘보쿠스의 이름으로 혼백은 나타나, 우리 앞에 유형화할지어다!"

가물가물한 빛이 최고 마법사들 앞에서 춤을 추었다. 그 빛이 점점 커지더니 소년의 형상을 띠기 시작했는데 그 몸이 약간 투명하긴 해도 눈에는 또렷이 보였다. 타라는 유령의 피부색을 보면서 놀랐다. 영화 속의 유령들처럼 이 유령도 색깔이라곤 없이 그저 허여멀건 하겠거니 생각했던 것이다. 약간 비뚤어져 보이는 걸 제외하고는 유령은 완벽하게 정상적인, 살아 있는 사람 같았다.

그리고 유령은 알몸뚱이였다. 아니, 완전 누드가 아니라 허리에 안개 같은 걸 두르고 있었다.

"뭔가…… 뭔가가 나를 불렀는데……."

유령이 어물어물 말했다.

"우리가 불렀단다, 얘야."

소년의 어머니가 눈물을 펑펑 쏟으면서 대답했다.

"여, 여기가 어디…… 어디죠? 기억이 안 나요. 근데…… 근데 엄마, 왜 그렇게 울어요?"

그 순간 감정이 복받쳐서 그대로 쓰러질 것 같은 부인이 손을 꼭 잡아주는 남편에게 의지했다.

"넌…… 죽었단다. 오, 내 아들, 내 사랑. 공간이동 문의 통제되지 않는 소용돌이에 휩쓸려서 죽었어. 그래서 너를 죽게 한 이들을 심판하기 위해 우리가 너를 부른 거란다."

그러면서 부인은 칼과 안젤리카를 가리켰다.

유령은 깜짝 놀란 표정으로 소리쳤다.

"내가…… 죽었어요? 확실해요? 어, 이상하네, 난 죽은 느낌이 안 드는데."

소년의 아버지는 이를 악물면서 말했다.

"넌 살해당했어. 그래서 우리는 어떻게 된 일인지 알려고 하는 거야. 네가 문을 만들었을 때 귀청을 쨰는 비명소리가 울렸어. 그 때문에 넌 집중력을 잃었고, 문은 통제할 수 없게 되었지. 랑코비트에서 온 저 두 마법사들 때문에 넌 죽었고, 이제 우리에게 남은 것이라곤 너의 혼령뿐이구나. 따라서 벌을 내리는 건 당연한 일이다. 저 두 마법사들을 죄인으로 지명하겠니?"

유령은 멍한 얼굴을 하고 있었다.

"맞아요…… 이제 기억나요. 비명소리. 두려움. 사악한 힘. 한 계집애가 있었고……, 그 애는 나를 도와주려고 했어요. (타라는 자신도 모르게 소스라쳤다. 어떻게 저런 말을, 한 계집애라니!) 하지만 소용돌이의 힘이 너무, 너무 강력했어요. 나는 빨려 들어갔어요."
소년은 단호한 목소리로 계속했다.
"내가 저 애들 때문에 죽은 거란 말이죠?"
"그래, 내 아들아."
어머니가 대답했다.
"그럼 의심의 여지가 없죠."
유령은 굳은 어조로 대꾸했다.
"저 애들이 죄인이에요!"
"아냐!"
이러쿵저러쿵하는 웅성거림 속에 타라의 고함소리가 터져 나왔다. 가로막는 친위대를 날쌔게 피하면서 타라는 유령 앞에 버티고 섰다.
"저 애들이 너의 집중력을 깨트린 건 사실이야. 그렇다고 쟤들이 너를 죽인 건 아니지! 사악한 힘, 우리 둘을 빨아들이려고 하던 힘이 있었다고 너도 말했잖아. 잘 기억해 봐! 그건 쟤들에게서 나오는 힘이 아니었어. 그 힘은 다른 데서 오는 거였단 말야!"
유령은 눈살을 찌푸렸지만 뭔가 집중력을 방해하는 것이 있는 듯했다.
"음…… 그래, 맞아. 사악한 힘, 뭔가가 소용돌이를 잠재우지 못하게 했어. 그 힘이 아니었다면 난 살았을 거야!"
그때 소년의 아버지가 끼어들었다.
"그만 됐다! 친구들을 도와주려는 타라 양의 마음은 알아. 하지만 내 아들은 죽었어. 저 아이들 때문에 내 아들이 죽었어. 그러니까 당장 여기서 나가거라. 내 아들이 살인자들을 재판하게 놔두란 말이다!"
타라가 대꾸하려고 입을 벌렸을 때 유령이 말했다.
"나를 끌어당기는 힘이…… 느껴져요. 나, 나는 떠나야 해요. 나에게 한 짓을 생각하면 저 두 마법사들은 재판 받아 마땅해요. 죽음, 죽음은 너무 가혹한 거니까. 쟤들을 가두세요! 쟤들은 감옥살이를 해야 해요……, 목숨이 끊어지는 날까지!"

끔찍한 말을 남기고는 파리해진 유령의 실루엣이 희미해지기 시작하더니 완전히 사라졌다.

타라는 이대로 물러설 수 없었다.

"저에게 약속하셨던 특별한 배려를 요청합니다!"

옥좌에 앉은 황제의 몸이 들썩거리더니 타라를 향해 말했다.

"이 경우에는 그 배려가 적용될 수 없다! 그건 너와 관계되는 것이어야 한다. 네 친구들을 위해서 사용할 수는 없어. 더군다나 살인사건에는 특별한 배려를 요구할 수 없는 법!"

타라는 마음이 약해지는 걸 느꼈다.

"하지만 이건 있을 수 없는 일입니다. 칼과 안젤리카는 무죄예요! 그건 폐하께서 저보다 더 잘 알고 계십니다!"

타라의 실수였다. 여제는 무례하게 구는 걸 좋아하지 않았다. 그리고 오만불손함을 어떻게 제압하는지 완벽하게 알고 있었다.

여제는 싸늘한 목소리로 선언했다.

"이제 그만! 재판의 결과는 예상했던 대로 끝났다. 죄인들을 감옥으로 데려가라. 이상 끝!"

그렇게 말하고 나서 일어난 여제는 타라의 힘없는 눈길을 받으며 퇴장했다.

무아노와 로빈, 파브리스는 유죄선고를 받은 두 친구를 뚫어져라 쳐다봤다. 안젤리카는 여제를 비난하면서 제국에 전쟁을 선포하겠다고 고래고래 소리치는 아버지의 어깨에 기대어 엉엉 울고 있었다. 칼은 아직 충격 속에 있었다. 그런데 이상하게도 칼의 어머니는 걱정하는 기색이 없었다. 그녀는 아들에게 귀엣말을 했고, 잠시 후 칼은 고개를 들고 어머니에게 미소를 지었다.

친위대는 안젤리카를 억지로 부모에게서 떼어내야 했다. 하지만 칼은 살아 있는 불덩이 같은 여우를 데리고 태연하게 따라갔다. 친구들에게 손까지 흔들어주면서.

타라는 미끄러지듯 바닥에 주저앉았다. 무아노도 덩달아 옆에 앉아서 흐느껴 울었다. 두 소년은 용감하게 버텨보려고 했지만 불가능했다.

타라는 탄식했다.

"이건 정말 부당해. 이 세계의 어른들은 다 돌았어. 이건 있을 수 없는 일이야! 어떡하면 좋아?"

로빈은 슬쩍 눈물을 훔치고 나서 멀어져 가는 칼의 뒷모습을 물끄러미 쳐다봤다. 그러고는 생각에 잠긴 얼굴로 말했다.

"그런데 참 이상해. 남은 여생을 감옥에서 보내는 형을 선고받은 사람치고는 칼의 표정이 너무 명랑하단 말야."

"응, 내 생각도 그래. 칼에게 한두 가지 좀 물어봐야겠어."

우거지상이 된 파브리스는 훌쩍거리면서 깨끗한 손수건 두 장을 친구들에게 내밀었다.

무아노는 코를 휑 풀면서 말했다.

"그래, 우리에게는 감방으로 칼을 만나러 갈 권리가 있어. 그리고……."

그들에게 다가오는 셈 선생님을 보면서 무아노는 말을 중단했다. 늙은 마법사의 얼굴은 화가 나 있는 건지, 진정이 된 건지 종잡을 수가 없었다.

셈 선생님이 투덜거렸다.

"도저히 이해할 수가 없어. 칼과 안젤리카가 마지스터의 함정에 빠진 게 분명해. 어처구니없는 상황이 되었는데도 우리는 두 아이의 무죄를 증명할 수가 없으니! 진실의 입들은 느닷없이 아이들의 머릿속을 읽어내지 못하질 않나, 여제와 황제는 아이들을 감옥에 넣질 않나……, 그 아이들이 무죄라는 걸 그들도 분명히 알고 있건만!"

그 사이에 침착해진 타라가 맞장구를 쳤다.

"맞아요. 누군가가 우리를 갖고 노는 거예요. 우리가 이유를 알아내지 못하면 놈은 이기고, 우리는 바보가 되는 거예요!"

늙은 마법사는 타라를 흘겨봤고, 타라는 빙긋이 웃었다.

"할아버지, 진실의 입이 할아버지의 머릿속을 조사했다고 했죠?"

"아니, 누군가가 내 머릿속을 조사했다고 했지. 그게 진실의 입인지는 나도 모르겠다."

마니투가 대답했다.

"땅 신령을 만나야 해요."

타라는 흰 머리털을 질경질경 씹으면서 말했다. 갈랑이 한 발로 자꾸만 타라를 잡아당기는 걸 보면 머리털 씹는 것이 어지간히 싫은 모양이었다.

"땅 신령? 왜?"

놀란 토끼눈으로 파브리스가 물었다.

"땅 신령은 오랜 옛날부터 진실의 입들과 일해 왔잖아. 그들 중 누가 할아버지의 머릿속을 읽었는지 알아낼 수 있을 거야. 그리고 어쩌면 그 이유를 말해줄지도 몰라."

글룰 부글룰을 찾는 것은 그리 어렵지 않았다. 땅 신령은 궁전의 여러

정원 중 하나에 진실의 입들과 함께 있었다. 진실의 입들이 하얀 망토를 벌리고 있었다. 꼭 나무처럼 생긴 밤색 몸뚱이들, 타라는 눈이 튀어나올 뻔했다.

이런, 진실의 입이 식물이었네!

팔이 있어야 할 자리에 싹이 움튼 나뭇가지들이 달려 있질 않나, 수많은 발은 뿌리처럼 땅 속에 박혀 있질 않나. 거기다 그들이 모자로 쓰고 있던 것은 사실, 머리 주위에 펼쳐진 채 햇살을 아귀아귀 끌어 모으는 검은색의 커다란 꽃잎이었다. 그 전체에서 소리 없는 희열 같은 것이 풍기고 있었다.

자기를 향해 돌진해오는 무리를 보고 놀랐는지 눈이 휘둥그레진 땅 신령이 물뿌리개를 내려놓았다.

셈 선생님이 말했다.

"부글룰 선생, 잠깐 시간 좀 내주시겠소?"

땅 신령은 약간 불안한 얼굴로 허리를 굽혔다.

"아, 물론이지요, 최고 마구스. 무슨 일입니까?"

"최고 마구스 마니투 덩컨이 말하기를 법정에서 한 진실의 입이 자기의 머릿속을 읽었답니다. 그걸 확인해주시겠소?"

땅 신령은 깜짝 놀라면서 분개했다.

"그건 절대 있을 수 없는 일입니다! 어떤 진실의 입도 당사자의 동의나 법정의 동의 없이 의식을 가진 존재의 머릿속을 조사할 수 없습니다. 그건 엄격히 금지되어 있지요."

셈 선생님은 아부하는 투로 대꾸했다.

"아, 물론, 물론 그렇겠지요. 하지만 금지된 일이라고 꼭 일어나지 않는다는 보장은 없지요. 그래서 부탁인데 확인해 주시겠소?"

진실의 입들이 술렁거렸고, 땅 신령은 눈살을 찌푸리면서 대답했다.

"최고 마구스, 진실의 입들은 자기들이 당신, 아니 덩컨 선생의 머릿속을 조사했다면 그 침입은 결코 간과될 수가 없다고 합니다. 따라서 덩컨 선생이 누군가가 머릿속을 읽거나 침투한 걸 느꼈다면 그건 분명히 진실의 입은 아니라는 뜻이랍니다."

"아하, 그러니까……."

셈 선생님은 뜻밖이라는 얼굴이었다.

"진실의 입들은 사람들이 알아채지 못하게 머릿속을 읽을 수 있다는 말이군요. 그거 재미있군. 아주 재미있어."

땅 신령이 단호하게 응수했다.

"하지만 진실의 입은 아니오. 절대로. 살인죄를 지은 자들은 여러 나라에서 진실의 입들의 행성 산티보르로 보내진다는 걸 잊지 마시오. 그리고 머릿속을 읽었던 진실의 입이 그 살인범의 간수가 된다는 것도. 다시 말해서 간수들이 받는 보수는 그들에게 아주 중요한 수입이란 말입니다. 그런데 그들이 뭐 때문에 머릿속을 뒤지는 기쁨을 누리면서 얻는 그 특별한 신분을 버리겠습니까? 범인은 다른 데서 찾아보세요. 덩컨 선생의 머릿속을 읽은 자는 진실의 입이 아닙니다."

셈 선생님은 확고한 태도를 보이는 땅 신령에게 허리를 굽혔다.

"고맙소, 부글룰 선생."

그들은 정원을 나오면서 한 가지 사실을 알았다. 함정에 빠졌으며, 칼이 석방되지 않는 한 움직일 수 없다는걸.

셈 선생님은 여제에게 새로운 재판을 요청하기로 결정했다.

"결과는 나중에 알려주마. 마니투, 당신은 이 아이들과 함께 있으면서 어리석은 짓을 하지 않게 지켜주시오. 궁전을 파괴했다가는 세계대전이 터지게 될 테니."

"나는 보모가 아니오. 아이들이 뭔가를 하면 아마 나도 하리라는 것, 그건 자신 있게 말할 수 있소."

타라가 보내는 예쁜 미소에 할아버지는 윙크로 응답했다. 셈 선생님은 손들었다는 얼굴로 하늘을 쳐다보더니 구시렁거리면서 떠났다.

궁전의 지하실로 향하는 동안 파브리스가 말했다.

"정리를 좀 해보자. 땅 신령이 한 말이 사실이라면 네 할아버지의 머릿속을 읽은 건 진실의 입이 아냐. 그럼 누구지? 그리고 왜? 할아버지는 누군가가 머릿속을 뒤지는 걸 어떻게 알았을까?"

타라는 생각에 잠긴 얼굴로 말했다.

"꼭 퍼즐 같아. 맞춰지지 않는 것들이 많거든. 뭔가가 밝혀질 때까지는……, 근데 아무래도 이상하단 말야……."

"뭐가?"

"응? 아무것도 아냐. 칼을 찾아가서 일단 의견을 들어보자. 저지르지도 않은 죄 때문에 감옥에서 썩게 내버려둘 순 없으니까!"

"에이, 불안하게 좀 하지 마."

파브리스는 넘겨짚었다.

"우리 의논하러 가는 거 맞지?"

타라는 명랑하게 대답했다.

"천만에. 우린 지금 칼을 탈옥시키러 가는 거야."

4
오무아 제국의 진실

"뭐라고? 농담이지?"

파브리스가 소리쳤다.

"천만에. 칼이 감옥에 있기를 바라는 사람이 있어. 이 모든 짓을 꾸민 사람이 마지스터인지 그건 나도 몰라. 하지만 칼을 구해내는 것으로 일단 그 계획을 망가뜨리면 뭔가 알게 되겠지."

잠자코 있던 무아노가 말했다.

"음…… 있잖아. 이번만은 나도 파브리스와 같은 생각이야. 오무아의 감옥에서 누군가를 탈출시킨다는 건 절대로 불가능해."

타라는 어깨를 으쓱하면서 대꾸했다.

"글쎄! 잿빛 요새를 찾아내고 또 거기서 탈출하는 것도 불가능한 일 아니었나? 마지스터를 물리치고, 실루르의 옥좌를 파괴하는 것도 불가능한 일이었어. 게다가 더 나아가서 엄밀하게 말하면 마법이라는 것 자체도, 이 마법의 세계도 불가능한 것이지. 그래서 이제 더는 불가능이란 말에 신경 쓰지 않기로 했어. 그리고 내 사전에서 불가능이란 말을 삭제할까 아주 진지하게 생각하는 중이야."

로빈이 씩 웃었다.

"너한테 1점 줬다, 타라. 칼을 탈출시키는 것이 마지스터의 계획을 망가뜨리는 거라면 여제와 여제의 샤트릭스, 자이언트 거미들과 맞서 싸워볼 만한 가치가 있지."

"너 무슨 말을 하는 거야? 샤트릭스, 자이언트 거미? 또!"

파브리스는 소리를 꽥 질렀다.

"미안하다."

로빈이 전혀 미안하지 않은 얼굴로 대답했다.

"샤트릭스들이 감방을 지키고 있다는 걸 내가 말해 주지 않았던가? 거미는 확실하지 않아. 아버지가 오무아 대사로 계실 때부터 거미로 바뀐 것 같던데……. 그날의 수수께끼 답을 잊어버린 당번을 거미들이 와작와작 씹어먹었던 기억이 나거든."

파브리스는 소름이 끼쳤다.

"난 아주 거미라면 진저리가 나!"

파브리스는 천장을 유심히 살피느라고 하마터면 간수들을 보지 못할 뻔했다. 안심하고 눈을 내리깔던 지구소년은 허겁지겁 물러섰다. 축 처진 입술 위로 쭉 내민 혀, 갈퀴발톱, '이게 웬 떡이냐!'며 반기듯 송곳니들을 드러내며 웃고 있는 짐승과 맞닥뜨렸던 것이다.

맙소사! 거미가 아니라 개처럼 묶인 샤트릭스였다. 자기들의 영역에 나타난 침입자들을 보고 샤트릭스들이 떼거리로 미친 듯이 짖어댔다. 독 이빨을 드러낸 검은 털의 하이에나들이 맛난 먹이를 보며 군침을 질질 흘리기 시작했다.

경비원들이 조용히 시키면서 방문객들을 지나가게 했을 때 놈들의 실망하는 꼴이라니!

칼이 갇혀있는 감옥의 벽들은 모조리 간디스 산의 '주문방지' 돌로 지어져 있어서 어떤 마법에도 끄떡하지 않았다. 게다가 복도 위로 불쑥 나온 원기둥 위에 놓인 인공물 아티팩트도 마법을 완전 봉쇄하고 있었다.

그래서인가, 입구에서부터 평범한 전구들이 마법의 빛을 대신하고 있었다. 아티팩트가 마법을 완전히 무력하게 만들기 때문에 감옥에 에너지를 공급하는 것은 작은 발전기였다. 두 팔 벌린 조각상 형상의 아티팩트가 주위에서 흡수하는 힘으로 진동하고 있었다.

그 밑을 지나가면서 타라는 호주머니 속에서 살아 있는 돌이 흥분하고 있음을 느꼈다.

살아 있는 돌이 귀를 멍멍하게 하는 소리로 노래했다.

'힘이 왜 이래? 힘이 떠나는 게 느껴져. 힘이 사라지는 건가?'

'걱정하지 마.'

타라는 그 조각상이 돌의 힘을 흡수할 수도 있다는 걸 전혀 생각지 못하고 있었다.

'여기 오래 있지 않을 거니까. 조각상의 영향권을 벗어나기만 하면 괜찮아질 거야.'

'잠이나 잘게, 나는. 이따 만나.'

타라가 축소시켰던 갈랑이 히이잉, 우는 순간에 칼이 쾌활한 음성으로 외쳤다.

"탈, 제그란브라즈? 살 탄 미르?"

어라, 알아들을 수 없는 언어로 말하네!

"투루스!"

무아노가 내뱉었다(타라는 그게 욕설이라고 추측했다).

"발렌디르!"

무아노는 조각상의 영역을 벗어나자는 손짓을 했다. 발길을 돌려 멀찌감치 떨어진 곳에 이르자 무아노가 말했다.

"통역 주문이 통하지 않아. 조각상이 마법을 흡수하기 때문이야. 너희들은 우리의 여러 언어를 배워야 해. 아니면 우린 더 이상 의사소통을 할 수 없어."

"하지만 난 모든 사람이 통역 주문을 사용한다고 생각했는데…… 그럼 어떡해?"

파브리스는 깜짝 놀랐다.

"내가 아는 언어들을 너희들도 할 수 있게 주문을 걸자. 랑코비트 언어는 물론이고, 오무아 언어, 난쟁이 언어, 땅 신령 언어, 엘프 언어, 우리가 지구에 갔을 때 내가 배운 지구의 여러 언어 등등."

"와, 네가 그렇게 많은 언어를 안단 말야?"

파브리스는 감동한 얼굴로 물었다.

"한 스무 개쯤 돼. 일단 뇌 속에 입력되면 그 주문은 지워지지 않아. 그럼 우리는 대화할 수 있어. 설사 조각상이 모든 마법을 흡수한다고 해도 이 주문은 끄떡없을 거야. 주문을 걸 테니까 너희들 내 주위에 둘러서."

그들은 시키는 대로 했고, 무아노는 주문을 외웠다.

"*악쿠에루스의 이름으로 나의 뇌에 있는 모든 언어를 내 친구들이 이해하게 하라!*"

즉시, 타라는 머릿속에서 수천 마리의 벌이 윙윙거리는 느낌이 들었다. 그리고는 온갖 언어와 표현이 번개같이 스며들었다.

"괜찮아? 머리가 아프거나 어디가 불편하진 않지?"

무아노가 랑코비트 언어로 물었다.

마니투는 머리를 흔들면서 장밋빛 혀를 쭉 내밀었다.

"이럴 수가!"

마니투는 완벽한 엘프 언어로 말했다.

"술 한 방울 입에 대지 않았는데 입안이 마르고 목이 칼칼하구나."

로빈은 눈이 동그래져서 무아노에게 말했는데 땅 신령 언어였다.

"와우, 너의 주문, 진짜 대단하다!"

여러 언어를 시험해 본 뒤에 그들은 칼이 완벽하게 이해하는 랑코비트 언어를 사용하기로 결정했다.

그들은 다시 감방으로 다가갔다. 칼이 안락한 방의 문간에 서 있는데, 아더월드의 수정으로 만든 문이라서 마법이 통하지 않는데도 영상과 소리를 내보내고 있었다. 푹신한 방석에 엎드린 블롱딘이 그들에게 눈을 찡긋거렸다.

"왜들 그래? 무슨 일 있어?"

칼은 돌연 나갔다가 다시 오는 친구들을 보면서 어리둥절해했다.

로빈은 눈살을 찌푸리면서 어이없어했다. 그러고는 나무랄 데 없는 랑코비트 언어로 대답했다.

"그 질문은 우리가 해야 하는 것 아냐?"

"나? 난 아주 좋아. 왜들 그래?"

"속성으로 언어 수업을 좀 받느라고."

타라가 설명했다.

"엄청나게 속성이었는데 지금 내 머릿속에는 아더월드의 모든 언어가 들어 있는 느낌이야. 그건 그렇고, 칼, 너 어떻게 그렇게 즐거워 보일 수가 있어?"

칼이 픽 웃더니 차분하게 설명했다.

"몇 년 전에 어머니한테도 이와 비슷한 불상사가 있었다면서 여기서 나갈 수 있는…… 몇 가지 방법을 귀띔해 주셨거든."
"흥, 어림없는 소리!"
냉랭한 목소리가 소리쳤다.
"우리 아버지가 이 문제를 해결하기 위해 뭔가 하실 거야. 불행히도 내 운명과 네 운명이 엮여 있어. 그러니까 넌 괜히 아무 짓도 꾸미지 말란 말야!"
칼이 고개를 쳐들었다.
옆방에서 안젤리카의 모습이 나타났다. 타라는 눈살을 찌푸렸다. 여기서 칼을 탈출시킬 계획을 세워야할 뿐만 아니라 덤으로 끔찍이 싫은 꺽다리 계집애까지 구해 주게 생겼으니!
갈색머리 꺽다리는 의심쩍은 얼굴로 그들을 째려봤다.
"야, 애송이들! 대체 너희들 여긴 왜 와서 얼쩡거리는 거야? 또 무슨 모의를 꾸미려고?"
도저히 안젤리카를 좋아할래야 좋아할 수가 없는 칼은 꺽다리를 향해 돌아서서 내뱉었다.
"이런, 이런! 내 옆방에 갇힌 동물이 말도 할 줄 아네! 놀라운걸, 난 울부짖는 것밖에 모르는 줄 알았지."
"그래, 난 울부짖고 싶으면 울부짖어."
안젤리카는 앙칼진 목소리로 응수했다.
"그게 뭐가 잘못 됐냐? 그 멍청한 유령은 우리를 감금한 데 대한 비싼 대가를 치르게 될 거야."
"오! 그러서! 네가 뭘 어쩔 건데? 유령을 죽일래?"
"칼에게 2점."
로빈이 점수를 매겼다.

"2점? 찬성이야."

무아노는 속이 후련하다는 듯 웃었다.

"안젤리카, 이젠 정말 지긋지긋하다!"

타라가 단호하게 한 마디했다.

"우리가 여기 있는 건 바로 너 때문이야! 소년과 너의 패밀리어는 너 때문에 죽은 거잖아. 그러니까 제발 남의 일에 참견 말고 네 걱정이나 해!"

안젤리카가 어찌나 매서운 눈초리로 쏘아보는지 눈빛으로 살인을 할 수 있다면 타라는 즉사했을 것이다. 홱 돌아선 꺽다리는 욕설을 하면서 침대에 가서 앉았다.

타라는 칼에게 돌아서서 소곤거렸다.

"얘기해도 위험하지 않을까? 괜찮다면 왜 그렇게 네 표정이 밝은지 자세히 설명해 줄래?"

"마이크가 설치되어 있는 것 같진 않아. 그래도 조심은 해야겠지. 내가 즐거워하는 건 두 가지 이유가 있어서야. 첫째는 이게 내년에 내가 치를 시험의 일부가 되기 때문이야."

"시험?"

"도둑 면허시험 말야. 면허증을 받으려면 치러야 할 시험이 아주 많아. 그래서 내가 감옥에 갇혀 있다는 소식을 듣고 어머니가 우리 대학의 총장에게 제안하셨대. 내가 탈옥하면 그걸 점수에 넣어달라고."

파브리스는 어이가 없는 얼굴을 했다.

"그게 다야? 너는 마법을 쓸 수 없는 곳에 갇혀 있어. 마지스터가 놓은 함정에 걸려들었단 말야. 마지스터가 금서를 손에 넣으려고 우리를 이곳으로 유인한 거였다고. 그런데 뭐, 점수에 들어간다고? 그걸 말이라고 하냐? 친위대가 체포하면서 네 머리에 충격을 준 게 틀림없구나. 넌 완전히 돌았어!"

칼이 약간 당황해서 대꾸했다.

"이런, 빌어먹을! 내가 모르는 얘기가 있었잖아, 이거. 마지스터가 뭐 어쨌다고?"

그들이 설명해주자, 어린 도둑은 생각에 잠겼다.

"믿어지지가 않아. 이 모든 일이 오로지 금서를 빼앗는 게 목적이라면 계획이 좀 이상한데. 그 때문이라면 셈 선생님을 염탐하고 있다가 랑코비트를 떠났을 때 금서를 훔치면 돼, 출장을 자주 다니시니까! 어쨌든 내가 여기서 나가면 사실이 밝혀지겠지. 내가 즐거워하는 두 번째 이유는 어머니가 오셨다는 거야. 어머니는 내 무죄를 증명하는 방법을 알고 계시거든!"

"우와, 그거 듣던 중 반가운 소리다!"

파브리스가 환호했다.

"그럼 우린 살았네! 당장 여제를 만나러 가야겠다!"

"저기…… 근데 그게 문제가 좀 있긴 해."

"내가 이럴 줄 알았어."

파브리스가 한숨을 내쉬었다.

"어째 너무 잘 풀린다 했지. 빨리 불어 봐!"

"어머니의 말에 의하면 악마들에겐 진실과 거짓을 가려내는 재판관이라는 특별한 존재가 있대. 저주받은 땅 림보에서는 악마들이 거짓말을 밥먹듯이 하는 통에 통치자들에게는 재판관이라는 존재가 백성을 지배하는 유일한 방법인 셈이지. 그런데 일단 그 재판관 앞에 서면, 원래는 불가능한 일이지만 한 번 더 브란디스를 소환할 수 있다는 거야. 그렇게만 되면 내가 아닌 다른 사람이 죽게 했다는 걸 소년에게 이해시킬 수 있어. 그 현장을 탈루디로 녹화해서 황궁의 법정에 보내면 되니까. 통상적으로 탈루디를 속이는 건 절대 불가능하거든. 따라서 그것만으로도 충분히 나는 무죄 선고를 받을 수 있어."

타라의 눈이 휘둥그레졌지만 미심쩍어하는 표정이었다.

"림보에 가자고? 악마들과 협상하잔 말야? 파브리스의 말이 맞아. 친위대가 네 머리에 충격을 준 게 틀림없어! 그리고 탈루디는 또 뭐야?"

칼은 인상을 찌푸렸다.

"탈루디는 주문이든 환각이든 눈에 보이는 것과 들리는 것은 모조리 녹화하는 작은 동물이야. 그 무엇도 탈루디를 속일 수는 없어. 그래서 재판할 때 탈루디는 아주 귀중한 물증이 되어주지. 그런데 문제는 혼령을 불러내는 조각상 재판관이 마왕의 궁전에 있다는 거야!"

마니투가 끼어들었는데 심기가 불편한 얼굴이었다.

"마왕이라면 타라를 감염시켰던 작자잖아? 하지만 타라에게 몹시 화가 나 있었던 걸로 아는데……, 또 그자에게 도전하는 것이 과연 신중한 일이겠느냐?"

"하긴 타라가 마왕을 좀 모욕하긴 했죠."

칼이 이죽거렸다.

"능력이라곤 없는 별 볼일 없는 왕 취급을 했으니 마왕이 화가 날만도 했죠, 뭐. 악마들은 유머감각이란 게 없거든요. 하지만 난 마왕에게 아무 말도 안 했거든요. 그리고 어머니가 문제를 해결하기 위해서 생각해낸 유일한 방법이 그것이기 때문에 나로서는 선택의 여지가 없어요. 나 혼자서 갈 거예요."

"그건 말도 안 돼!"

타라와 무아노가 동시에 외쳤다.

"어쨌거나 너한테는 내가 필요해."

무아노가 덧붙였다.

"우리를 림보로 가게 해주는 물건에 어떻게 접근하는지 아는 사람은 나밖에 없으니까. 그리고 내가 같이 가지 않으면 오히려 넌 도와달라고 나를 졸졸 따라다니게 될걸."

무아노는 물건이라는 말에 힘을 주었고, 그제야 알아차린 칼은 흥분해서 손가락을 뚜두둑 꺾었다.

"아, 그랬지 참! 내가 이렇게 멍청하다니까. 맞아, 금서가 있었지! 셈 선생님이 그 책을 가지고 마왕의 왕국으로 우리를 데려갔었지! 그런데 네가 그 책을 손에 넣을 수 있단 말야?"

무아노는 두 눈을 감고 소리내어 외웠다.

"셈 선생님은 내 인식 패스를 보여달라고 하셨어. 그러고는 선생님의 사무실 출입 벽이 나를 통과시키게 입력해 주셨지. 그 다음에 이렇게 말씀하셨어. '선반 위 왼쪽을 보면 『해부학 비교연구, 아더월드의 동물상』이란 책이 있다. 그 책을 내 책상 위에 올려놓은 다음, 세 번째 페이지를 세 번 두드리고, 스무 번째 페이지를 열 번 두드려. 순서나 숫자를 혼동하면 안 돼. 그러면 내 책상이 벌어지면서 유리 층계가 나타날 거야. 넷째 계단과 일곱째 계단을 건너뛰어서 내려가거라. 다 내려가면 불의 뱀 두 마리를 보게 될 거야. 절대로 그 사이를 서서 지나가면 안 돼. 기어서 가지 않으면 녀석들이 잡아먹거든. 마침내 금서가 보이거든 책이 놓인 받침대 주위를 한 바퀴 돌아서 그 뒤에 감춰진 납작한 돌을 집어. 그리고 1초 내에 그 돌을 책 대신에 내려놔야 한다. 다시 올라올 때는 밑에서부터 둘째 계단과 다섯째 계단을 건너뛰어야 해. 그 다음에는 페이지를 절대 건드리지 말고 해부학 책을 들어서 금서 위에 올려놓는 것으로 책

표지를 가려서 나한테 가져오면 되는 거야.'"

무아노는 다시 눈을 떴다.

"변경된 것이 없다면 우리는 별 어려움 없이 그 책을 손에 넣을 수 있어."

타라는 감격해서 무아노를 끌어안았다.

"무아노, 넌 천재야! 칼, 너는 어떻게 생각해? 충분한 정보 아냐?"

"완벽해!"

칼은 활짝 웃으면서 말했다.

"더 이상 바랄 것이 없을 정도로. 어쨌든 셈 선생님이 모르셔야 하는데…… 그러기만 바라야지."

로빈은 즐거운 미소를 지었다.

"좋아, 그 문제는 해결되었으니 이제 탈옥 계획만 짜면 되는 거네. 감옥의 방어 수단은 뭘까?"

"간수들과 샤트릭스들, 그리고 드르르르가 있지. 하지만 여기 있는 드르르르는 감옥을 지키기 위해서가 아니라 차라리 자기 자신을 지키기 위해서라고 봐야 해."

"드르르르? 그건 또 뭐야?"

"어린 거미."

기겁한 파브리스가 씩씩거리면서 속삭였다.

"거미? 여기도? 하지만 거미줄이 안 보이는데!"

"있어. 그 거미가 제 줄에 알레르기가 생겨서 문제가 좀 있긴 하지만……. 거미줄을 생산할 수는 있는데 그걸 다루지 못해서 화상을 입었대. 그래서 지금 치료중인데 몹시 고통스러워서 거미가 가둬달라고 요청한 거야."

안심한 파브리스가 말했다.

"휴! 갇혀 있다니 천만다행이다."

"치료하는 동안 갇혀 있다는 얘기야."

칼이 의뭉스런 미소를 지으면서 말했다.

"거미가 오늘은 코빼기도 안 보이는 걸로 보아 다리 운동을 하려고 한 바퀴 돌러나간 거 같아."

"칼?"

공기를 한껏 들이마시면서 파브리스가 말했다.

"왜?"

어린 도둑의 어조는 아주 천진난만했다.

"언제, 어떻게 나타날지는 나도 몰라. 두고 보면 알게 될 거다."

"야, 너희들, 그만 좀 싸워라."

무아노가 끼어들었다.

"지겹지도 않니? 장난은 나중에 하란 말야. 칼, 그래서?"

"내 감방 문은 문제없어. 문을 부수는 데 필요한 것을 가지고 있으니까. 친위대가 마법복을 뒤졌지만 내 연장은 발견하지 못하더라고. 가짜 흉터 속에 감춰놨었거든. 연장을 떼어내어 갈고리로 자물쇠를 열면 돼. 샤트릭스들과 간수들은 좀 까다로워. 마법방지 조각상 때문에 주문을 걸 수가 없거든. 어쨌든 마법은 아무 소용없어."

"왜?"

"간수들이 주문이 걸린 갑옷을 입고 있거든. 그래서 그 누구도 그들을 잠들게 하거나, 때려눕히거나, 눈을 멀게 하거나 기억상실에 걸리게 하는 등등의 마법을 사용할 수가 없어."

"샤트릭스들도 마법에 끄떡도 하지 않는데!"

로빈이 거들었는데 표정이 시무룩했다.

칼이 잠시 생각하더니 말했다.

"잿빛 요새를 공격할 때, 너의 동료 엘프 군단이 마취제와 화살을 사용해서 샤트릭스들을 무력화시켰어. 간수들에게도 그 방법을 쓰면 될 것 같아. 간수들이 마법에는 끄떡하지 않을지 몰라도 마취에 대한 방지책은 없을 거야, 아마."

하프엘프는 크리스털 같은 눈을 찡그렸다.

"글쎄. 간수들에 이어서 샤트릭스들을 잠들게 하는 것, 그건 너무 벅차단 말야. 생각을 좀 해 봐야겠어. 시간을 조금만 줘. 무슨 방법이 있겠지."

"근데 그건 첫 단계일 뿐이야."

무아노가 지적했다.

"일단 탈옥하면 너는 랑코비트로 돌아가기 위해 공간이동의 문으로 달려가야 해. 그런데 그 문에도 경비들이 있단 말야!"

칼이 침울해졌다.

"빌어먹을! 그걸 잊고 있었네. 네 말이 맞아. 그들 모두를 무력화하려면 계획을 수정해야겠다."

그때 마니투가 끼어들었다.

"너희들, 그게 최선책이라고 확신하니? 이 모든 걸 어떻게 생각하는지 셈에게 물어보는 게 낫지 않겠니? 어쨌거나 셈은 타라를 살리기 위해서 이미 금서를 사용한 적이 있잖아! 칼을 구하기 위해 또 한 번 그 책을 사용할지도 모르잖아. 마지스터의 계획을 실패하게 만들기 위해서라도."

이번에는 무아노가 말했다.

"셈 선생님은 절대로 승낙하지 않을 거예요. 너무 위험해요. 지난번에 타라가 죽어갈 때도 선생님은 거의 체념하는 마음으로 그 책을 읽고 악마들의 림보로 우리를 데려갔어요. 이번에 도움을 청하면 선생님은 우리가 그 책에 접근하지 못하도록…… 그리고 우리의 노력이 수포로 돌아가도록 모든 조처를 취할 가능성이 있어요. 그런 의미에서 저는 칼의 말에 찬성이에요. 칼을 탈출시키고 책을 훔쳐서 림보로 떠나요, 우리. 악마로 변신하면 조각상에 접근할 수 있어요. 무슨 수를 써서라도 악마들을 속여야 해요."

"그거 참……."

납득이 안 간다는 듯 마니투는 중얼거렸다.

"그렇다면 할 수 없지. 하지만 내 코가 뭔가 아주 좋지 않은 냄새가 난다고 신호를 보낸단 말씀이야."

칼은 장난치듯 말했다.

"그래요? 지금은 개니까 그게 당연한 거 아닌가요?"

"아주 웃기는구나, 칼."

마니투는 으르렁거렸다.

"아주, 아주 웃겨. 어디 계속 그렇게 재미있어해 봐라. 이 개의 턱뼈가 네 팬티 속을 어떻게 만들어놓는지 보게 될 테니!"

그들은 계획을 논의했다. 무아노는 랑코비트 공주의 자격으로 친구들과 함께 제국의 극진한 대접을 얼마든지 누릴 수 있었다. 원하는 만큼 오랫동안. 따라서 그들은 구체적으로 계획을 짤 시간이 있었다.

며칠 동안 네 친구는 그림자처럼 따라다니는 마니투와 함께 황궁의 온 사방을 이리저리 누비고 다녔다. 그들은 간수들의 교대시간과 식사 시간, 순찰시간을 알아냈다.

궁전이 워낙 넓기 때문에 패밀리어들은 아주 쓸모가 있었다. 갈랑은 구석구석을 날아다녔고, 쉬바는 표범의 유연함을 이용하여 그들이 필요로 하는 것을 구해왔다.

하지만 쉬바는 트라둑의 똥 사건으로 로빈을 몹시 원망했다. 로빈은 무아노와 함께 잿빛 요새의 샤트릭스들을 무력화하기 위해서 사용했던 마취제를 만들고 있었다. 하이에나들처럼 간수들도 잠들게 하려는 것이었다. 트라둑의 똥에 마취 성분이 들어 있어서 쉬바에게는 안된 일이지만 마구간에 슬그머니 들어가서 똥을 구해 올 수 있는 건 표범밖에 없었던 것이다.

일주일 동안이나 제 털에서 풍기는 악취 때문에 쉬바는 불평이 이만저만이 아니었다.

칼로르나 씨앗, 드라코른 섬의 초록 진흙, 브룸 해의 마법의 물, 히믈리아 산의 소금, 타도르 산꼭대기의 눈, 마취 성분이 있는 파란 꽃은 수월하게 구입할 수 있었다. 마침내 아더월드 시간으로 일주일 후에 탈옥을 위한 모든 준비가 완료되었다.

여제는 눈코 뜰 새 없이 바빴다. 한 달 동안 벌써 세 번이나 땅 신령들이 불가사의한 문제를 해결해 달라며 도움을 청하러 왔기 때문이다. 아무도 무슨 일인지 정확하게 모르고 있었지만 엘프 사냥꾼들이 소집되어 있었고, 궁인들 사이에서는 은밀히 '파렴치한 짓'이란 말이 돌고 있었다.

모두들 잠든 어느 날 밤, 바람을 쐬고 싶은 타라는 로빈의 감시를 받으며 갈랑을 데리고 공원으로 산책을 나갔다. 얼마 전의 공격 사건 이후로 악착같이 뒤를 따라다니는 하프엘프 때문에 타라는 신경이 곤두섰다. 산책을 방해하고 싶지 않기 때문에 로빈은 어둠 속에 있었다. 아더월드의 타딕스와 마딕스, 두 달빛 속에서 엘프 사냥꾼 여러 명이 두런두런 이야기를 나누고 있었다.

그들을 방해하고 싶지 않은 마음에 타라가 멀찍이 떨어지려고 할 때였다. 여제라는 말이 귀에 들렸다. 솔깃해진 타라는 '산책 중이니까 나한테는 신경 끄세요' 하는 식으로 천연덕스럽게 터덜터덜 걸어갔지만 귀는 바짝 세웠다.

엘프 중 하나가 말했다.

"가택수색만큼 분명한 건 없어. 땅 신령들이 거짓말을 했거나 그가 아무런 죄도 저지르지 않았거나 둘 중의 하나야."

또 다른 엘프가 응수했다.

"그건 딱 잘라 말하기 어렵지. 저택을 샅샅이 뒤졌지만 우린 아무런 단서도 찾아내지 못했어. 그리고 그가 뭐 때문에 그런 짓을 저질렀겠어? 도무지 말이 되지가 않아."

"어쨌거나 우리는 수사하라는 여제의 명을 받았으니 수사를 하는 수밖에. 그건 그렇고 최근에 있었던 천상의 폴로 경기 얘기나 하자고. 그 심판 봤지? 그 사람 말야……."

듣고 싶은 건 다 들었기 때문에 타라는 그곳을 떠났다.

며칠 동안 타라는 '틸랑넴'이라는 이름 문제로 여제가 불러들이기를 기다렸다. 하지만 여제는 더 중요한 일이 있는 게 분명했다.

한편 셈 선생님은 어린 마법사들이 일을 꾸미고 있다는 걸 꿈에도 모르고 있었고, 그 사이에도 팅카푸르에서 랑코비트의 수도 트라비아를 여러 차례 왕래하고 있었다. 칼의 소송 사건에 격노한 베어 왕과 티타니아 왕비는 오무아 제국에 공식적으로 제소하면서 재심을 요청했다.

하지만 여제는 희생자인 소년의 혼령이 유죄로 심판했기 때문에 다시 판결을 바꾸는 건 있을 수 없는 일이라는 외교적 차원의 회답을 보냈다.

그 결과로 랑코비트 왕국과 오무아 제국은 '미온적' 관계에서 '냉랭한' 관계로 변해 버렸다.

　랑코비트 왕국은 상주 대사들을 모두 철수시키겠다고 위협했다.

　이에 오무아 제국도 모든 대사들을 불러들이겠다고 맞섰다.

　요컨대 정치적인 문제로 확대되어 두 나라는 몹시 술렁거리고 있었다.

　타라는 아들을 석방시키기 위해서 칼의 어머니가 아더월드의 007 슈퍼스파이의 자질을 발휘하여 수많은 게시판에 올린 해골들로 불안 분위기를 조성하고 있는 것이 아닌가 의혹이 들었다. 대사들의 혼란스런 모습에 비추어 해골들에게 어지간히 시달린 것만은 틀림없어 보였다.

　부모의 심정은 다 똑같은 건가, 타라의 할머니 이사벨라 역시 하마터면 지구의 절반을 날려버릴 뻔했다.

　손녀가 아더월드로 떠났다는 걸 알았을 때, 그녀의 분노와 불안으로 인한 무시무시한 폭풍우가 일어났던 것이다. 그 날벼락에 여러 나라가 쑥대밭이 되고, 무수한 나무가 쓰러졌으니! 이사벨라는 타라를 당장 지구로 데려오기 위해 즉각 오무아로 떠나려고 했다. 하지만 친구를 구하고 싶어하는 딸의 마음을 이해하는 셀레나가 가지 못하게 말렸다. 그 고집불통 이사벨라를 어떻게 막았을까? 그건 미스터리였다!

　이 모든 소식은 셈 선생님이 타라에게 보낸 탈루디를 통해 전달되었다. 흰 뼈로 이루어진 종 모양의 탈루디는 똥그란 눈알이 세 개고, 상대편의 귀를 감싸면서 빨판처럼 얼굴에 찰싹 달라붙는 희한한 동물이었다. 탈루디는 그렇게 일단 자리를 잡으면 즉시 맨 마지막으로 자기에게 말을 건넸던 사람의 모습과 소리, 심지어는 냄새까지 그대로 재생했다. 타라는 약간 불안해하면서 탈루디를 자신의 얼굴에 댔다가 소스라치게 놀랐다. 눈앞에 나타난 엄마! 어찌나 실재 같은지 만져질 것만 같았다. 셀레나 뒤쪽으로 끔찍한 풍경이 보였다. 말 그대로 벼락에 맞은 나무들이며 저택의 울타리를 에워싸는 나무딸기가 새까맣게 타버렸고 탄내까지 나고 있었다.

셀레나가 인상을 쓰면서 주변을 가리켰다.

"잼을 만들려면 아무래도 문제가 좀 있을 것 같구나. 봐서 알겠지만 네가 허락 없이 떠난 것 때문에 할머니가 화가 많이 나셨다. 하지만 셈이 아무 일 없다고 알려줘서 지금은 안심하고 있단다."

셀레나는 목소리를 가다듬으면서 약간 엄한 표정을 지었다.

"흠흠, 다음 번에는…… 다음에 또 그럴 경우가 있다면 말야. 어딘가 떠나기로 결정했을 때는 먼저 나한테 말해주면 좋겠구나. 난 네 할머니가 무너지기 쉬운 이 행성을 망가뜨릴까 이만저만 걱정이 되는 게 아니란다. 불행한 일이 일어나지 않도록 제발 조심하자. 우리는 집에서 너를 기다리고 있을 거야. 어쨌거나 아무 일이 없는 경우에 한해서!"

함박미소를 짓는 엄마의 얼굴에 예쁜 보조개가 패였다. 타라는 엄마를 보면서 생각했다. 거참 신기하네! 우리가 닮은 데가 있다고는 한 번도 생각하지 않았는데!

"사랑하는 내 딸, 네가 자립심이 강하다는 건 알아. 하지만 나도 엄마 노릇을 하고 싶단다. 난 아주 오랫동안 못하고 살았잖아? 겨우 다시 만났는데 네가 떠나다니! 우린 함께 할 일이 아주 많아. 그러니까 몸조심하고 빨리 돌아오너라. 그리고 한 가지 더 부탁하마. 그래도 네가 뭘 하고 있는지 알려주면 좋겠구나. 탈루디나 메시지를 보내주기 바란다. 네가 혼자서 잘 해결할 수 있다는 걸 알면서도 네 할머니와 나는 걱정이 되는구나. 타라, 너를 사랑한다."

얼굴에서 탈루디를 떼어내는 순간, 타라는 향수에 젖어들었다. 타라는 당장이라도 돌아가서 엄마의 품에 안겨 악당들을 가리키며 보호해

달라고 응석을 부리고 싶은 마음이 간절했다. 그런데 엄마가 타라보다 마법 능력이 덜 강력하고, 둘 중에서는 타라가 악당을 때려눕힐 확률이 더 크다는 것이 문제였다.

이 세계가 완벽하다고 말한 사람은 아무도 없었다. 타라는 탈루디 앞에 서서 엄마에게 상황을 설명했다. 물론 몇 가지 사실은 비밀로 감춰야 했지만.

잠시 후, 무아노가 주는 은빛 질산염을 게걸스럽게 집어삼킨 탈루디는 스위트룸의 한쪽 구석으로 가서 얌전히 자신의 밥을 소화시켰다. 탈루디는 오무아에서 배달부 역할을 하고 난 뒤에 지구로 보내질 것이다.

"맙소사!"

무아노가 마취제를 만들기 위한 리스트를 훑어보다가 갑자기 소리쳤다.

"왜? 또 뭔데 그래?"

파브리스가 불안해 미치겠다는 어조로 물었다.

"하나 빠진 게 있어. 로빈이 말한 마취제를 만들어내려면 코끼리의 코털 세 개가 필요한데."

"농담하지 마! 지금 어디서 코끼리를 찾아?"

로빈이 활짝 웃으면서 대꾸했다.

"내가 한 마리 봤어. 어제 여제의 개인 정원에서."

타라는 화들짝 놀라면서 관심을 보였다.

"진짜? 일반인에게 개방되어 있는지는 몰랐는데!"

"그렇지는 않아."

로빈이 간결하게 대답했다.

타라는 로빈을 뚫어져라 쳐다보면서 빙긋이 웃었다.

"아하, 알겠다! 여제가 코끼리도 한 마리 키우고 있구나. 하기야 정원에 티라노사우루스들이 있고, 응접실에도 고래가 있는데, 코끼리라고 왜 없겠어!"

"그냥 단순한 코끼리가 아냐. 파란 코끼리야. 탈라바무치 종족의 신성한 코끼리인데, 수백 년 전에 그 종족이 여제의 할머니에게 선물한 거래. 리스베스틸랑넴이 그 코끼리를 애지중지한다는데 그게 마니투처럼 영생하기 때문인가 봐. 영생하는 이유를 알려고 온갖 테스트를 다 해봤지만 끝내 실패했대. 내가 가서 그 코털 세 개를 뽑아 올게."

파브리스가 갑자기 외쳤다.

"기다려, 로빈! 나도 같이 가자! 가까운 데서 코끼리를 본 적이 없거든!"

"확실히 텔레비전에서 보는 것과는 아주 다르겠지? 우리 다 같이 가는 게 어때?"

타라가 제안했다.

"코끼리를 정말 보고 싶어."

로빈은 입을 들썩거리다 도로 다물었다. 타라가 원하는 걸 반대하는 것이 로빈에게는 아주 어려운 일이었다. 그게 아주 얼토당토않은 것이라고 해도, 타라 앞에서는 보기 딱할 정도로 쩔쩔맸다.

"너희들끼리 가서 재미있게 놀다 오너라."

마니투가 말했다.

"난 여기 남아서 갈랑과 약을 지키고 있을 테니."

복도를 지나 정원으로 나가면서 타라는 이날 여제가 무슨 이유인지는 몰라도 궁전 곳곳에 나무들을 배치해 놓았음을 알았다. 초록빛 대리석에 뿌리를 내리고 가지를 쭉쭉 뻗은 나무들의 금빛 잎들이 둥근 천장을 이루고 있었다. 불새들은 불에 타지 않는 주문에 걸려 있는지 타오르는 듯한 날개를 퍼덕이며 복도를 날아다녔다. 하지만 아무리 조심한다고 해도 둥지는 피하는 편이 나았다. 열병에 걸리는 한이 있어도. 타라와 친구들은 그 아름다움에 홀려서 잠시 걸음을 멈췄다.

어디를 둘러보나 평범한 것들이라곤 없었다. 작은 상자들이 집어삼킬 종이가 없나 두리번거리면서 그 수많은 발로 종종걸음치고 있었다. 그런가 하면 동글동글한 반짝이들이 날아다니며 마법의 빛을 안정시키고 있었다.

갑옷들도 보였다. 그냥 있는 정도가 아니라 엄청나게 많았다. 그 '공갈 팔'들이 쥐고 있는 갈고리며 칼날, 톱니를 보면서 타라는 소름이 끼쳤다.

얼마 후, 그들은 철학적 문제를 진지하게 토론하고 있는 유니콘들과 마주쳤다. 유니콘의 발굽들이 편안한 펠트 실내화를 신고 있는 것으로 보아 대리석에 흠집이 나지 않게 하려는 조처인 모양이었다. 그 은빛 털이 어찌나 아름다운지 타라는 만져보고 싶은 마음을 꾹 참아야 했다. '궁전의 특이성에 여제의 독특한 취향이 그대로 반영되어 있는 것 같다'는 말이 절로 나오는 피조물들은 아무래도 얌전히 머리를 다정하게 쓰다듬게 내버려둘 것 같지 않았기 때문이었다.

게다가 성가신 방문객을 불시에 공격할 수도 있기 때문에, 재수가 없으면 철학 강의는 구경도 못할 수 있었다. 더구나 복도에서는 동물인지 엄숙한 사색가인지 구분하는 것도 힘들었다.

하반신이 장밋빛 조가비 속에 가려진 빨간 고양이 같이 생긴 것이 자기를 쓰다듬어주는 초록빛 나무의 손길에 가르랑거리고 있었다. 가까이 다가서던 타라는 그 나무를 끈으로 잡아당기고 있는 것이 고양이라는 걸 알고는 누가 주인이고 누가 패밀리어인지 종잡을 수가 없었다.

나아갈수록 상상을 초월하는 장면들에 그들은 입이 다물어지지 않았다. 이번에는 아더월드의 두 개의 달 중에서 중력 문제가 덜 심각한 타딕스에서 온 사절단이 궁전의 투명한 벽에 갇히어 있는 것이 보였다. 그 사절단의 모습은 희끄무레한 것이 이상야릇하고 아주 연약해 보이는데다 손가락이 여덟 개나 달린 손은 땅바닥에 닿을 정도로 길었다. 그들을 위해 만든 중력실 속에서 머리에 쓴 초록 해초 같은 왕관이 심하게 흔들리고 있었다. 그들이 입은 아주 가벼운 옷은 나풀거리는 것이 바람이 조금만 불어도 박살이 날 것만 같았다. 정말 그런 상황일지 누가 알겠는가!

마침내 타라와 친구들은 여제의 개인 정원에 도착했다. 문이란 문은 모두 닫혀 있고, 문지기들도 보이지 않았다.

정원의 벽 위로 가지를 뻗으려고 복도에 뿌리를 내린 거목들 중 하나를 발견한 로빈은 훌쩍 뛰어올라서 날렵하게 나무를 탔다.

로빈은 이내 벽 반대편으로 사라졌고, 잠시 후 정원의 거대한 문들이 빙그르르 돌더니 눈부신 풍경이 펼쳐졌다.

궁전과 마찬가지로 온갖 것들에 마법이 걸려 있었다. 안으로 들어서자 벽은 온데간데없고 마치 유니콘들의 나라 멘탈리르에 있는 것 같았다. 까마득히 펼쳐지는 지평선이며 하얀 꽃들이 수 놓여진 양탄자 같은 파란 풀밭, 열매가 주렁주렁 매달린 나무들, 거기에다 이 꽃에서 저 꽃으로 날아다니며 아더월드의 노랗고 빨간 꿀벌 비즈즈즈와 경쟁하듯 꿀을 따서 모으는 매혹적인 작은 요정들과 날개 달린 난쟁이들의 앙증맞은 모습까지 목가적인 풍경이 이어졌다. 보랏빛 나비들이 묘한 모티브를 만들어내기도 하고, 휘파람새들이 처음 들어보는 곡조로 연주회를 열기도 했다. 밖은 거의 밤인데 이상하게도 그 안은 붉은 태양의 찬란한 햇살이 하얀 꽃잎을 장밋빛으로 물들이고 있었다. 대기는 믿을 수 없을 정도로 향기로웠고, 딱 한 모금을 들이마셨는데 모든 근심이 사라졌다.
 타라는 행복한 신음소리를 냈다. 그건 동화 속의 풍경이었다. 갑자기 파브리스가 욕설을 내뱉었다. 뿌지직! 요정들에게 홀려 있다가 그만 똥을 밟았던 것이다. 그 욕설에 대한 응답인가, 쿵쿵거리는 발소리에 땅이 흔들리더니 엄청나게 큰 똥을 싸놓은 장본인이 그들 앞에 나타났다.
 타라의 눈이 똥그래졌다. 그건 코끼리가 아니라 매머드였다! 파란색 털북숭이의 거대한 몸집에도 얼마나 무거웠으면 우람한 상아가 그 큰 머리 위로 휘어져 있었다.
 그들을 발견하고 우뚝 멈춰 선 매머드는 그 조그만 빨간 눈으로 쏘아보더니 날카로운 울음소리를 내질렀다.
 "로빈, 너 정말 저 괴물의 코털을 뽑을 자신 있어?"
 타라는 두 손으로 귀를 틀어막으면서 외쳤다.
 "이상해! 어제는 아주 얌전했는데, 영문을 모르겠네. 너희들은 흩어져서 피해, 어서."
 괴물 같이 생긴 매머드가 그 긴 코로 땅을 파헤치더니 주변의 풀과 흙을 내뿜었다. 그러고는 그 육중한 몸을 잠시 좌우로 흔들더니 무슨 결정을 내리는 듯했다.
 매머드는 또다시 울음소리를 내지르더니 파브리스와 무아노를 향해 돌진했다.
 무아노는 본능적으로 변신했다. 눈 깜짝할 사이에 구불구불한 갈색머리의 예쁜 소녀 대신에 키가 무려 3미터에 갈퀴발톱이며 송곳니가 날카로운 호전적인 야수가 서 있었다. 상황이 상황이니 만큼 무아노로서는 별 도리가 없었다. 무아노는 초인적으로 빠르게 괴물의 공격을 피하면서, 죽음을 직감하고 옴짝달싹 못 하는 파브리스를 낚아챘다.

매머드는 자기 발 밑에 밟힌 것이 아무것도 없는 것에 아주 놀란 모양이었다. 그 무지막지한 네 발에 브레이크를 걸긴 했지만 가속도가 붙어 있는 터라 매머드는 정원의 보이지 않는 벽에 그만 콰당탕! 부딪히면서 궁전 전체가 흔들거렸다. 별들이 보이는지 헤롱헤롱 하는 얼굴로 머리를 절절 흔들며 돌아선 매머드는 분노와 고통의 숨을 몰아쉬면서 노려보았다. 타라와 로빈은 걸음아 날 살려라 내달려서 한 나무 뒤로 숨었다.

무아노는 등골이 오싹했다. 나무가 너무 낮았던 것이다! 매머드가 긴 코를 사용하면 단번에 그들을 공격할 수 있었다.

무아노는 잽싸게 주문을 외웠다.

"포쿠스의 이름으로 나 너를 마비시키니 이 생난리를 멈춰라!"

매머드를 향해 날아가던 주문이…… 뚝 멈췄다.

"이런, 역공 주문이 매머드를 보호하고 있어."

무아노가 소리쳤다.

"조심해, 매머드가 우리를 공격하는 주문에 걸려 있어!"

"더 높이 올라가!"

로빈이 그렇지 않아도 미친 듯이 나무를 기어오르는 타라에게 외쳤다.

"아이 참, 난 다람쥐가 아냐!" 하고 타라가 외쳤는데 오를수록 좁아지는 나뭇가지와 성큼성큼 다가오는 50톤 거구의 성난 매머드를 보면서 잔뜩 겁먹은 얼굴이었다.

매머드가 코를 사용해서 붙잡을 생각을 하지 않는 것이 그나마 그들에게는 천만다행이었다. 매머드는 그 긴 코로 나무기둥을 휘감아서 흔들어대는 것으로 만족했다.

"타라, 네가 어, 어떻게 좀 해, 해 봐!"

로빈도 이를 딱딱 마주치면서 힘겹게 말했다.

'살아 있는 돌아, 도와줘! 저 동물이 우리를 죽이기 전에 꼼짝 못하게 해야겠어!'

타라는 정신적으로 외쳤다.

얼마 전부터 타라와 공생하는 신비한 돌이 노래했다.

'힘을 원하는 거야? 자, 받아.'

주문을 외울 겨를이 없는 타라는 매머드를 옴짝달싹 못 하게 옭아매는 파란 그물을 상상했다.

어라, 그물이 매머드의 몸에 닿기는 했지만 놀랍게도 지지직거리다…… 픽, 사라졌다. 타라는 소름이 쫙 오르는 공포를 느꼈다. 주문이 걸리지 않잖아! 무아노의 말이 맞았다.

그들은 필사적으로 나뭇가지에 매달려 있었고, 매머드는 급기야 그런 식으로는 안 된다는 걸 깨달았는지 그 거대한 이마를 나무에 딱 붙이고 떠밀기 시작했다. 나무를 뿌리째 뽑아 넘어뜨릴 작정을 한 모양이었다.

"그래, 좋아. 어디 한번 해보자."

로빈이 이를 악물고 중얼거렸다.

로빈은 마법복 속에 손을 넣어 은빛 싹이 움튼 나뭇가지를 꺼냈다.

"*살아 있는 나무의 이름으로 나뭇가지는 즉시 자라거라!*"

로빈은 매머드 밑으로 보이는 수풀과 관목, 가시덤불을 겨냥하면서 주문을 외웠다.

매머드가 반응을 보이지 않고 있을 때, 식물의 줄기들이 굵어지면서 쑥쑥 자라기 시작했다. 잠시 후 매머드가 긴 코를 마구 흔들어대면서 배를 쿡쿡 찌르는 가시덤불에서 벗어나는 걸 보면 간지러운 것이 틀림없었다.

타라는 즉시 로빈의 손을 잡고 하프엘프의 마법과 자신의 마법을 결합했다.
"살아 있는 나무의 이름으로 즉시 자라거라."
이번에는 타라가 읊조렸다.
타라의 강력한 마법에 자극을 받은 식물이 쑥쑥 자라서 그야말로 식물의 감옥에 매머드를 가둬버렸다. 매머드는 벗어나려고 버둥거렸지만 수풀과 가시덤불이 동물의 발에 뒤얽히면서 코마저 칭칭 감아버렸다. 몇 분 후, 동물은 사나운 울음소리를 지르는 것 말고는 옴짝달싹 할 수 없었다.
나무에서 내려온 타라와 로빈은 슬금슬금 그곳을 떠났다.
로빈이 싱글벙글 웃으면서 말했다.
"아주 효과적이었어. 앞으로도 원하면 언제든 내 손을 잡아."
타라는 얼굴이 빨개졌다. 무아노와 파브리스가 왔는데 그들은 아직도 부들부들 떨고 있었다.
파브리스가 내뱉었다.
"휴, 겁나서 죽을 뻔했네! 그 괴물이 너희들을 뭉개버리는 줄 알았어!"
"저것 좀 봐!"
무아노의 외침에 그들은 돌아봤다.
매머드를 에워싼 식물이 께름칙한 연기를 내뿜고 있었다. 그들이 도망치려는 순간 새까맣게 탄 가시덤불에서 불쑥 나온 매머드가 바로 앞에 서 있는 파브리스를 휘감았다.
으악! 파브리스의 비명소리가 울렸다. 매머드의 코에 휘감긴 소년의 옆구리가 으스러지고 있었다. 무아노는 당장 달려들 태세로 발톱을 세웠고, 타라도 이미 힘을 모으고 있을 때였다. 이상한 일이 일어났다.
매머드가 갑자기 굳어버린 듯이 눈썹 하나 까딱하지 못하고 있었다.

그러고는 눈물을 뚝뚝 흘리는 파브리스를 내려놓더니 마치 죄라도 지은 듯이 몸을 비비꼬며 소년의 머리를 쓰다듬는 것이 아닌가.

파브리스는 말까지 더듬었다.

"얘, 얘가 나를 선택했어! 자기 이름은 바룬이래! 미안해하고 있어. 자기도 어떻게 된 영문인지 모른대. 어쨌든 얘가 나를 선택한 거야!"

친구들은 입을 헤벌린 채 파브리스를 쳐다봤다. 무아노는 저도 모르게 펄쩍 뛰면서 말했다.

"내 조상들의 이름에 걸고 말하는데 패밀리어가 분명해! 저 괴, 괴물이 패밀리어가 된 거야. 눈을 봐! 금빛으로 변했어!"

무아노의 말이 맞았다. 사나운 빨간 눈이 불안한 금빛으로 변해 있었다.

다리에 힘이 빠진 로빈은 땅바닥에 털썩 주저앉았다.

"아니, 난 그렇게 보지 않아. 더군다나 여제가 애지중지하는 동물이 파브리스를 선택했으니, 윽, 정말 생각만 해도 여러 가지로 골치 아프게 생겼다!"

웃음이 터져 나올 것 같은 타라는 진지하게 말했다.

"네가 그렇게 말하니까 걱정은 된다. 하지만 이건 절호의 기회야. 파브리스는 이제부터 몸무게 50톤의 영생하는 파란 매머드를 패밀리어로 갖게 되는 거라고. 거시기를 숨기는 게 힘들까 봐 그래?"

이건 좀 너무 심했나? 방금 느꼈던 공포가 별안간 폭소로 바뀌면서 그들은 허리야 꺾어져라 웃을 뿐만 아니라 눈물까지 찔끔찔끔 흘렸다. 한 명이 '거시기'라는 말을 할 때마다 그들은 더 자지러지게 웃어댔다.

아직 충격 속에 있던 파브리스는 마침내 얼떨떨한 상태에서 벗어나 눈살을 찌푸렸다. 그러고는 약간 기분이 상한 얼굴로 물었다.

"그런데 너희들 뭐 때문에 그렇게 웃는데?"

무아노는 야수의 털북숭이 얼굴을 타고 흘러내리는 눈물을 훔치면서 킥킥거렸다.

"에헤헤, 미안해. 너무 멋져서 그래. 네가 선택된 것이 너무나 기뻐서."

파브리스의 얼굴이 이내 밝아졌다.

"그래, 진짜 굉장해. 바룬은 환상적이야. 너희들 내 마음 이해하지? 매머드가 나를 선택했어. 난 정말 믿어지지가 않아."

"나도 그래. 근데 말야, 이제는 문제를 해결해야지."

로빈이 아직도 배를 잡은 채로 말했다(로빈은 '거시기'란 말을 애써 피했다. 배가 땅겨서 더는 웃을 수 없었던 것이다).

"무슨 문제?"

파브리스가 물으면서 기쁨에 들떠서 파르르 떠는 동물의 뻣뻣한 털을 쓰다듬었다.

로빈은 손가락을 꼽으며 이야기했다.

"첫째, 우리는 여기 들어올 권리가 없어. 그런데 들어왔으니 황제의 명을 어긴 것이 되니까 문제지. 코끼리 털 세 개를 훔친 거야 들키지 않을 수 있겠지. 하지만 코끼리 한 마리를 훔쳐서 숨긴다는 건 보통 까다로운 문제 아냐. 둘째, 그 동물은 아무 이유 없이 우리를 공격했어. 일반적으로 코끼리는 빨간 바나나 또는 빠그락 땅콩을 찾으려고 호주머니를 뒤지는 데만 관심이 있거든. 따라서 지금으로서는 매머드의 반응을 전적으로 믿을 수가 없어. 셋째, 이 매머드는 여제가 아주 좋아하는 동물이란 것이 마음에 걸려. 넷째, 과학자들이 몇 년 전부터 이 매머드가 늙지 않는 이유를 알기 위해 연구하고 있어. 따라서 이 매머드는 국가의 보물로 간주되고 있다는 점도 가볍게 넘길 문제가 아냐. 이런 것들만 빼면 다른 문제는 없을 거야."

파브리스는 이 말 중에서 딱 한 가지, 자신의 새 친구를 믿을 수 없다는 말이 영 거슬렸다. 그래서 격앙된 어조로 반박했다.

"너의 패밀리어도 아닌데 네가 뭘 안다고 그래? 바룬의 정신과 내 정신은 하나로 결합해 있어. 바룬이 알려주는 바에 의하면 우리가 도착하기 바로 얼마 전에 검은 실루엣이 먼저 접근을 했다는데, 그 다음부터는 전혀 기억을 못하고 있어. 그 얘긴 곧 놈이 마법을 걸었다는 뜻이야! 타라는 매머드를 꼼짝 못하게 하려고 했어. 타라의 마력이 얼마나 강력한지는 너도 잘 알잖아. 그런데도 매머드는 가시덤불을 태워버렸어. 분명히 말하는데 제일 큰 문제는 바룬이 아니라 또 누군가가 타라를 죽이려고 했었다는 사실이야!"

타라는 생각에 잠긴 얼굴로 말했다.

"그래, 파브리스의 말이 맞아. 나를 없애고 싶어하는 자가 이번에는 간접적인 방법을 선택한 거야. 그리고 하마터면 성공할 뻔했어! 바룬이 파브리스의 패밀리어가 되지 않았다면 그 주문은 깨지지 않았을 것이고, 그자는 우리 모두를 죽였을 테니까!"

파브리스는 얼굴이 새파래져서 땅바닥에 주저앉았다. 그러고는 옆구리를 문지르면서 깨달았다.

"그래, 맞아. 바룬은 나를 푸딩으로 만들어놓을 뻔했어. 그럼 이제 어떡하면……."

그때였다. 정원의 문들이 벌컥벌컥 열리더니 문지기들이 셈 선생님, 부디우 부인, 샹프랭 선생님을 포함한 최고 마법사 여섯 명과 황제와 여제를 통과시켰다.

친위대 대장 산디아르가 호통을 쳤다.

"너희들은 여기서 뭘 하고 있었는가? 우리는 누군가가 궁전을 습격한

줄 알았다!'

황제는 매머드와 아이들을 살피다가 눈살을 찌푸렸다. 황제가 느끼한 목소리로 물었다.

"한 가지 의문을 풀어주시지요. 여제가 이 귀한 손님들에게 우리의 개인 정원에서 편안히 쉬라는 허락을 내렸습니까?"

여제는 빈정거리는 투로 대답했다.

"내가 갑자기 기억상실증에 걸린 거라면 몰라도 나는 누구에게도 그런 허락을 내린 기억이 없습니다."

무아노와 파브리스, 로빈은 겁에 질려 있었고, 타라는 막다른 골목에 몰린 심정으로 곰곰이 생각했다.

좋아, 이럴수록 처음부터 세게 치고 들어가는 거야.

타라는 허리를 굽히면서 정중하게 말했다.

"폐하, 저희의 친구 파브리스가 선택을 받았습니다. 그게 저희가 폐하의 정원에 있는 이유입니다."

현실을 약간 윤색한 것이긴 해도 사실인데, 뭐. 그렇다고 칼을 탈출시키기 위한 약을 만드느라고 들어왔다고 말할 수는 없잖아!

이번에는 여제가 눈살을 찌푸릴 차례였다.

"이 아이가 선택을 받다니? 그게 무슨 터무니없는 소리인가! 바룬 말고 다른 동물은 보이지 않는데……."

여제는 갑자기 입만 멍하니 벌린 채 말꼬리를 흐렸다. 파란 매머드의 금빛 눈을 보았던 것이다. 여제는 신음소리를 토해냈다.

"안 돼, 바룬은 안 돼! 설마 바룬이 이 소년을 주인으로 선택했다는 말은 아니겠지?"

"죄송하지만 맞습니다."

타라는 담담하게 대답했다.

그 순간부터 약간 꼬이기 시작했다. 바룬을 애지중지하는 여제가 급기야 히스테리 발작을 일으켰다. 그러자 산디아르가 패밀리어를 되찾는 유일한 방법은 파브리스를 죽이는 것이라고 암시했는데 다행히 두 군주는 친위대 대장의 그 잔인한 말을 듣지 않았다. 황제는 의심이 가득한 눈초리로, 식은땀을 흘리는 파브리스를 살피고 있었다. 부디우 부인은 파브리스를 감싸안으면서 바룬도 안아주려고 하다가 자기보다 덩치가 네 배나 큰 매머드를 보고 단념해야 했다. 오무아와 랑코비트 간 외교관계의 미래 때문에 아주 난처해진 셈 선생님은 바룬과 파브리스를 결합시키는 끈을 끊어보겠다고 제안했다. 하지만 셈 선생님은 자이언트 거미와 결합되었던 살테렌스 종족의 여자가 위험을 무릅쓰다가 둘 다 죽었던 걸 고려해서라도 여제가 바룬에 대한 사랑으로 그 제안을 거절하기를 내심 기대하고 있었다.

고함소리, 발작, 울부짖음……, 한 30분쯤 후에 그들은 파브리스와 바룬이 아주 끈끈하게 결합되어 있다는 걸 인정해야 했다. 그들의 결합은 죽는 날까지 절대 끊어지지 않을 관계였다. 산디아르의 눈빛에서 파브리스의 최후가 예상보다 더 빨리 올 거라는 위협을 읽었기 때문에 셈 선생님은 여제와 황제에게서 소년을 해치지 않겠다는 확답을 받았다. 따라서 어명이 떨어졌고, 산디아르는 물러서야 했다.

여제는 파브리스에게 냉담하게 말했다.

"그래, 이제 문제가 해결되었으니 너는 바룬을 데리고 떠나도 좋다. 그런데 어떻게 데리고 나갈 생각이지? 바룬은 작은 동물이 아닌데. 매머드가 문을 넘어갈 수 있을지 의문이다. 미리 말해 두는데 매머드를 나가게 하려고 내 궁전을 손상시키면 절대 용서하지 않겠다!"

타라가 파브리스를 대신해서 대답했다.
"아, 그거요? 저한테 맡기십시오. 저의 패밀리어 갈랑도 똑같은 문제가 있었습니다."
그러고는 재빨리 주문을 외웠다.
"미니아투루스의 이름으로 매머드는 파브리스가 어디든 데리고 다닐 수 있도록 축소되어라!"
줄어드는 느낌이 들었는지 바룬이 공포에 사로잡힌 울음소리를 내질렀다. 눈 깜짝할 사이에 매머드는 불도그만한 크기로 작아졌다. 땅바닥이 너무 가까운 게 이상한지 매머드는 겁먹은 눈을 데굴데굴 굴리고 있었다.
허망한 표정을 짓는 여제의 입이 쌜쭉했다. 이윽고 여제가 몸을 숙이더니 짧아진 코로 파브리스의 다리를 휘감으려고 안간힘을 쓰는 파란 매머드를 쓰다듬어주었다.
리스베스틸랑넴은 도자기처럼 반들반들한 볼을 타고 또르르 우아하게 굴러 내리는 눈물을 닦고 나서 명을 내렸다.
"이제 숙소로 돌아가거라. 오늘 너희들은 충분히 피해를 입혔다. 한 가지 알리겠는데 내일은 난쟁이 사절단이 히블리아 산에서 도착하는 관계로 숙소가 필요할 것이다. 그래서 너희들을 좀 더 오래 머물게 하지 못할까 걱정이구나."
타라는 속으로 말했다.
'좋아요, 상당히 치사하긴 하지만. 하긴 자기가 애지중지하는 매머드가 지구소년의 패밀리어가 될 줄은 꿈에도 몰랐을테니.'
사실 여제는 매머드가 자신의 패밀리어가 되기를 바라고 있었다. 아니면 자기 피붙이의 패밀리어라도 되기를.
여제는 마지막으로 눈물을 닦고 나서 위엄 있는 자태로 돌아서더니 정원을 떠났다.

셈 선생님은 몹시 화가 난 얼굴로 두 손을 허리에 딱 붙인 채 발로 땅바닥을 톡톡 치고 있었다. 마지막 친위대원이 나가자마자 셈 선생님이 호통을 쳤다.

"자, 이제 나한테 사실대로 고해야지! 바룬과 파브리스 사이에 끈이 형성되었다면 매머드가 파브리스를 만나기 위해 벽을 뚫고 궁전을 돌아다니기라도 했다는 거니? 도대체 어떻게 된 일이야?"

셈 선생님에 대한 애정에도 불구하고 타라는 늙은 용이 무엇보다도 정략가라는 걸 잊지 않고 있었다. 선생님이 알면 탈옥 기도가 수포로 돌아갈 위험이 있었다. 따라서 타라는 둘러대기로 했다.

"우린 단지 매머드를 직접 보고 싶었어요. 수백만 년 전에 지구에서 멸종된 동물이잖아요. 그래서 갔는데 매머드가 무작정 우리를 공격하는 거예요. 우리를 짓뭉개버리려고 달려들던 매머드에게 파브리스가 잡히는 순간, 이제 우리는 죽었다 싶었죠. 그런데 느닷없이 매머드가 선택을 한 거예요."

타라는 입을 다물었다. 이런, 믿지 않는 얼굴이야. 휴, 관심을 돌려보자. 타라는 얼른 말을 이었다.

"아! 또 한 가지 이상한 일이 있었어요. 바룬이 역공 주문의 보호를 받고 있었어요. 그래서 우리는 어떻게도 할 수가 없더라고요. 마치 우리를 없애기 위해 계획된 것 같은 느낌이 들었어요."

셈 선생님이 그들을 뚫어져라 쳐다보자, 로빈은 칼이 즐겨 짓는 표정을 지어 보려고 애를 썼다. 다시 말해서 순진한 눈망울을 휘둥그레지게 뜨는 것인데…… 애쓴 보람이 있는지 바보처럼 보이는 데 성공했다.

무아노는 송곳니를 드러내고 웃는 반면에 파브리스는 자기도 모르게 패밀리어 흉내를 내는지 난처한 얼굴로 몸을 좌우로 흔들었다.

셈 선생님은 못마땅한 얼굴이었다.

"그러니까 누군가가 또 너를 죽이려고 했단 말이지? 지금까지 일들로 보아 너를 노리는 자가 꾸민 짓이 확실한 것 같긴 한데……. 음모. 음모의 음모라. 그 모든 것이 아무래도 수상쩍긴 하구나."

얘기가 이런 식으로 전개되면 안 되는데……, 타라는 그 다음 말이 마음에 들지 않으리라는 걸 느꼈다. 타라가 예상한 대로였다.

"너희들은 랑코비트로 돌아가고, 타라는 지구로 돌아가거라. 칼과 안젤리카는 내가 맡을 테니 너희들은 걱정하지 마. 너희들의 친구를 석방시키지 못하면 난 돌아가지 않아. 용의 이름으로 약속한다."

로빈이 핏대를 올렸다.

"저의 활과 화살에 걸고 말씀드리는데 선생님은 십여 년을 머물게 될 수도 있어요. 여제는 그들을 풀어줄 생각이 전혀 없단 말이에요."

"두고 보자꾸나. 어쨌든 너희들은 내일 아침에 떠나거라."

"하지만……."

"군소리 말아! 이건 충고가 아니라 명령이야!"

그들은 끽소리 없이 숙소로 돌아왔고, 무아노는 물약을 완성하기 위해 서둘렀다. 계획을 실행에 옮기려면 이제 몇 시간밖에 남아 있지 않았다. 무아노가 파브리스에게 코털 세 개를 뽑아달라고 부탁했을 때, 매머드가 분개하는 울음소리를 내기는 했지만 전체적으로 작업은 순조롭게 진행되었다.

하마터면 궁전과 오무아 제국의 수도 팅가푸르를 폭발시킬 뻔한 실수만 없었다면!

혼합물을 준비하면서 무아노는 깜빡 잊은 것이 하나 있었다. 여전히 털이 북슬북슬한 그 기괴한 야수의 모습을 하고 있었으니!

혼합물을 그냥 놓아두고 무아노가 마니투와 두런두런 이야기를 나누고 있을 때였다. 몇 가지 사건이 발생했다.

처음에는 물약에서 묘한 초록빛 섬광이 번쩍이더니 액체가 사발에 넘치면서 보랏빛 기체를 뿜어내기 시작했다.

"아, 이거 좋다!"

매료된 듯이 그 제조 과정을 유심히 지켜보던 파브리스가 자신의 주특기를 발휘했다.

"뒤섞어서 한데 합하는 것, 생물의 생존에 필수 불가결한 물질, 다 합해서 세 글자……, 어? 근데 이거, 이 빛깔, 이거 정상이야?"

"빛깔이라니?"

무아노는 약간 놀란 얼굴로 물었다.

"이 초록빛과 보랏빛 말야. 연기가 나는 것도 정상이야?"

"월! 월! 으르렁! 우아! 크흑, 악, 월!"

너무 놀랐나? 말할 수 있다는 걸 잊은 마니투가 짖어댔다.

다행히 동물들의 언어를 알아듣는 로빈이 초인간인 속력으로 의자 위로 돌진하더니 크리스털 꽃병에서 꽃다발을 확 뽑아 던졌다. 그러고는 한 손으로는 크라크덴트 모피에 물약을 쏟아 붓고, 또 한 손으로는 꽃병에 든 물을 끼얹었다. 초록빛이 사라지더니 연기와 아울러 털가죽의 절반과 목재바닥이 사라지면서 그 밑으로 돌이 드러나 보였다.

무아노는 이마를 닦으면서 외쳤다.

"휴, 큰일 날 뻔했네! 그런데 물약이 왜 갑자기 폭발성 데스트룩투트로 변한 거지?"

"뭐로 변했다고?"

파브리스는 목소리를 떨면서 바닥에 난 구멍을 불안하게 쳐다봤다.

"어, 그게…… 뭐든 모조리 녹여버릴 수 있는 아주 위험한 물질이야. 데스트룩투트를 제대로 다루지 못하면 나라 하나를 송두리째 날려버릴 수도 있어. 기체도 액체 못지않게 위험해. 하지만 내 기억이 정확하다면 그 폭발물의 성분은 지금 우리가 사용한 것들과는 아무 관계가 없단 말야!"

"어쩌면 네 털이 문제일지 모르겠구나!"

남은 혼합물을 유심히 살피던 마니투가 추측했다.

"혼합하던 중에 그 야수의 털이 떨어진 게 틀림없어. 그래서 연쇄반응을 일으킨 거야!"

"그렇다면 우리는 이제 두 가지를 확실히 알게 된 거네요."

로빈이 재미있다는 얼굴로 지적했다.

"아, 그런가? 그게 뭔데?"

"무아노의 털을 이용해서 모든 걸 파괴하는 물질을 만드는 방법, 그리고 파브리스, 너는 매머드의 코털 세 개를 또 뽑아야 한다는 것."

무슨 뜻인지 알아차린 바룬은 생각만 해도 끔찍한지 항의의 울음소리를 내면서 부리나케 침대의자 뒤로 숨었다. 평온한 삶을 살던 매머드가 난데없이 마법에 걸리질 않나, 축소되질 않나, 코털을 뽑히는 수난까지 당했으니…… 오죽했을까!

원하는 것이라곤 오직 빨간 바나나와 한참 늘어지게 자는 것밖에 없는 나를. 흥, 앞으로는 절대 코털을 뽑히지 않겠어, 어림없지! 하는 얼굴로 버티는 매머드를 붙들고 앉아서 파브리스는 진땀을 뺐다. 빨간 바나나 한 송이를 통째로 준 덕분에 파브리스는 간신히 매머드를 설득하기에 이르렀고, 무아노는 두 번째 물약을 준비했다.

신중하게, 아주 신중하게.

이번에는 모든 것이 순조로웠다. 초록빛 섬광도 보랏빛 연기도 없었다.

"완벽해. 이제 영화에서 악당들을 잠재울 때 사용하는 술책을 이 행성에서도 써먹을 수 있는지 보자."

타라가 말했다.

물약 여러 병을 실은 마구장식 같은 것이 갈랑과 쉬바에 장착되었다. 무아노는 병 뚜껑을 열기에 앞서서 친구들과 마니투에게 해독제를 흠뻑 묻힌 수건으로 얼굴, 입, 코를 막게 했다. 간수들과 동시에 그들까지 잠들지 않게 하려는 것이었다.

무아노가 병 뚜껑을 열자, 초록빛 기체가 풀풀 날아오르더니 좌악 퍼지기 시작했다.

무아노는 문을 빠끔히 열고 패밀리어들을 먼저 내보냈다. 귀를 바짝 세우고 있던 네 친구는 쿵, 콰당, 콰당탕, 쓰러지는 소리에 윙크를 하며 미소를 지었다. 타라 습격 사건 이후로 그들 일행을 지키고 있던 경비원들까지 막 잠이 든 것이었다.

즉흥적으로 만든 복면을 뒤집어쓴 채로 타라가 속삭였다.

"빙고! 들어맞았어. 영화에서는 통풍기 속으로 가스를 집어넣지만 여기는 그런 게 없어서 그냥 한번 시도해본 거였는데."

파브리스는 숨막힌 소리로 물었다.

"뭐가 어째? 그럼 잘될 거란 확신이 없었단 말야?"

"확신은 당연히 없지!"

"네 할머니 말대로 오, 데미데루스여! 이럴 땐 네가 정말 싫다, 싫어!"

그들은 그림자처럼 살금살금 감옥으로 향했다.

이날 밤 그들과 마주친 모든 궁인들, 에프리트들, 친위대원들은 다음

날 아침 자기들이 왜 엄청난 두통을 느끼며 복도에서 잠을 깨게 됐는지 영문을 전혀 모를 것이다.

감옥 입구가 보이자, 두 패밀리어가 어둠 속으로 슬그머니 들어갔다.

잠시 후, 창들이 바닥에 부딪히는 쇠붙이 소리가 울리더니 드렁드렁 코고는 소리가 울렸다.

발소리가 나지 않는 하프엘프가 정찰을 나갔다가 말했다.

"가자. 간수들과 샤트릭스들도 모두 잠들었어."

과연 감옥은 꿈나라에 들어가 있었다. 꽤 많은 사람과 동물들이 여기저기 쓰러져 있을 뿐만 아니라 코까지 심하게 골고 있었다. 죄수들도 잠들어 있었다.

무아노는 조심스럽게 병 뚜껑을 닫았고, 그들은 이제 복면을 내릴 수 있었다. 잠시 후 그들은 칼이 갇혀 있는 크리스털 문 앞에 이르렀다. 블롱딘의 바구니는 비어 있었지만, 칼의 실루엣이 드러나는 시트가 보였다.

무아노는 문을 두드렸다.

"칼, 칼, 문 열어! 칼, 일어나!"

실루엣은 꿈쩍도 하지 않았다.

무아노는 덜컥 겁이 났다.

"맙소사, 내가 어제 말해준 대로 코와 입을 잘 막았어야 하는데…… 아니면 내일 아침까지는 깨어나지 못해."

파브리스는 불안했다.

"칼이 갈고리로 자물쇠를 열어줘야 하는데……. 칼이 없으면 우린 아무것도 할 수 없어!"

그들의 등뒤에서 차가운 목소리가 들렸다.

"내가 도와줄 수 있을 것 같은데? 너희들한테 필요한 게 이거겠지?"

그들은 까무러칠 듯이 놀랐다.

샤트릭스들은 곯아떨어져 있는 반면에 간수들은 말짱하게 깨어나 있었다. 공포에 질린 어린 마법사들 앞에 버티고 선 산디아르는 네 개의 손 중 하나에 은빛 열쇠를 쥐고 흔들고 있었다.

잠자지 않고 있던 안젤리카가 비아냥거렸다.

"푸하하하! 너희들의 그 어리석은 계획을 내가 못 들었을 줄 알았냐? 너희들이 칼을 탈옥시키려고 한다는 걸 친위대 대장에게 내가 알렸지. 그래서 이렇게 기다리고 있었던 거야. 난 아마 특별사면을 받게 될걸. 그리고 칼은 나를 여기서 나가게 하려고 애쓰는 내 부모님의 노력을 망쳐놓지 못해!"

로빈은 험악한 눈빛으로 쏘아붙였다.

"안젤리카, 너 갇혀 있어서 운 좋은 줄 알아!"

갈색머리 꺽다리 소녀는 로빈에게서 풍기는 위험에 뒷걸음질쳤다. 보호받고 있다는 걸 알고 있어서인가, 꺽다리는 다시 침착해졌다.

"야, 반쪽짜리 엘프, 너희들이 날 어떻게 취급했는지 난 잊지 않았어. 내가 복수할 절호의 기회를 그냥 넘어갈 거라고 생각했냐?"

안젤리카는 목소리를 높였다.

"헤이, 칼, 너도 뭐라고 말 좀 하지 그래?"

침묵…….

수상한 생각이 들었는지 갑자기 산디아르가 자물쇠에 열쇠를 넣고 돌렸고, 문이 스르르 접혔다.

이불 속의 실루엣은 꿈쩍하지 않았다. 이불을 확 벗기던 친위대 대장이 딸꾹질을 했다. 얼마나 놀랐으면!

꺽다리 안젤리카의 복수는 이대로 끝나는 건가. 이렇게 싱겁게 끝날 줄이야!
 하지만 시트 안에는 칼의 모습 대신 베개 두 개만 얌전히 포개져 있었다!
 땅으로 꺼졌는지 하늘로 솟았는지, 칼의 감방은 텅 비어 있었다!

5
땅 신령들의 납치

칼은 '스트레스'를 받고 있었다. 스트레스란 말을 지구에서 배운 칼은 이 말이 현재 자신의 상황에 딱 맞는 표현이라고 생각했다. 친구들에게 허풍을 떨긴 했지만 그 당치도 않은 계획을 성공할 자신은 전혀 없었다. 실패하면 평생을 감옥에서 썩을 게 뻔하기 때문에 사기가 떨어지고 있었다.

칼이 불안한 마음으로 탈옥을 위한 침대 준비를 끝내고 있을 때였다. 블롱딘이 으르렁거리기 시작했다. 등줄기를 따라 털이 곤두선 여우는 감방 안쪽 벽의 일부를 뚫어져라 응시하고 있었다. 그런데 패밀리어가 전해주는 느낌이 아주 이상했다. 마치 누군가 감방을 뚫고 들어오려고 하는 어떤 힘을 감지하고 있는 듯했다. 칼이 다가서려고 할 때, 내부의 돌 몇 개가 빙그르르 회전하면서 구름 같은 먼지가 일었다.

매캐한 연기 속에서 칼이 콜록거리는 사이, 구름같이 자욱한 먼지 속에서 땅 신령 네 명이 불쑥 나타나서는 허리를 넙죽 숙였다.

그들을 한 인간으로 보기는 좀 어렵긴 해도 칼은 그들 중 하나가 낯익은 느낌이 들었다.

"글룰 부글룰 선생님?"

어찌나 놀랐는지 칼은 딸꾹질까지 하면서 손으로 먼지를 날려버리려고 애를 썼다.

"안녕, 수석 마법사 칼리반 달 살란?"

땅 신령은 정중하게 인사했다.

"네, 아, 안녕하세요?"

칼은 어리둥절한 얼굴이었다.

이어서 유머 감각을 빠르게 되찾은 칼이 이죽거렸다.

"부글룰 선생님, 감옥을 부술 만한 무슨 특별한 이유라도 있는 거예요, 아니면 빛이 보여서 그냥 들어오신 거예요?"

"감옥이 아니라 자네 감방의 벽만 살짝 부순 거지. 수석 마법사 칼리반 달 살란, 자네에게 제안할 것이 있어서 왔네."

"그래도 문으로 드나드는 것이 더 편리한데! 그리고 제발 저를 칼이라고 불러주세요. 아니면 대화가 너무 길어지잖아요."

"남의 눈에 띄고 싶지 않았거든."

땅 신령이 점잖게 설명했다.

"실은 자네에게 간청할 것이 있어서 온 거라네."

땅 신령들이 일제히 무릎을 꿇었다. 정말이지 상황이…… 이상하게 돌아가고 있었다.

몹시 당황한 칼이 말했다.

"에이, 그럼 바지 구겨지는데. 어서들 일어나서 원하는 게 뭔지 말씀하세요. 무슨 일인지는 몰라도 류머티즘에 걸릴 필요야 없잖아요!"

땅 신령은 빙긋이 웃으면서 일어났다.

"무릎이 뻐근한 건 인정해야겠군. 자네가 필요하다는 건 누군가가 우리를 죽이려 하기 때문이라네."

칼은 입을 벌리다가 도로 다물었다. 이런 종류의 고백에 빈정거리듯 토를 달아서야……. 그래서 칼은 다음 말을 기다렸다. 그러면 그렇지.

"우린 어디든 몰래 들어갈 수 있지."

땅 신령이 차분하게 설명했다.

"화강암, 돌, 금속 등 다른 종족들에게는 저항하는 것들이라도 우리를 가로막지는 못해. 용암이라면 몰라도. 그래서 우리는 아더월드 곳곳에 터널을 파놓았지. 하지만 심심풀이로 땅을 파는 건 아니라네. 터널을 파면서 흙에 함유된 희귀한 원소를 먹고사니까. 그래서 우리가 점령한 곳은 흙이 메마르지."

"아, 그래요?"

칼이 뜻밖이라는 얼굴로 말했다.

"난 또 새만 잡수시는 줄 알았죠. 그래서 스몰컨트리에는 절대로 발을 들여놓지 않을 생각이었거든요. 새가 없으면 내가 질색하는 곤충이 너무 많다는 뜻이니까!"

땅 신령의 인상이 구겨졌다.

" '절대로' 는 좀 단정적인 표현인 것 같군. 새를 잡아먹는 건 순전히 미각의 기쁨 때문이라네. 사실 우리가 영양분을 섭취하는 건 흙이지. 하지만 우리는 흙을 메마르게 해, 불행히도 우리의 배설물이 기름지지가 않거든."

"그래서요?"

인내심과는 거리가 먼 칼이 물었다.

"그게 나와 무슨 상관이 있는데요? 그리고 아까 누군가가 죽이려 한다고 말씀하셨죠?"

"그래, 알았네, 알았어. 바로 이게 우리의 배설물이라네."

땅 신령은 마지못해하는 얼굴로 장갑을 끼더니 호주머니에서 작은 상자를 꺼냈다. 이어서 상자를 열고, 손바닥에 또르르 굴러 떨어진 빨강, 하양, 파랑, 초록의 투명한 돌들을 칼의 손에 쏟아주었다. 기계적으로 유심히 살펴보던 칼의 눈이 갑자기 휘둥그레졌다.

"오, 데미데루스여! 그럼 보석을 배설한단 말예요?"

칼은 미심쩍은 얼굴로 외쳤다.

"맞아. 아주 극소수의 사람들만 이 사실을 알고 있지. 비밀이 지켜지고 있기에 우리가 용들과 인간들, 난쟁이들의 탐욕으로부터 안전한 것이고."

칼은 솔직하게 말했다.

"나는 도둑이에요. 물론 아직 면허를 받지는 않았지만 그래도 도둑은 도둑이라고요. 그런데 이런 보석을 내 손에 쥐어주는 건 좋은 생각이 아닌 것 같네요."

글룰 부글룰은 차분하게 말했다.

"그 직업의 명예 규범은 알고 있네. 정부의 명령에만 행동한다는 것도 알지. 하지만 자네를 믿고 우리의 비밀까지 알려주는 건 우리를 도와주면 자네를 석방시켜줄 수도 있기 때문이야."

그 말에 칼은 귀가 번쩍 뜨였다. 돌연 상황이 아주 흥미롭게 돌아가고 있었다.

"그런데 몇 달 전에 한 마법사가 우리의 그 특성을 알아차리고 말았네. 그 마법사가 보석을 계속 공급하라는 정도로 만족했다면 우리는 기꺼이 내줬을 텐데, 그렇지가 않았지. 그는 비밀을 지켜주는 대가로 우리를 아더월드 곳곳으로 보내고는 다른 마법사들에게서 마력을 가진 것들을 훔치게 했지. 우리 중 두 명이 어떤 함정에 빠져서 사망했을 때, 우리는 항의하면서 더는 복종하지 않겠다고 경고했어. 그런데 불행히도 우리가 훔쳐주었던 물건들이 그에게 엄청난 능력을 가져다주었지. 그는 그 능력을 어떤 인공물, 즉 아티팩트 속에 농축시켰고, 그 아티팩트의 강력한 힘 덕분에 우리의 처자식들까지 위치추적이 불가능한 곳에 가둬놓았어! 우리는 그가 어딘가에 공간이동의 문을 만들어놓고 우리의 행성과는 다른 세계에 그들을 억류해 놓았다고 생각하고 있네. 절망에 빠진 우리는 여제에게 도움을 청했는데 자세한 것은 밝히지 않았지. 처음에는 여제가 우리의 말을 믿지 않더군. 그래서 우리는 여제에게 한 달 동안 세 번이나 찾아갔고, 결국 여제는 엘프 사냥꾼들을 보내 그 마법사의 성을 수색하게 하더군. 하지만 아무것도 찾지 못했어. 아무런 증거 없이 고소한다는 건 불가능한 일이니 어쩌겠나. 그 새로운 능력 덕분에 그자가 진실의 입들의 비호를 받고 있다고 봐야겠지. 진실의 입들은 그자가 범인이라는 걸 알지만 그자의 정신을 읽을 수가 없네. 그놈은 우리가 자기를 고발했다는 걸 알고 미친 듯이 펄펄 뛰었지. 보복 수단으로 우리의 부녀자 서른 명을 처형해서 그 시신들을 우리에게 돌려보낸 극악무도한 놈 같으니!"

끔찍했던 상황을 얘기하는 땅 신령의 목소리가 갈라졌고, 칼은 눈을 쓰라리게 하는 눈물을 슬그머니 훔쳤다.

글룰 부글룰은 처량한 미소를 지으면서 말을 이었다.

"우린 도둑이 아니니 뾰족한 수가 없고, 엘프 사냥꾼들은 예리한 수사관들이긴 해도 역부족이었네. 그래서 우리는 도둑만이 도둑을 격퇴할 수 있다는 생각을 하게 되었지. 비밀리에 도둑 대학에 학생들의 점수를 조회해본 결과 교수들이 자네를 차세대 최고의 도둑 중 한 사람으로 평가하고 있다는 걸 알게 되었지."

칼은 재미있다는 얼굴로 외쳤다.

"그래요? 진짜 못 믿을 사람들이네요. 나한테는 누구누구 아무개의 발꿈치도 못 따라간다고 말하더니, 게다가 내 성적이……"

"그건 확실하네."

땅 신령이 말을 끊었다.

"바로 그래서 우리가 이 감방까지 자네를 찾아온 거니까. 놈이 처자식들을 가둬놓은 장소를 찾으려면 자네가 필요해. 우리는 그자의 아티팩트를 파괴할 수 있어. 일단 그 능력을 차단하기만 하면 진실의 입들이 그자의 머릿속을 읽을 수 있을 것이고, 또 여제도 그자를 처형할 수 있게 되는 것이네."

칼은 소름끼치는 의혹이 고개를 드는 걸 느꼈다.

"진실의 입들 얘기가 나왔으니까 말인데 그들이 내 정신을 읽을 수 없었던 것이 혹시 사전에 은밀히 꾸며진 일이었던 거예요? 나를 가둬놓고 이용하기 위해서?"

땅 신령은 흠칫 뒷걸음질쳤는데 충격을 받은 얼굴이었다.

"전혀! 진실의 입들은 생각을 방해하는 주문 브루이우스에 걸린 거라고 생각하고 있다네. 하지만 그들은 감각적인 존재들이라서 누가 유죄인지 아닌지는 충분히 알아낼 수 있지. 그들의 말이 여제에게는 충분하지 않았어도 우리에게는 충분했지. 이제 우리에겐 시간이 많지 않아. 우리를 도와주겠는가? 그 대가로 우리는 자네를 석방시켜주겠네. 그러면 자네를 함정에 빠트린 자도 찾아낼 수 있을 텐데."

칼은 자신의 탈옥 계획을 생각하면서 말했다.

"그건…… 불가능해요. 우선 뭔가 속임수를 써야 해요. 그게 성공하면 도와주러 오겠다고 약속할게요. 나에겐 내 무죄를 증명하는 것이 무엇보다 중요하다는 걸 이해해 주세요."

"이해하네. 하지만 지금 우리는 피가 바짝바짝 마를 정도로 절망적이란 말일세. 그 괴한의 힘이 하루가 다르게 커지고 있는 상황이라서! 이제 그자는 두 가지 물건, 즉 금서 한 권과 제1 동심원의 악마들이 조각한 나무지팡이만 찾으면 되지. 금서를 훔쳐오는 데 그자가 우리에게 준 시간은 나흘이야. 성공하지 못하면 우리가 해낼 때까지 죽이고 또 죽이겠지. 그자가 그 불길한 책을 소유하는 즉시 그자의 힘은 10배로 강해질 거야. 그리고 그 지팡이를 손에 넣는 날에는 용들도 더는 그자에게 저항하지 못할 것이고!"

"금서요? 금서를 훔치겠다는 말은 아니죠?"

"쉿!"

땅 신령이 불안한 얼굴로 문을 쳐다보면서 속삭였다.

"작게 말해야지 아니면 간수들이 듣게 될 거야. 그 마법사가 요구하는 것이 바로 그건데 어쩌겠나. 승낙하겠나?"

칼은 벌레 씹은 얼굴을 했다.

"그놈의 책을 원하는 사람들이 이렇게 많다니, 미치겠네! 불행히도 내 대답은 거절입니다. 절대로 여러분을 따라갈 수 없어요. 적어도 지금은. 그리고 이런 일은 나보다 우리 어머니가 훨씬 더 적임자세요. 어머니에게 도움을 청하면 2분 30초안에 그 비밀 문을 찾아줄 거예요."

땅 신령은 고개를 떨구고 한숨을 내쉬었다.

"여제에게 도움을 청했었지만 실패했어. 자네 어머니라도 별수 없을 것이네. 정치적으로 아주 복잡하게 얽혀 있는 문제라서 토론에 붙이면 시간이 걸릴 텐데, 우리에겐 그럴 시간이 없어. 정말이지 나는 이것이 필요 없기를 바랐건만……."

"무, 무슨…… 소리예요?"

칼은 갑자기 의심에 찬 눈초리로 물었다.

땅 신령은 고개를 들고 칼의 눈을 응시했다.

"미안하지만 자넨 선택의 여지가 없게 만드는군."

그렇게 말하고 나서 땅 신령은 초인적인 점프로 달려들더니 칼의 목에 뭔가를 붙였다. 칼은 고함을 지르려고 했지만 그럴 겨를이 없었다. 이어서 아주 잠깐 통증이 느껴지다가 완전히 마비되는 느낌이 들었다. 블롱딘이 으르렁거리는 것으로 보아 무슨 영문인지는 몰라도 자기 주인이 처한 곤경을 느끼는 모양이었다.

글룰 부글룰이 차분하게 설명했다.

"살테렌스 사막에 사는 트실이라는 벌레지. 트실이란 놈은 숙주를 마비시킨 다음에 그 살 속으로 파고들거든. 그 부위가 대체로 목이라서 대동맥을 뚫고 들어가는 즉시 숙주의 온몸에 자기의 알을 퍼뜨리지. 그렇게 되면 눈 깜짝할 사이에 몸이 분해되고, 마비 상태가 사라지면 알들이 준비 과정에 들어가는 것인데 알들이 활동하기까지는 100시간쯤 걸려. 그 다음 단계는 알들이 벌레로 변태해서 숙주의 몸을 모조리 파먹고, 다시 그 주기가 반복되지. 트실의 공격을 피하는 첫 번째 방법은 해독제야. 해독제는 위에서 혈관계로 이동하면서 알을 박멸하기 때문에 적어도 부화하기 2시간 전까지 해독제를 마셔야 하지. 두 번째 방법은 죽는 것이지. 심장 박동이 멈추면 알들이 피 속의 산소 결핍을 견딜 수 없기 때문에 즉시 죽어버리니까. 지금쯤 자네는 마비증세가 사라지는 느낌이 들겠지. 그게 바로 알들이 자네의 혈관계에 자리를 잡았다는 신호야."

과연 그 말대로 칼은 뻣뻣한 근육이 완화되는 걸 느꼈다. 팔과 다리가 다시 움직여지기가 무섭게 칼은 글룰 부글룰에게 달려들어서 벽으로 밀어붙이고 땅 신령의 부러질 듯 간당간당한 목덜미를 움켜잡았다. 다른 땅 신령들이 달려들 기세로 잔뜩 긴장해 있었지만, 이빨을 드러내고 무섭게 으르렁거리는 여우 때문에 머뭇거리고 있었다. 글룰 부글룰은 움직이지 말라는 손짓을 했다.

화가 머리끝까지 난 칼은 목을 더 세게 조르면서 위협했다.

"이 문제를 즉시 해결하시죠. 해독제를 내놓으란 말예요. 아니면 당신의 목을 꽉 으스러뜨리겠어요."

서서히 보랏빛으로 변해 가는 땅 신령이 꾸르륵거리는 소리를 냈다.

"이래 봐야…… 소용없네. 우린 해독제를 가지고 있지 않으니까. 우리를 따르지 않으면 죽는 거다!"

칼은 이를 악물면서 말했다.

"난 무슨 수를 써서라도 해독제를 구할 수 있어요!"

땅 신령은 헐떡거리고 있었다.

"아, 아니, 그건 불가능해. 트실은 깊은 살테렌스 사막에만 존재하니까. 살테렌스의 수도 살라에는 공간이동의 문이 있는데 깊은 사막에는 없거든. 게다가 소금 감독관들만 해독제를 가지고 있는데 소금 광산에 이르려면 적어도 사흘은 걸리지. 다른 종족들의 나라에서 납치해온 노예들을 부리기 위해서 트실을 사용하는데, 소금 감독관을 제외하면 우리만 가지고 있는 셈이야. 하지만 자네는 거기까지 가서 그들과 협상하고 해독제를 마시는 데 필요한 시간도 없거니와 그들의 노예가 될 위험까지 있으니까…… 우리를 따라가는 것이 유일한 방법이네!"

칼은 화가 치밀지만 어쩔 도리가 없다는 걸 깨달았다. 칼이 갑자기 놓아주는 바람에 털썩 주저앉은 땅 신령은 목을 문질렀다.

"그럼 그 미치광이 마법사를 어디 한번 보여줘 봐요. 그 빌어먹을 비밀의 문을 찾아서 당신과 당신 종족을 림보의 지옥으로 보내드릴 테니!"

땅 신령은 칼의 저주를 막는 시늉을 하고 나서 밤색 물체를 내밀었는데 끈적끈적해 보이고 물까지 뚝뚝 떨어지는 것이었다.

"이건 또 뭐죠?"

칼이 심드렁하게 말했다.

"산소를 제조하는 일종의 산소마스크라고나 할까. 우리는 땅굴을 팔 때 숨쉴 필요가 없어. 우리의 신체기관은 산소가 직접 보급되니까. 하지만 자네와 그 여우는 질식하고 말 거야. 이 산소마스크는 어떤 가스든, 어떤 액체든 합성할 수 있지. 자네의 피를 약간 주면 그 대신에 산소를 줄 것이고, 또 자네의 탄산가스도 재합성하지."

"내 피를 약간 줘요? 약간의 피라니요? 당신의 그 흡혈귀를 위한 약간의 피라는 게 얼마만큼의 양인지에 대해서는 타협을 봐야겠어요. 그게 1리터, 아니 2리터라면 답은 뻔한 거니까!"

"몇 밀리리터만 있으면 돼. 가벼운 찰과상을 입었을 때 흘리는 피 정도면 충분하네. 자네의 얼굴에 그걸 대고 숨을 깊이 들이쉬게."

칼은 땅 신령을 쩨려보면서 시키는 대로 했다. 그 끈적거리는 것을 얼굴에 갖다대자마자 쫙 늘어나더니 얼굴을 완전히 덮어버렸다. 귀 뒤쪽이 따끔거린다는 건 피를 빨아먹고 있다는 증거였다. 칼은 조심스럽게 숨을 들이쉬었다. 산소마스크라는 것이 완벽하게 작동하고 있음을 느끼면서 칼은 안도했다. 공기에서 곰팡내가 좀 나긴 했지만. 마스크는 눈도 가리고 있었는데 눈을 보호하려면 밤색의 얇은 막을 통하는 것이 차라리 더 잘 나았다.

블롱딘은 전혀 협조적이지 않았다. 땅 신령들이 얼굴에 마스크를 붙이러고 했을 때 여우는 이빨을 드러내고 으르렁거리면서 구석까지 뒷걸음질쳤다. 여우의 덩치가 더 크기 때문에 땅 신령들은 조심스럽게 산소마스크를 칼에게 내밀었다.

칼은 손가락 바로 앞에서 빠드득거리는 송곳니들에 아랑곳없이 여우의 코에 끈적거리는 마스크를 단단하게 붙였다.

"자네는 꽤 긴 거리를 기어가야 하네. 한 2킬로미터는 가야 주된 지하도에 이르거든."

칼은 어깨를 으쓱하면서 글룰 부글룰의 설명을 무시하고 있었다. 아무런 이의가 없는 블롱딘은 칼의 얼굴을 쓱 한 번 쳐다보고는 놀리는 듯한 울음소리까지 내면서 엉금엉금 기어갔다. 아티팩트 조각상의 영향권을 벗어나자마자 칼은 황궁 밖에서도 원활한 의사소통을 할 수 있도록 땅 신령들에게 이중 통역주문을 걸었다.

힘들고 고통스러운 기나긴 여정이었다. 500미터쯤 갔을 때, 칼은 손의 감각이 느껴지지 않았고, 무릎은 훨씬 더 심했다. 생살이 강판에 갈리는 느낌이 들었다. 등뒤에서는 땅 신령 중 두 명이 그들이 막 통과한 터널을 다시 막고 있었다.

처음에는 호기심에 땅을 파나가는 광경을 지켜보던 칼은 그 과정이 어찌나 역겨운지 얼른 눈길을 돌려야 했다.

암석을 뚫을 때는 땅 신령들이 손을 사용했는데 손이 무슨 연장이라도 되는 듯이 바윗돌을 버터 주무르듯 쉽게, 쉽게 파내고 있었다. 암석이 저항을 해도 그들은 성분 분자를 구별할 수 있어서 더 연한 암석을 만날 때까지 돌 속을 침투해 들어갔다. 땅 신령들은 족히 자기들 키의 서너 배는 될 정도로 입을 크게 벌리고 눈이 돌아갈 정도로 빠르게 흙을 먹어치우는데 그들의 침이 터널이 무너지지 않도록 여러 가지 원소를 응결시켰다. 그들은 칼의 감방으로 이르는 지하통로를 메우기 위해서 먼저 감방의 돌들을 정교하게 다시 원상 복귀시킨 다음에(그때 칼은 그들의 침이 훌륭한 회반죽을 만든다는 걸 확인할 수 있었다) 입을 어마어마하게 크게 쩍 벌리고 돌과 흙을 토해냈다. 잠시 후, 어찌나 감쪽같은지 칼은 자신이 터널로 도망쳤다고는 도저히 믿을 수 없게 되었다. 땅 신령들이 먼지까지 싹싹 핥아먹으면서 방을 말끔히 치웠는데 누군들 알아채겠는가.

문득, 칼은 지구에서 봤던 것이 기억났다. 스케이트 뭐라고 하는 기구였는데 바퀴가 달려 있었다. 터널 바닥이 아주 미끌미끌한 것이 안성맞춤이 아닌가. 칼은 아주 침착하게 주문을 외웠다.

"크레아투스의 이름으로 내가 이 진창을 빠져나갈 수 있게 판때기 하나와 바퀴들을 원한다!"

이때부터는 나아가기가 훨씬 수월했다. 이동하려면 판때기에 올라타고 터널을 따라 두 손으로 밀고 나가면 되었고, 덕분에 땅 신령들은 걸음을 빨리 할 수 있었다.

그 물건을 흥미롭게 쳐다보는 글룰 부글룰은 그 편안한 이동기구에 홀딱 넘어간 얼굴이었다. 하지만 체면이 있지, 같이 타자고 거기에 올라탈 수야 없지 않은가.

그런데 내리막길이 시작되면서 사태는 악화되었다.

갑자기 등뒤에서 나는 고함소리를 들은 글룰 부글룰은 전속력으로 비탈을 내려가는 칼을 지나가게 하려고 거의 아슬아슬하게 벽에 달라붙었다.

칼은 그 기구에 대해 한 가지 까먹은 것이 있었다. 브레이크가 없다는 것을!

아주 걱정스런 얼굴로 땅 신령들이 다가갔을 때, 칼은 엎어진 자세로 몸을 들썩이며 떨고 있었다.

끔찍한 부상을 당했을까 걱정하면서 땅 신령들은 칼의 몸을 뒤집었다. 산소마스크의 얇은 막이 씌어진 칼의 얼굴을 보면서 그들은 소스라치게 놀랐다.

칼은 떨고 있는 게 아니었다. 너무 신이 나서 미친 듯이 웃고 있는 것이었다.

칼은 숨 넘어가는 소리로 외쳤다.

"와우! 이거 진짜 스릴이 넘치는데! 저쪽에 비탈길 또 있어요?"

글룰 부글룰은 하늘……, 아니 둥근 천장을 올려다보다가 퉁명스럽게 대답했다.

"아니, 전혀 없네. 설사 있다고 해도 제발 부탁인데 그…… 물건은 사용하지 말아주게. 다칠 위험이 있어. 우리도 그럴 수 있고."

무사히 주된 지하도에 이르자 땅 신령들은 안도했고, 어린 도둑은 바퀴 달린 판때기를 사라지게 했다. 어둠 속에 묻혀서 천장이 아예 보이지 않는 어마어마하게 큰 지하도들을 보며 칼은 눈이 휘둥그레졌다. 터널의 벽에는 오커, 공작석, 청금석, 금, 은으로 채색된 꽃이며 나무, 동물들이 조각되어 있는데, 발광 액체가 담긴 공들이 그 모든 걸 비추고 있었다. 사방에서 땅 신령들이 줄지어 다니는 걸 보면 상당히 분주해 보였다. 자이언트 개미, 흰개미, 자이언트 전갈 스팔렌디탈, 또는 자이언트 거미에 올라앉은 땅 신령들……, 칼은 소름이 쫙 끼쳤다. 그뿐만 아니라 심지어는 자벌레나방과 사나운 잠자리를 타고 날아다니는 땅 신령들도 있었다. 꾸르륵거리는 소리, 날카로운 울음소리, 가르랑거리는 소리, 휘파람소리……. 칼은 그 작은 곤충들이 그렇게 야단법석을 떨 수 있다고는 생각지도 못했다.

어디를 둘러봐도 여자들이나 아이들이 없는 것으로 보아 글룰 부글룰의 말은 사실이었다.

"이제 산소마스크를 벗어도 되네. 여기서는 숨쉴 수 있으니까."

칼은 떼어낸 마스크가 붉은 색을 띠고 있다는 걸 눈 여겨 봐두고는 기계적으로 호주머니에 쑤셔 넣었다.

"우린 지금 황궁에서 멀리 와 있네. 이제는 아무것도 두려워할 게 없지."

"이제 뭘 하죠?"

칼은 파란 땅 신령의 목을 조르고 싶은 충동을 꾹꾹 누르면서 물었다.

"이제 우리는 진실의 입들에게 자네의 친구 덩컨, 망질, 다비일, 브란다우드, 브주아 지롱의 위치를 추적해 달라고 부탁하고, 그들을 이곳으로 오게 할거야."

"내 친구들을? 걔들이 여기 와서 뭘 한다고 그래요? 땅 신령들의 문제를 해결하는데 친구들은 필요하지 않아요. 차라리 없는 게 더 수월해요!"

땅 신령은 고집스러울 정도로 고개를 흔들었다.

"대학 성적표를 보니 자네가 친구들과 힘을 합해 마지스터와 싸워 이겼다고 기록되어 있더군. 우리 부녀자들의 목숨을 구하려면 아주 신중해야 해. 자네의 친구들을 데려올 거니까 따질 필요 없네."

칼은 반대하려고 입을 벌리다가⋯⋯ 도로 다물었다. 어차피 뭘 어떻게 해야 할지 아무 생각이 없는 데다 타라의 초강력 마법은 불필요한 것이 아닐 테니까. 칼은 서글픈 미소를 지었다. 마법을 싫어하는 타라가 어쩔 수 없이 또 마법을 사용하게 생겼으니!

"그 악당이 다른 데로 나가 있는 걸 확인하는 즉시 자네를 그자의 성으로 데려가겠네. 거기서 공간이동의 문이 있는 위치를 추적해야 해. 그러면 틀림없이 우리의 부녀자들이 갇혀 있는 곳과 그 아티팩트가 있는 곳으로 이르게 되어 있네. 일단 우리의 부녀자들을 구하고 난 뒤에는 그자의 힘이 들어 있는 아티팩트를 가능한 한 파괴해 버리게. 그럼 자네는 자유의 몸이 되는 거야. 여기서 나를 기다리게. 먹을 것과 마실 것을 가져오겠네."

맛있는 스테이크를 기대하고 있던 칼은 약간 실망했다. 땅 신령들이 과일과 생야채를 담은 바구니를 내밀었던 것이다.

"에게, 이게 뭐야? 난 크레크레크레가 아니란 말예요! 다른 건 없어요?"

땅 신령들은 대꾸 없이 허리를 굽히더니 나가버렸다. 어쨌든 칼은 죽을 정도로 배가 고프지는 않았다. 그래서 바구니를 내려놓고 허기를 참았다.

잠시 후, 돌아온 땅 신령들이 이번에는 아주 예쁜 방으로 데려갔다. 그들은 키가 큰 손님들을 받아본 적이 없는 것이 분명했다. 칼이 편안히 잘 수 있도록 침대 여러 개를 붙여놓았던 것이다. 욕실에는 금방이라도 물을 쏟아낼 듯한 샤워기들이 둥둥 떠 있었다. 하지만 터널의 먼지를 씻으려고 할 때, 샤워기가 어찌나 짧은지 배꼽까지밖에 오지 않았다. 그래서 칼은 길게 드러누워야 했는데 그것도 여의찮았다. 샤워기들의 물이 온통 얼굴에만 집중되었기 때문이다. 눈이 안 보이고, 숨이 막힌 칼은 얼마 동안은 샤워를 하지 않고 보내야겠다고 생각을 했다.

칼이 몸을 닦아주는 수건들의 질서정연한 공격을 받고 있을 때였다. 왼쪽 팔의 살 속에서 뭔가가 움직이는 느낌이 들었다. 그것은 순전히 심리적인 것일 수도 있지만 칼은 정맥 속에서 뭔가가 우글거리는 것처럼 느껴졌다. 공포에 질린 칼은 뚫어져라 쳐다보면서 조금이라도 비정상적인 떨림이 있는지 살폈다.

앞으로 남은 시간을 분까지 아주 정확하게 계산해 주는 인식 패스를 보면서 칼이 여러 각도에서 온몸을 살피고 있을 때, 땅 신령들이 황토색 옷을 가져다주었다. 가장 키가 큰 땅 신령의 옷을 빌려온 것이 분명한데도 너무 짧아서 팔다리가 다 드러났다. 칼은 인상을 쓰면서 주문을 외웠다.

"*트란스포르무스의 이름으로* 이 옷이 나에게 맞고, 내게 제일 잘 어울리는 파란색으로 바뀌어라!"

즉시, 바지와 웃옷의 길이가 늘어났고, 멋진 파란색으로 변했다. 칼은 마음을 굳게 먹었다. 그래, 어디 한번 해보자고! 이제는 내 목숨을 위협하는 트실이라는 이 벌레들에서 벗어나서 친구들과 자유, 명예를 다시 찾는 일만 남았어. 그리고 최선을 다해 보는 게 상책이야. 그러다 보면 잘되겠지.

식사시간이 되고, 땅 신령들이 또 무슨 식물의 뿌리와 과일을 잔뜩 담은 바구니를 들고 왔을 때 칼의 실망감이란! 와, 이거, 진짜 미치겠군, 내가 무슨 다람쥐도 아니고!

6
파란 땅 신령

칼이 사라진 걸 알았을 때, 타라는 온몸이 얼어붙는 것 같았다. 이런 식으로 사람들을 사라지게 할 수 있는 마법사는 마지스터밖에 없는데!

친구들의 불안한 눈빛은 그들도 똑같은 생각을 하고 있음을 확신시켜 주었다.

갑자기 어떤 손에 마법복을 움켜잡힌 타라는 우악스럽게 공중으로 들어올려졌다.

화가 불같이 난 친위대 대장은 네 개의 손에 그들을 하나씩 가볍게 들어올리고는 인형처럼 마구 흔들어댔다.

그들을 도우려고 달려들던 갈랑과 마니투, 바룬, 쉬바는 무섭게 들이대는 창들을 보며 단념해야 했다.

"칼리반 달 살란은 어디 있어?"

친위대 대장은 소리를 버럭버럭 질렀다.

"어디다 숨겼는가? 말하라, 아니면 너희들은······."

"멈추세요!"

타라가 외쳤다.

"우리는 아무 짓도 하지 않았단 말예요!"
산디아르는 더 세게 흔들어대면서 내뱉었다.
"아무 짓도 안 했다? 너희들은 내 부하들을 잠들게 했고, 죄수를 빼돌렸다. 머리통을 뽑아버리기 전에 그 도둑이 어디 있는지 당장 말하라!"
무아노가 몹시 싫어하는 것이 하나 있다면 그건 강아지처럼 목덜미를 잡혀서 대롱대롱 매달려 있는 것이었다. 여기서는 마법이 통하지 않는다고 했지. 좋아, 그렇다면 야수의 저주는 어떤지 한번 볼까? 야압! 무아노는 자신의 얼굴이 쭉쭉 늘어나고 갈퀴발톱이 쑥쑥 자라서 큼지막한 발들이 이내 땅에 닿는 걸 느꼈다.
산디아르는 성질이 난 야수와 마주하게 되었다.
"내 친구들을 놓아주시죠!"
이번에는 무아노가 으르렁거리면서 친위대 대장의 목덜미를 움켜잡아 들어올렸다.
"우린 칼의 탈옥과 아무 관련이 없어요!"
친위대가 즉시 반응했다. 휙휙! 언월도, 단검, 장검…… 칼집을 나오는 쇠붙이 소리가 소름끼치게 울렸다.
무아노의 가공할 송곳니들과 맞닥뜨린 산디아르의 목소리가 꾸르륵거렸다.
"가만히들 있어! 내가…… 수습하겠다!"
친위대 대장은 파브리스와 타라, 로빈을 놓아주었다. 그때까지도 자기 주인이 머리 위 공중에서 버둥거리고 있다는 걸 알아차리지 못한 바룬은 연신 주위를 두리번거리고 있었다. 드디어 파브리스를 되찾은 매머드는 얼른 코로 다리를 휘감았다.
친위대에게서 눈을 떼지 않은 채 로빈이 속삭였다.

"바룬에게 이따금 다리를 좀 풀어놓으라고 말해야겠다, 너. 그런 식으로 딱 달라붙어 있으면 여차 하는 순간에 어떻게 도망을 치겠어?"

산디아르는 숨이 막히는 목소리로 무아노에게 명했다.

"이제 나를 내려놔. 너희들을 건드리지 않겠다. 적어도 지금 당장은."

무아노는 머뭇거리지 않고 풀어주었다. 그 즉시 친위대 대장은 번개같이 빠르게 검들을 뽑아서 야수의 심장을 겨냥했다.

"다시는 나를 위협하지 말라."

산디아르은 분노 때문에 이를 악물고 내뱉었다.

"그건 대장님도 마찬가지예요!"

무아노는 차갑게 응수했다.

타라와 파브리스, 로빈은 감히 숨도 쉬지 못하고 있었다. 무아노의 목을 단칼에 베어버릴지도 모를 긴장감이 감돌고 있었다.

그때였다. 날카로운 울음소리에 모두 소스라치게 놀랐고, 무아노는 하마터면 꼬치구이 신세가 될 뻔했다. 산디아르는 재빠르게 검들을 치켜세웠다. 그렇게 좋아하는 빨간 바나나를 기다리다 지친 바룬이 화풀이로 한바탕 요란을 떨고 싶었던 모양이다.

어찌나 놀랐던지 하마터면 천장에 구멍을 뚫을 뻔했던 파브리스는 자신의 패밀리어를 쓰다듬어주면서 안정시켰다. 친위대원들이 꺼내들었던 무기를 칼집에 도로 집어넣는 걸 보면 산디아르가 외교적 차원의 대응보다는 그 상황에 합당하게 행동하기로 결정한 것 같았다.

요란법석을 떠는 항의에도 불구하고 산디아르는 그들을 모조리 감옥에 가두었다. 최고 마구스의 신분이라며 강력하게 항의하는 마니투도 예외가 아니었다. 교묘한 고문에 일가견이 있는 사람답게 산디아르는 그들을 자게 내버려두었다가 한밤중에 다시 깨웠다. 불안하고, 피곤하고, 잠이 덜 깨어 있는 상태인데도 그들은 한결같이 모른다고 고집했다. 칼리반 달 살란이 어디 있는지 그들은 진짜 모르고 있지 않은가.

산디아르는 더는 어쩔 도리가 없었다. 그는 하는 수 없이 여제에게 가서 보고했다.

그런데 놀랍게도 몹시 진노할 줄 알았던 여제가 그 소식을 덤덤하게 받아들였다.

여제는 호박(琥珀)으로 장식된 규방에서 산디아르를 맞았다. 그 예술작품 같은 방에 들어갈 때면 언제나 그렇듯이 친위대 대장은 자신이 무능한 돼지 같은 느낌이 들었다.

노란색 대리석이 깔린 바닥을 제외하고는 규방은 온통 조각된 호박으로 도배를 하고 있었다. 예술가들이 어찌나 섬세하게 조각했는지 나비, 새, 물고기, 동물들이 살아 움직이는 것 같았다. 여제는 벽에서 뿜어내는 금빛을 받아, 햇빛을 한껏 머금은 과일 같았다. 그 날씬한 여인을 흠모하고 있는 산디아르는 또다시 목이 조여드는 느낌이 들었다.

그는 바닥에 무릎을 꿇고, 모자를 벗어 겨드랑이에 낀 채로 정중하게 기다렸다.

시녀 두 명이 여제의 치렁치렁한 머리를 빗어 내리고 있었고, 엉킨 머리에 빗이 걸리자, 여제는 인상을 찌푸렸다.

"이젠 정말 자를 때가 된 것 같구나!"

눈이 귀엽고, 예쁘장하게 생긴 가무잡잡한 시녀가 화들짝 놀라며 말렸다.

"폐하, 그러시면 안 되옵니다! 제국의 여인들은 이 머리를 갖기 위해서라면 오른팔이라도 내어줄 겁니다!"

여제는 거울 속의 모습을 응시하면서 고개를 끄덕였다.

"하긴 바로 그 선망의 탄식 때문에 내가 이 성가신 머리를 자르지 못하고 있긴 하지. 하지만 언젠가는 내 인내심에도 한계가 올 게다. 아주 짧게 잘라서 자유를 찾아야지! 그날을 기다리면서! 자, 이제 친위대 대장 말해 보시오. 무슨 급한 일이기에 머리손질도 끝나지 않은 아침시간에 나를 찾아온 것이오?"

여제는 돌아앉으면서 무릎을 꿇고 앉은 친위대 대장을 보기 위해 시녀들을 비켜서게 했다.

산디아르의 얼굴이 벌개졌다.

"그 소년, 칼리반 달 살란이 감쪽같이 사라졌습니다, 폐하!"

그렇게 말하고 나서 산디아르는 따발총 쏘아대듯 머리 위로 쏟아질 게 뻔한 분노를 예상하면서 잔뜩 긴장하고 있었다.

그런데 이상하게도…… 잠잠했다.

의아해서 고개를 쳐들던 산디아르는 리스베스틸랑넴의 묘한 시선과 마주쳤다.

"으흠, 으흠, 또 다른 일은?"

산디아르는 입을 멍하니 벌리고 있다가 말했다.

"그게…… 그 어린 마법사의 친구들이 묘약을 만들어서 간수들을 잠들게 하고 소년을 탈옥시킨 것 같습니다. 그래서 그 아이들을 감옥에 가둬놨는데 특별한 방법을 사용하여 자백을 받으려고 하니 윤허하여 주시기 바랍니다. 그러면 죄수를 잡아올 수 있을 겁니다."

설마 이 얘기를 듣고도 여제가 가만있진 못하겠지……, 산디아르는 신중하게 눈을 감았다.

여제의 위엄 있는 목소리는 한 점 흔들림이 없었다.

"어림없는 소리! 자백을 받아내기 위해 아이들을 고문했다는 걸 알면 랑코비트에서 절대 용납하지 않을 것이오. 그 아이들을 당장 풀어주시오."

"네? 하지만 그 아이들은 제 부하 절반을 잠들게 했습니다! 그리고 그 소년은······."

울컥한 친위대 대장이 벌떡 일어났다. 어느 안전인지 잊은 것인가?

"사라졌다는 거 아니오? 잘 알아들었소."

자신의 명령에 이의를 제기하는 걸 좋아하지 않는 여제의 언성이 높아졌다.

그러고는 갑자기 피식 웃으면서 여제는 눈이 귀여운 시녀를 돌아봤다.

"마리아나, 내가 트롱도르 왕자에게 홀딱 반했을 때를 기억하느냐? 그때 난 궁전 전체를 잠재우는 주문을 걸었지."

시녀는 까르르 웃으면서 말했다.

"열두 살 때였습니다, 폐하. 어린 나이셨는데도 마력이 아주 강력하셨지요. 하지만 왕자님도 잠들 거란 사실을 미리 고려하지 않으셨지요."

"그래, 그랬지. 곯아떨어진 젊은이에게 사랑을 고백하는 건 별로 로맨틱하지 않았어. 내가 어마마마를 깨어나게 했을 때 불같이 화를 내셨지. 최고 마법사들이 궁전 사람들을 모두 깨어나게 하는데 거의 한 달이 걸렸으니까!"

여제는 얼이 빠진 얼굴로 다시 꿇어앉은 산디아르를 응시했다.

"그 아이들이 한 짓은 그리 걱정할 일이 아니니 그냥 놔두시오."

여제는 갑자기 화제를 바꿨다.

"아, 참 바룬을 봤겠군요. 문지기의 아들, 파브리스라는 그 소년이 잘 대해주던가요?"

가슴이 쓰라린 산디아르의 입에서 하마터면 '폐하가 나를 대하는 것보다는 훨씬 더 나아 보였지요'라는 대답이 튀어나갈 뻔했다. 그는 이도 저도 아닌 중립적인 대답을 택했다.

"그런 것 같았습니다, 폐하."

여제는 한숨을 내쉬었다.

"그 아이에게는 다행한 일이로군. 내 매머드에게 조금이라도 안 좋게 대했다고 하면 단단히 혼을 내주려고 했더니. 나가보시오, 산디아르. 가서 그대의 의무를 행하시오."

산디아르는 바보라서 친위대 대장이 된 것이 아니었다. 지방 귀족의 장남으로 태어난 그는 오무아 궁정이 음모와 계략으로 들끓는 소굴이라는 걸 알고 있었다. 그런데 방금 그 중의 어떤 음모에 발을 깊숙이 들여놓은 듯한 느낌이 들었다.

그래서 이번에는 그도 감옥에서 날아온 소식을 덤덤하게 받아들였다. 새로 가둔 아이들도 증발해 버렸다는 소식이었다.

적어도 한 가지는 확실했다. 여제가 침범할 수 없는 감옥에서 또다시 일어난 탈옥 소식도 아주 흡족해할 게 분명하다는 것이었다.

친위대 대장이 벌레 씹은 얼굴로 또 어이없이 죄인들이 사라진 감옥들을 하나하나 살피는 동안, 타라는 지렁이가 된 것 같은 불쾌한 느낌으로 팔꿈치를 사용해서 엉금엉금 기어가고 있었다.

산디아르에게 시달린 뒤에 녹초가 된 타라와 로빈, 파브리스, 무아노, 패밀리어들과 마니투가 각자의 감방에서 잠시 휴식을 취하고 있을 때, 땅 신령들이 나타났다. 신통한 육감으로 누군가가 침투하려고 애쓰고 있다는 걸 느낀 타라는 의자를 부서뜨리고 그 다리 두 개를 필사적으로 휘둘렀다. 땅 신령들이 목숨을 구한 것은 다음의 말 한 마디 덕분이었다.

"우리는 칼리반 달 살란이 보내서 왔다!"

영리하게도 땅 신령 하나가 머리 위를 덮치려는 의자다리를 피하면서 속삭였던 것이다.

땅 신령들은 칼과 맺은 협약에 대해 알려주었고, 서슬이 퍼래진 타라를 보면서 그들은 뒷걸음질쳤다. 그래서인지 터널에서도 그들은 가능한 한 타라에게서 멀리 떨어지려고 했다.

한편 아무것도 느끼지 못했던 파브리스와 바룬은 잠을 깨운 땅 신령들을 조용히 따라갔다. 하지만 아직 야수로 변신해 있는 무아노는 하마터면 그들을 와작와작 씹어먹을 뻔했고, 로빈은 적이 아니라는 걸 모르고 때려눕혔던 이들의 몸을 미안하게 쳐다보고 있었다. 그러나 파란 존재들이 칼에게 무슨 짓을 했는지 알았을 때 죄책감이 완전히 사라진 로빈은 땅 신령들이 그 부상자들을 돌보거나 말거나 거들떠보지도 않았다. 까무러치게 놀라서 잠을 깼던 마니투는 따라가면서 더 빨리 칼에게 데려가지 않으면 물어뜯겠다고 으르렁거렸다.

땅 신령들은 안젤리카를 데려가지 못해서 몹시 실망했다. 그러나 갈색머리 꺽다리가 감방에 없어서 타라는 속이 다 후련했다.

땅 신령들이 눈이 돌아갈 정도로 빠르게 땅을 팠기 때문에 그들이 탈옥하는 데는 시간이 아주 조금밖에 걸리지 않았다. 기진맥진해서 숨을 헐떡이고는 있지만 자유의 몸으로 그들은 주된 지하도에서 재회했다.

칼과의 만남, 그건 정말이지 눈물겨운 장면이었다. 친구들이 감옥에 갇혀 있다가 땅 신령들이 풀어주었다는 얘기를 듣고 어린 도둑은 족히 15분은 배꼽을 잡고 웃었다. 오, 이 순간 친위대 대장의 얼굴을 볼 수만 있다면 생쥐라도 되고 싶은 심정이었다. 침투할 수 없다는 그 잘난 감옥이 여과지나 다름없이 되어버렸으니!

일단 기쁨의 눈물을 닦고 나서 그들은 문제를 하나하나 짚어보기로 결정했다.

"첫 번째로 할 일은 그 끔찍한 트실에게서 너를 구하는 거야."

타라는 부르르 떨면서 말했다.

이번에는 마니투가 반박했다.

"하지만 또 한편으로는 그 악당 마법사가 금서를 손에 넣지 못하게 해야 한다. 그랬다간 아더월드를 완전히 위험에 빠트릴 수 있어! 트실들이 활동을 개시하려면 아직 이틀 반이 남았으니까 그때까지 칼은 괜찮아. 그래서 내 생각에는 랑코비트로 돌아가서 금서를 손에 넣고 땅 신령들이 이를 수 없는 안전한 곳에 감추는 게 좋겠구나. 그 다음에 모두 함께 땅 신령들의 부녀자들을 구하러 가는 거야."

"이 모든 일의 배후 인물이 마지스터라면, 저는 맞서 싸울 수 없어요."

타라가 고백했다.

"그는 너무 강력해요. 지난번에는 우리가 억세게, 정말 아주 운이 좋았던 거라고요. 비밀의 문을 찾아서 그 미치광이가 다른 데 정신이 팔려 있다는 확신이 드는 순간에 탈출시킬 계획을 세워야 해요."

"그야 물론이지."

마니투가 인정했다.

"놈이 너를 잡아가게 되면 진짜 큰일이니까. 따라서 첫째는 랑코비트와 금서, 둘째는 포로들, 그 다음은 해독제, 모두 찬성이지? 칼, 네 생각은 어떠니?"

살이 떨리는 느낌이 드는 어린 도둑은 솔직하게 대답했다.

"반대라고 말하고 싶지만 트실들과 악마들의 침략, 그 두 가지 중에서는 선택의 여지가 없잖아요. 그래서 저는 오케이예요. 우리의 임무를 빨리 이행하면 할수록 나는 해독제를 빨리 먹게 되는 거니까요."

"저도 준비됐어요. 금서를 안전한 곳에 감춘 뒤에 칼을 구해요."
로빈이 말했다.
"그런데 한 가지 문제는 우리의 파란 친구들에게 그들을 도우러 떠나기 전에 랑코비트로 먼저 가야하는 이유를 설명해야 한다는 거야."
마니투가 말했다.
"땅 신령들이 마법은 능통해?"
바룬을 잠시 저버리고 파브리스가 물었다.
"뭐 그리 대단한 정도는 아냐."
칼이 대답했다.
"마법을 쓰기는 하는데 그들이 돈주고 산 주문을 사용하는 거지 창조하는 것들이 아니거든. 도무지 샤워기를 조절할 수가 없더라고. 그리고 공기 건조 시스템은 하마터면 내 살을 먹을 뻔했다니까. 그런데 그건 왜?"
"나만큼 마법을 잘 모른다면 말야. 네가 그 일을 하려면 반드시 '마법 연장'이 필요하다고 해도 그들은 알 수가 없잖아, 안 그래? 그리고 진실의 입들은 네 머릿속을 읽을 수 없으니까 너는 무슨 말이든 할 수 있어. 예를 들어서 너는 도둑의 연장을 가지러 꼭 랑코비트로 돌아가야 하며 그게 없으면 비밀의 문을 찾을 수 없다고 말하는 거야."
"와우, 내 친구, 파브리스."
칼이 감탄했다.
"지금처럼 좀 더 자주 우리에게 관심을 가져주면 좀 좋으냐 말야!"
파브리스는 입술을 질끈 깨물었다.
"나와 바룬의 관계는 아주 강해. 내 감각인지 바룬의 감각인지 구별하기가 힘들 정도야. 그리고 바룬이 축소된 것에 적응하지 못하고 있거든. 그래서 요즘 내가 좀 딴 생각을 하더라도 나를 좀 이해해 주라."

칼은 정말 못 말리겠다는 얼굴로 하늘을 올려다봤다.

"그래서 네가 그 지긋지긋한 수수께끼를 잊기만 한다면 그냥 이대로 쭈욱 방심해도 좋아!"

타라가 픽 웃었다.

"난 그 마음 충분히 이해해. 나도 처음에는 갈랑과 떨어지지 못했으니까. 그 관계는 시간이 지나면 차츰 덜 성가시게 돼."

갈랑은 못마땅한 마음을 전했다. 뭐라고, 덜 성가시게 된다고? 갈랑은 늘 타라에게서 멀리 떨어지는 걸 싫어했다. 타라는 며칠 동안 패밀리어에게 신경을 많이 써주지 못했다고 생각하면서 양쪽 귀 사이의 보드라운 털을 쓰다듬어주는 것으로 페가수스를 진정시켰다. 알았어, 미안해. 이 위기 상황을 벗어나면 일주일 내내 정성스럽게 돌봐주고 귀여워해줄게.

그들이 랑코비트로 가야 한다고 말했을 때, 글룰 부글룰은 반대했다. 그들이 해독제와 관계없이 칼을 구하기 위한 어떤 계책을 꾸미고 있는 것이 아닌가 의심하고 있는 게 분명했다.

칼은 냉랭한 어조로 연장 없이는 일을 하지 못하는 버릇이 있다고 대꾸했다. 그래도 명색이 전문가인데 당연한 일이 아니냐고 되려 큰소리치면서 칼은 땅 신령이 대신 그 일을 할 생각이면 마음대로 하라고 배짱을 부렸다.

글룰 부글룰에게 동정심을 느끼고 있던 타라는 인질을 요구하는 순간…… 얼굴빛이 싹 바뀌었다.

타라가 땅 신령을 스테이크 구이로 만들려는 순간, 파브리스가 말렸다.

"타라, 참아. 칼의 '연장'을 가지러 가는데 우리가 다 갈 필요는 없어. 지금은 어차피 내가 별 도움이 못되잖아. 내가 바룬과 함께 인질로 여기

남을게. 그리고 과일과 야채 식이요법이 바룬에게는 딱 맞기도 하고. 내가 여기서 기다릴게."

제안은 그렇게 했지만 파브리스가 마지못해서 그들을 떠나게 하는 것임을 타라는 뻔히 알고 있었다. 마지스터가 본의 아니게 납치했을 때, 파브리스는 이미 친구들의 모험에서 제외된 경험이 있는데 이번에도 또 그렇게 생겼으니……. 하긴 파브리스는 매머드에게 정신이 빠져 있기 때문에 도둑질을 한창 하고 있을 때 누군가가 방심하는 사람이 있으면 어떤 문제를 일으킬 수도 있었다.

땅 신령들의 공간이동의 문은 그리 멀지 않았다. 글룰 부글룰은 거기까지 거미나 전갈을 타고 가라고 제안했지만, 타라는 갈랑의 크기를 원상 복귀시켰다. 잠자리를 타고 날아가는 땅 신령을 따라 칼과 로빈, 타라는 페가수스를 타고 뒤따랐고, 야수로 변신한 무아노는 쉬바, 마니투, 블롱딘과 어울려 전속력으로 내달렸다.

공간이동의 문 입구에 이르자 글룰 부글룰이 물었다.

"수석 마법사 칼리반 달 살란, 자네의 연장을 찾아오는데 시간이 얼마나 걸리겠는가?"

"상황에 따라 2시간에서 26시간 사이가 될 거예요. 어쨌든 난 도망자니까 눈에 띄지 않게 행동해야 하니까요!"

글룰 부글룰은 고개를 끄덕였다.

"알겠네. 아직 시간은 있지. 트실들의 활동은 이틀하고 반나절 후부터 시작되니까."

칼은 몸서리를 치면서 대꾸는 하지 않았다.

"도착지점이 어디죠?"

신중한 로빈이 물었다.

"궁전 경비원들 앞에 나타나는 건 좋은 생각이 아닐 겁니다."

글룰 부글룰이 말했다.

"물론 안 되지. 우리도 그 생각을 했기 때문에 트라비아의 우리 대사관에 도착할 것이네. 그 다음은 자네들이 알아서 성으로 가야 해. 그럼 나중에 보세. 칼리반 달 살란, 자네를 기다리고 있겠네. 자네의 친구들도."

타라는 그 협박을 무시해 버리는 것이 어려운 일이란 것을 알았다. 하지만 그들은 사실 돌아올 생각이었고, 타라는 불안해할 이유도 없었다. 거의.

땅 신령이 대합실 문을 열었다. 그들이 들어서자마자 다섯 장의 태피스트리에 표현된 유니콘들, 마법사들, 요정들, 거인들, 엘프들이 번쩍거리기 시작했다. 그 빛들이 아우라를 만들어냈다. 글룰 부글룰이 왕홀을 제자리에 놓고는 재빠르게 나갔다. 무아노가 "랑코비트 대사관!" 하고 외치자 무지개가 그들 무리를 건드렸고, 그들은 눈 깜짝할 사이에 다른 곳에 서 있었다.

어딘가에 이른 그들은 날카로운 곤충들의 엄청난 발들과 맞닥뜨렸다. 땅 신령들의 경비원들은 인간이 아니었다. 흉측한 이빨을 드러낸 초록빛 사마귀들이 까딱도 않은 채 불쑥 나타난 인간들을 쳐다봤다.

그 중 하나가 다가오라는 시늉을 하고 있는데 꽃, 새, 거미에 에워싸인 동그란 왕관(스몰컨트리의 문장) 같은 무늬가 복부에 새겨져 있었다. 큼직한 겹눈을 데굴데굴 굴리며 쳐다보는 사마귀들 사이를 통과하자니 그들은 등골이 오싹했다.

일단 그 방을 나오자 무아노는 한숨을 푹 내쉬었다. 그들을 기다리고 있던 땅 신령이 허리를 굽혔다.

"트라비아 대사관에 온 걸 환영합니다. 나는 스몰컨트리의 전권대사,

불룰 불불입니다. 수석 마법사 칼리반 달 살란의 연장이 있는 곳으로 안내할까요?"

칼은 정중하게 대답했다.

"고맙지만 사양합니다. 그러실 필요는 없습니다. 곧 다시 찾아오겠습니다."

"낮이든 밤이든 언제든 오세요. 망설이지 말고 우리를 깨우세요. 최선을 다해 여러분을 도와주라는 지시를 받았습니다."

"고맙습니다. 그럴 일이 생기면 틀림없이 그렇게 하지요."

그들이 대사관을 나왔을 때, 타라는 트라비아의 화려한 건물들을 다시 보게 된 것이 기뻤다. 장인들이 경쾌한 그림으로 단장해 놓은 도시의 벽들이 새롭게 보였다. 줄무늬 진 하늘에 반들반들한 지붕들이 그 윤곽을 또렷이 드러내고 있었다. 어어? 타라는 눈이 휘둥그레졌다. 하늘에 초록, 보라, 노랑, 파랑 줄무늬?

이번에는 무아노가 하늘을 처다보며 한숨을 쉬었다.

"티타니아 숙모가 또 대대적인 장식 작업을 시켜놨군. 타라, 신경 쓰지 마. 정기적으로 일어나는 일이니까. 숙모는 이따금 하늘의 색깔을 바꾸길 좋아해서. 파란색이나 검은색은 좀 너무 구태의연하다고 생각하시거든!"

의심쩍은 표정으로 하늘을 살피던 칼은 심호흡을 하고 나자 긴장이 풀리는 것 같았다.

"와, 내 나라로 돌아오니까 진짜 좋다! 내가 어느 정도로 신경이 날카로워 있는지 깨닫지 못하고 있었는데. 일단 우리 집에 들렀다가자. 간수들이 내 단검과 무기를 모조리 압수해 버렸거든. 무기가 없으니까 꼭 벌거벗고 있는 느낌이야."

사실 무아노는 마음이 편치 않았다. 처음 금서를 들었을 때 책이 두 손 사이에서 꿈틀거리는 것 같았었다. 마치 살아 있는 것처럼. 어찌나 놀랐던지 무아노는 하마터면 기어가는 걸 잊어버릴 뻔했었다. 그러다 불의 뱀들 중 한 놈에게 당할 뻔하면서 머리칼이 그을렸었다. 무아노는 생각만 해도 몸이 으스스 떨렸다. 그런데 그 짓을 또 해야 하다니!

거리는 북적였다. 작은 요정들이 메시지나 꽃 또는 꽃가루를 싣고 이리저리 날아다녔다. 마구장식에 묶인 한 무리의 아이들이 파란 옷차림의 여자 마법사 뒤에서 공중에 떠다니는 연습을 하는 모습도 보였다. 타라는 미소를 지었다. 마치 여자 마법사가 아이들을 꽃다발처럼 매달고 있는 것 같은 동화 속의 정경이 아닌가!

한 통행자가 이륙하거나 착륙할 때마다 나팔소리가 울렸다. 스쿠프들과 마찬가지로 날개가 달린 나팔들이 군중의 움직임을 세심하게 살피면서 착륙과 이륙을 알리고 있어서 귀가 멍멍할 정도로 시끄러웠다.

페가수스를 타고 이동하는 몇몇 마법사들은 이제 놀랄 만한 일도 아니었다. 그러나 날개돋친 황소가 이동수단으로 사용되는 걸 보고 타라는 깜짝 놀랐다. 황소의 번들거리는 날카로운 뿔에 받칠까 봐 사람들이 조심스럽게 비켜섰다.

장사꾼들이 수많은 물건들을 내보이는 건 팅가푸르와 다를 바가 없었다. 진열대에 각종의 과일과 채소가 그득했는데, 그 중에는 완강하게 반항하는 것처럼 보이는 것들도 있었다. 남부지방의 맛좋은 식충식물 칸타루프들이 우리 안에서 으르렁거리고, 금방 꺾어온 듯한 칼로르나들이 눈으로 사용하는 꽃잎을 마구 흔들어대고 있었다. 좀 떨어진 곳에서 크라켄 한 마리가 절대로 꼬치구이가 되지 않겠다는 표시로 물통에서 꾸물꾸물 기어 나와서는 상인의 목을 조르려고 기를 썼다. 바로 옆에선 그 유명한 막대사탕 키디코이를 파는 꼬마도깨비 파보들이 물 튀기지 말라고 악을 썼다. 친파프 병들의 지휘를 받는 쟁반에서는 주문에 걸린 사탕과자들이 발맞추어 행진하는 재미있는 모습도 보였다.

좀 더 걸어가자, 난쟁이의 진열대 옆에서 엘프 두 명이 활과 화살을 진열하고 있었다. 사실 무기가 없으면 벌거벗은 것처럼 느껴지기는 로빈도 마찬가지였다. 팅가루프에서 무기를 압수 당했기 때문에 로빈이 관심을 보이며 다가섰다. 갈색의 좋은 나무로 만들어진 활은 정교한 조각이 새겨져 있고, 활시위는 아주 탱탱했다. 엘프 중 하나가 백발과 흑발이 섞인 로빈의 머리를 보면서 뭐라고 비아냥거렸다. 무슨 말인지는 모르지만 그 어조에 경멸이 담겨 있다고 느끼던 타라는 로빈의 얼굴이 굳어지는 걸 보았다. 하프엘프라는 신분을 들킨 것이 분명했다.

이런 인종차별주의자들! 세계 어디를 가나 이런 작자들은 꼭 있구나! 할머니는 이런 부류를 어떻게 대해야 하는지 잘 알고 있었다. 할머니를 흉내내기로 마음먹은 타라는 크레디트―무트 금화가 쩔렁거리는 돈주머니를 꺼내들고 다가섰다. 무아노의 통역주문 덕분에 엘프들의 노래하는 듯한 억양을 알아들을 수 있었다.

타라는 완벽한 엘프 언어로 말했는데 업신여기는 어조였다.

"근데 로빈, 이런 곳에 쓸만한 것이 있을 거라고 생각해? 난 네가 왜 여기 멈춰 섰는지 모르겠어. 우리 딴 데 가서 보자. 장사할 줄 아는 사람의 가게로 가서 돈을 쓰자, 우리!"

"거, 말 한번 잘했어요, 아가씨!"

옆에서 장사하는 난쟁이가 반겼다.

"이쪽으로 와서 구경해요. 내 도끼와 검들이 그것들보다야 훨씬 값어치가 있지요."

로빈을 망신이라도 줄 생각으로 벼르던 엘프가 이번에는 난쟁이를 노려봤다.

"우린 아더월드 최고의 활을 팔고 있답니다!"

엘프는 달콤한 목소리로 자신 있게 말했다.

"아, 그래요? 뭐, 별로 그렇게 보이지도 않는데!"

타라는 시큰둥하게 대꾸했다.

로빈은 입을 멍하니 벌린 채 침을 꼴깍 삼키면서 소곤거렸다.

"저기, 그래도 조심해. 나의 동족들은 반발심이 강하거든. 동시에 둘을 상대할 수는 없어."

장사꾼 엘프와 '먼저 눈을 내리까는 사람이 지는' 게임을 시작한 타라는 눈싸움에 열중하느라 로빈의 말에 눈썹 하나 까딱하지 않았다.

타라의 분노가 어찌나 큰지 살아 있는 돌에게 전해지고 있었다. 타라의 손이 파란 섬광을 번쩍이기 시작했다. 엘프가 눈을 깜빡깜빡하더니 허리를 굽히는 것으로 보아 소녀의 힘을 느낀 것이 틀림없었다.

엘프는 약삭빠른 어조로 말했다.

"여기 내놓은 무기들은 아마 마음에 들지 않을 겁니다. 아가씨의 신분에 걸맞은 물건을 보여 드리지요."

그의 손짓에 따라 또 한 명의 엘프가 무지갯빛 커튼 뒤로 들어갔다가 상자 하나를 들고 나왔다. 그가 조심스럽게 상자를 열자, 발분의 젖처럼 하얀 활이 들어 있었다. 히블리아 산의 무지갯빛 나무로 만든 활의 몸체에서 금과 은을 입힌 룬 문자들이 불을 뿜어내듯 번쩍이고, 활대는 안면이나 겉면이나 마치 다이아몬드를 깎아놓은 듯 빛이 눈부셨다. 브르르르아아아의 뿔로 만들어진 손잡이에도 에메랄드가 박혀 있었다.

아주 근사한 활이었다. 로빈, 칼, 무아노도 같은 생각이라는 얼굴이었다.

그 효과에 만족한 엘프가 뻐기면서 말했다.

"이게 바로 우리 엘프 전사들 중 가장 유명한 '강철 심장' 릴란드릴의 활이지요. 이 활은 릴란드릴을 위해 만들어졌던 것인데 2천 년 전 그가 사망한 뒤로 새 주인을 찾고 있답니다. 하지만 한 가지 알려드리지요. 아가씨가 손잡이를 잡았을 때, 아가씨가 임자가 아닌 경우에는 심각한 화상을 입게 되지요."

로빈은 어깨를 으쓱했다.

"나도 릴란드릴의 활에 대한 전설을 알고 있어요. 그 활이 하프엘프는 절대 받아들이지 않을 거라는 것도 알아요. 그러니까 나한테 장난치지 마세요. 난 전통적인 활을 가질 거니까. 나한테는 저게 어울리는 것 같아."

로빈이 다른 활을 가리키면서 말했다.

로빈의 슬픔을 느낀 타라는 마음이 아팠다. 마법을 써야겠어. 일단 살아 있는 돌이 도와줄 수 있는지 알아보자.

'살아 있는 돌아.'

타라는 마음속으로 불렀다.

'내 앞에 있는 활에서 마법을 느낄 수 있겠어?'

'활?'

이런! 살아 있는 돌은 활이란 것에 대해 아무런 개념이 없었다.

'아, 미안해. 내 정신 속에서 활의 이미지를 봐.'

살아 있는 돌은 타라의 눈을 통해 상자 안의 활을 보았다.

'흥! 강력하지 않아.'

살아 있는 돌이 번쩍거리는 활을 유심히 살핀 뒤에 콧방귀를 꼈다.

'나만큼은 아냐! 하지만 얘기는 들어 봐야지.'

'그럼 따분하지 않은지 물어 봐.'

살아 있는 돌이 물어보다가 약간 놀랐다.

'따분하대. 아름다운 타라, 예쁜 타라가 흑장미 숲 속으로 찾아오기 전의 나만큼이나.'

그 뜻밖의 설명을 들으며 타라는 미소를 지었다.

'좋았어. 그럼 잠시 후에 활을 만지는 사람이 릴란드릴과 경험했던 것보다 더 많은 모험을 겪게 해줄 거라고 말해. 그러니까 그에게 화상을 입히면 안 된다고.'

살아 있는 돌이 잠시 후에 말을 이었다.

'릴란드릴의 주문에 걸려 있어. 활 혼자서는 그 주문을 제거할 수 없어.'

'아, 그래? 그럼 릴란드릴 외에는 누구든 화상을 입는다는 뜻이잖아? 결국 활은 새 주인을 선택할 수 없다는 말이기도 하고.'

'아니, 릴란드릴은 활을 보호하기 위한 주문을 걸어놨어. 그녀만 활을 만질 수 있어. 그런데 갑자기 끽! 단숨에 죽어버렸대.'

'아하? 그럼 함정?'

타라가 물었다.

이번에는 활이 돌의 중개로 대답했다.

'생선 가시가 목에 걸린다. 옴짝달싹 못 한 채 뻣뻣하게 콰당! 넘어진다. 하지만 전쟁이 일어나기 직전이었다. 그래서 엘프들은 그녀가 전투 중에 사망했다고 말한다. 생선 가시는 덜 영광스러우니까.'

타라는 웃음을 참았다.

'알겠어. 살아 있는 돌아, 그 주문을 제거할 수 있겠어?'

'그까짓 거쯤이야.'

살아 있는 돌이 약간 거만하게 대답했다.

'너의 마력도 줄 거야?'

'줄게.'

'그럼 쉽지!'

살아 있는 돌은 타라의 능력에 자신의 능력에 섞었다. 보이지 않는 촉수 하나가 슬금슬금 활을 향해 뻗어나가더니 활을 건드리고 나서 쪼그라들었다.

'됐다!'

타라의 정신 속에서 돌이 흡족하게 외쳤다.

"로빈?"

타라가 큰 소리로 불렀다.

"응?"

"그 활을 잡아."

"하지만……."

"아무 소리 말고 그 활을 잡아. 나를 믿고."

엘프가 비웃듯이 상자를 내밀었다. 로빈은 머뭇거리다가 손을 내밀고 손잡이를 건드렸다. 아무 일도 일어나지 않는 걸 보면서 로빈이 활을 잡아 상자에서 꺼내자, 엘프의 눈알이 튀어나올 것만 같았다.

"오, 제두릴과 브란드마릴이여, 활을 잡았는데 화상을 입지 않다니! 이건 말도 안 돼!"

로빈의 미소가 얼굴을 세 바퀴 도는 것 같았다. 활짝, 활짝, 활짝.

"믿을 수가 없어."

로빈은 번쩍이는 활을 부드럽게 어루만지면서 감동한 어조로 말했다.

"강력하기로 이름난 활이 이렇게 가볍다니!"

두 엘프는 완전히 꼬리를 내렸다. 그들은 마치 로빈이 제2의 얼굴이라도 내밀었다는 듯이 쳐다보고 있었다. 이어서 그들은 가상할 정도로 눈에 뻔히 보이는 노력을 했다.

"그 활을 화살과 함께 금화 1000크레디트-무트에 팔지요."

뭐? 1000크레디트-무트? 돈주머니에는 45크레디트-무트밖에 없었다. 타라가 실망하는 순간, 무아노가 나섰다.

"잠깐! 나도 릴란드릴의 마법 활에 대한 전설을 알고 있어요. 전설에 의하면 릴란드릴의 마법 활은 파는 것이 아니라 활을 잡을 용기가 있는 사람에게 주는 것이라는 것도 알고 있거든요. 그런데 내 친구가 방금 해냈잖아요. 그러니까 우리에게 장난치지 마세요. 아니면 엘프 최고위원회에 알리겠어요."

엘프들이 우거지상이 되어 고개를 떨구었다.

"좋아요, 가져가요. 그러니까 최고위원회에는 우리가 활을 줬다고 말해 줘요."

타라는 잽싸게 화살과 정교한 화살집을 챙기면서 말했다.

"두 분과 합의에 도달해서 기쁘군요."

옆에 서 있던 난쟁이가 너털웃음을 터뜨렸다.

"우하하하! 어리석은 엘프들이 결국 보기 좋게 함정에 빠졌군 그래. 불사르딘을 낚는 줄 알았다가 무시무시한 크로크-르캥에게 덤벼든 꼴이 되었으니! 브라보, 아가씨. 좋은 구경을 시켜준 대가로 단검을 선물로 줄게요. 이 녀석 이름이 '바늘'인데, 잘 간직해요. 마력은 없지만 휘어지지도 않고 부러지지도 않는답니다. 안녕, 귀여운 아가씨! 아가씨의 망치가 맑은 소리로 울리기를!"

타라가 그 느닷없는 선물을 사양할 사이도 없이 난쟁이는 이미 다른 손님을 맞기 위해 돌아서 있었다.

로빈은 완전히 얼이 빠져서 걸어가고 있었다.

자꾸만 발을 밟는 로빈이 지겨워진 마니투가 놀랐다.

"파브리스와 바룬 커플 저리 가라네. 앞을 좀 보면서 갈 수 없겠니, 로빈? 너의 그 새 장난감과 사귈 시간은 앞으로도 얼마든지 많아!"

"정말 아름답지 않아?"

로빈은 되뇌었다. 벌써 천 번째!

"그래, 멋져."

무아노도 천 번째로 똑같은 대답을 했다.

"어? 타라, 저 여자 좀 봐! 네 목에 있는 보석문양을 흉내냈어."

젊은 여자가 목에서 반짝이는 장식을 내보이려고 가슴선이 드러난 원피스를 입고 쇼핑을 하고 있었다. 림보에 갔을 때 타라가 악마들에게서 해방시켜준 고마움의 표시로 색깔들이 선물로 주었던 목걸이 문양을 흉내내긴 했는데 아주 형편없었다. 타라의 목에는 기괴한 형상의 흑단, 다이아몬드, 에메랄드, 사파이어, 루비가 번쩍거렸다. 타라는 슬그머니 보석문양을 감추면서 군중을 더 유심히 살폈다.

아더월드에는 유행하는 패션이라는 것이 없었다. 누구든 자기가 원하는 복장을 만들 수 있고, 마법으로 기상천외한 것들을 만들 수 있기 때문에…… 과연 볼만했다. 온갖 색깔의 깃털, 모피, 가죽과 미확인 물질들, 어쩌면 알지 못하는 동물의 점액이나 실일 수도 있었다. 재단사들은 비마들을 위한 옷만 만들기 때문에 마법사들의 복장과 비마들의 간결한 복장이 확연히 구별되었다.

무아노가 이번에는 번쩍번쩍한 공들에 둘러싸인 채 이동하는 뚱보 여자를 가리켰는데 그 공들이 마치 살아 있는 옷 같았다. 또 한 여자는 자기가 만드는 바람으로 얇은 옷을 빙글빙글 돌리며 멋진 몸매를 드러내고 있었다. 머리끝에서 발끝까지 보랏빛 깃털을 뒤집어쓴 사람과 번쩍거리는 시커먼 껍질을 걸친 사람이 이야기를 나누고 있는 모습도 보였다. 이윽고 군중이 드문드문해졌다.

칼은 복잡하게 뒤얽힌 거리들을 지나 무성한 덤불에 가려진 예쁜 집으로 친구들을 데려갔다. 칼이 두 손을 올리자 달각거리는 가시로 무장한 덤불이 비켜섰고, 인상을 찌푸리자 가시들이 살을 가볍게 찔렀다.

갑자기 무아노가 비명을 지르면서 본능적으로 야수로 변신했다. 바로 눈앞에 머리가 일곱 개 달린 괴물이 휘파람을 불면서 이빨을 딱딱 마주치고 있었던 것이다. 힘을 불러모은 타라의 손에서도 빛이 번쩍거렸고, 로빈은 화살을 시위에 메웠다. 하지만 칼은 어느새 일곱 개의 입으로 침을 질질 흘리는 괴물 앞으로 저벅저벅 걸어가고 있었다.

괴물은 칼을 집어삼킬 듯이 몸을 숙였다가 느닷없이 쿵, 하고 쓰러지더니 칼의 발치에서 데굴데굴 구르면서 행복한 울음소리를 내질렀다.

"안녕 토토, 안녕, 내 귀염둥이, 정말 보고 싶었어!"

칼은 기를 쓰고 일곱 개나 되는 얼굴을 다 끌어안고 눈 주위를 긁어주면서 정겹게 말했다.

타라는 믿어지지 않는 얼굴로 외쳤다.

"토토? 이 괴물의 이름이 토토란 말야?"

"응."

칼은 약간 멋쩍은 듯이 대답했다.

"부모님이 세 살 때 생일 선물로 주신 거야. 그때는 토토란 이름이 마음에 쏙 들었거든."

"히드라잖아! 도시에서 사는 것이 금지된 동물로 알고 있는데……."

무아노는 호흡을 가다듬으려고 애를 쓰면서 변신했고, 마법복이 정상적인 크기를 되찾으려는 듯 신음소리를 냈다.

"엄마한테는 특별히 면제되어 있어. 집안에다 귀한 물건들을 보관해야 할 일이 자주 있거든. 토토, 냄새를 맡아둬. 내 친구들이니까 통과시켜도 돼."

커다란 머리 하나가 다가와서 킁킁, 냄새를 맡을 때 타라는 침을 꼴깍 삼켰다. 몸뚱이에 갑옷을 두른 올리브빛 히드라의 시커먼 머리 일곱 개…… 게다가 장밋빛의 두툼한 혀 일곱 개가 침을 질질 흘리며 날름거렸다. 윽, 입맛을 다시는 거야, 재롱을 피우는 거야?

로빈은 활시위를 느슨하게 풀면서 부탁했다.

"칼, 다음 번에는 미리 알려줘, 제발! 너의 토토는 하마터면 그 일곱 개의 목구멍에 일곱 개의 화살이 꽂힐 뻔했잖아!"

"정말, 미안해."

고의적으로 친구들을 놀래주려고 했던 칼은 로빈이 강력한 활로 무장하고 있는 데다 신경이 날카로워져 있다는 걸 까맣게 잊었던 것이 분명했다.

칼의 지시에 따라 히드라는 신음소리를 내면서 온순하게 비켜섰다.

칼을 따라 집안에 들어서니 상큼한 장미 향기가 물씬 풍겼다. 그도 그럴 것이 벽 중 하나가 온통 장미꽃으로 뒤덮여 있었다. 각별히 신경을 쓰는 곳인지 여섯 명의 작은 요정들이 그 주위를 윙윙 날아다니고 있었다. 바닥에는 폭신한 모피 같은 것이 깔려 있는데 가르랑거리면서 타라의 발목에 휘감겼다.

그들은 응접실로 들어갔다. 커다란 방에 책, 지도, 양피지, 번쩍번쩍한 조각품들이 그득했다. 서비스를 하게 된 것이 기쁜 소파와 의자들이 그들을 향해 달려왔다. 그들이 앉자마자 부엌에서 음식이 듬뿍듬뿍 담긴 접시들이 몰려왔다. 차와 핫 초코에 친파프도 보이고, 사탕이며 크림케이크, 칼을 위한 스테이크도 있었다. 칼은 마치 한 달쯤 고기라곤 구경도 못한 사람처럼 게걸스럽게 달려들었다. 이틀 동안 고기를 먹지 못한 건 사실이긴 했지만. 채소만 먹는 것, 그건 정말이지 칼에게는 죽을 맛이었다. 무아노도 크림케이크 세 조각을, 로빈은 여섯 조각을 먹어치웠다. 마니투는 상상을 초월했다. 타라는 마니투가 스무 개째를 먹을 때부터는 개수 세는 걸 아예 포기했다.

꿀과 개암열매 향기가 솔솔 풍기는 핫 초코를 마시던 타라는 지구에서 수입한 카카오 열매가 그런 특별한 맛을 나게 했음을 알았다. 꿀이 한 방울이라도 떨어지길 학수고대했는지 모피 양탄자는 좋아라 팔딱거리면서 얼른 받아먹었.

타라와 무아노는 칼의 방이 몹시 궁금했지만 칼은 막무가내로 허락하지 않았다. 절대 안 되지! 방을 온통 샤키라 포스터들로 도배를 해놓은 걸 보면 두고두고 놀려먹을 텐데! 칼은 황홀하게 허리를 흔들어대는 지구의 섹시가수의 열렬한 팬이었다.

칼은 민첩한 동작으로 다양한 종류의 연장 여섯 개를 챙겨서 마법복 주머니에 집어넣었다. 마법복의 주머니는 무엇이든 흡수해 버려서 거추장스럽지도 그 무게도 느껴지지 않았다.

연장을 다 챙기고 나자 칼은 부모님에게 자신의 탈옥 소식을 알리기 위해 메시지를 담은 탈루디를 남겨놓았다. 그러고는 돈주머니에 크레디트―무트 금화를 가득 채웠고, 양피지 두루말이 두 개를 들고 친구들과 함께 집을 나왔다. 그들이 떠나는 걸 보며 몹시 슬퍼하는 토토의 구슬픈 울음소리가 한동안 들렸다.

칼이 궁전을 향해 걸어가면서 설명했다.

"작은 문으로 들어가자. 몇 년 전에 궁전 스스로가 나에게 알려준 출

입구야."

마니투가 어이가 없는 얼굴로 물었다.

"너 그 말은 그 큰 건물과 대화를 나눴다는 뜻이니? 그런 얘기는 내 평생 처음 들어보는데!"

"정확하게 그런 뜻은 아니에요. 내가 속임수를 부탁했는데…… 궁전이 도와주었으니까 아니, 거부하지 않았으니까 대답한 것이라고 봐야지요. 예를 들어서 수석 마법사들의 공동침실 벽을 투명으로 만들어달라고 부탁했을 때는 진짜 협조적이지 않았거든요."

"칼!"

타라와 무아노가 동시에 외쳤고, 로빈은 주먹으로 어린 도둑의 옆구리를 한방 쳤다.

"뭐어? 내가 또 뭘 어쨌는데?"

궁전은 경비가 삼엄했다. 마지스터가 악마의 마법을 가로챈 뒤로 아더월드의 군주들, 대통령들, 지도자들은 마침내 위험을 깨닫고는 경비를 강화했다. 그 때문에 경비병들을 대거 보충했다더니 뻣뻣한 동작으로 봐서는 신참 냄새가 팍팍 풍겼다. 그런데 문제는 편집증이 있는 그 신참들이 눈이 벌개서 궁전 주위를 살피고 있다는 것이었다. 순찰대도 보강되어 있어서 궁전을 한 바퀴 돌아서 칼이 말하는 작은 문에 이르려면 그들은 경비들이 지나가기를 기다려야 했다.

지금 산책하는 중이니까 나한테 신경 꺼요, 하는 식의 순진한 얼굴로 칼은 휘파람을 불면서 겉으로 보기에는 다른 벽과 아무런 차이가 없는 벽 앞에 멈춰 섰다.

어린 도둑은 이마를 찡그리면서 중얼거렸다.

"나한테 뭐라고 했더라? 아, 맞아! 궁전이여, 궁전이여, 가장 아름다운 궁전이여, 이 문으로 그대의 친구를 들어가게 해줘요!"

"가장 아름다운 궁전이여?"

로빈이 믿을 수 없다는 얼굴로 되뇌었다.

"예쁜 건 사실인데 뭐!"

벽이 심하게 요동치는 것 같더니 돌들이 싹 사라지고 구멍이 뻥 뚫렸다. 칼은 주먹을 치켜올리고 주문을 외웠다.

"일루미누스의 이름으로 내가 어둠 속을 보게 빛이여 나타나라!"

그 즉시 그들 앞에서 강렬한 빛이 반짝이기 시작했다. 그들은 지하통로에 들어와 있는 것이 분명했다. 아니, 지하감옥인가. 어두컴컴한 감옥 앞을 지나갈 때 그 안쪽에 뼈다귀 같은 것이 눈에 띄어서 무아노는 소름이 끼쳤다. 쇠사슬에 묶인 뼈다귀였다. 랑코비트의 과거는 역사책에 기록되어 있는 것보다는…… 필시 좀 더 야만적이었던 모양이다.

그들은 엄청나게 긴 층계를 올라갔다. 칼은 신중하게 얼굴을 변장했다. 아주 오랫동안 유지할 수 없는 변장이긴 해도 칼은 머리색을 적갈색과 밤색 중간쯤 되는 색으로 만들고, 눈빛은 회색 대신에 검은색으로 바꾸었고, 갸름한 얼굴을 통통하게 만들었다. 패밀리어인 블롱딘은 이미 백여우로 바뀌어 있었다. 검은 꼬리를 제외하고는 온통 흰색이었다.

마지막 통로를 지나 주요 복도 중 하나로 들어섰는데…… 이게 웬 날벼락인가, 폭풍이 일고 있었다.

살아 있는 궁전의 기분이 나쁜 모양이었다. 골이 아주 많이 났나? 무시무시한 태풍에 환각적 풍경 속의 나무들이 쓰러질 듯 휘어지고 있었다. 얼음장 같은 광풍이 궁녀들의 치마를 홀랑 뒤집어놓자 꺅꺅, 하는 비명소리가 터져 나왔고, 갈랑의 갈기며 쉬바와 블롱딘의 털도 엉망으로 헝클어졌다. 그 와중에도 바람 때문에 벽에 달라붙어 있는 것만은 자존심이 허락하지 않는다는 듯 페가수스는 웅크리고 앉았다.
  깜짝 놀란 칼이 외쳤다.
  "아니, 이럴 수가! 대체 무슨 일이지?"
  칼의 목소리를 들은 걸까, 궁전이 주춤하는 것 같았다. 검은빛과 납빛이 차례로 지나가는 하늘에 한 조각의 파란 하늘이 빠끔히 얼굴을 내밀었다. 수줍은 햇살이 구름을 뚫고 나오면서 이내 멘탈리르의 아늑한 풍경과 함께 은빛 유니콘들과 파란 초원이 나타났다. 그제야 궁인들이 안도의 한숨을 토해냈다.
  몸에 꼭 끼는 마법복 차림의 뚱보 여자가 분통을 터뜨렸다.
  "진짜, 이 궁전은 참을 수가 없어. 이틀이나 폭풍우를 몰아치다니 있을 수 없는 일이야. 두 분 폐하가 왜 그냥 보고만 있는지 이해를 못하겠어."
  또 한 여자가 끼어들었다.
  "우리의 어린 마법사 한 명이 오무아의 감옥에 갇혀 있대. 그 소식이 온 뒤부터 궁전의 기분이 몹시 나쁘다니까. 내 생각에는 그 일이 잘 해결되어야 해가 쨍쨍 날 것 같아."
  칼의 입이 헤벌어졌다. 잠시 후에는 말까지 더듬었다.
  "너, 너희들 들었지? 나, 나는 궁전이 이 정도로 나를 좋아하는지 몰랐어. 정말 뜻밖이야."
  로빈이 갑자기 등판을 찰싹 때리는 바람에 칼이 비틀거렸다.
  "너한테는 뜻밖의 친구들도 참 많다. 땅 신령들, 마법의 궁전, 하프엘프. 아주 유명인사라니까! 넌 정말 알다가도 모르겠어, 나의 친애하는 친구 칼리반!"
  그때였다. 타라가 비명을 지르면서 물러섰다.

눈앞에서 시커먼 동굴이 쩍 하고 벌어지더니 흉측한 민달팽이가 입을 한껏 벌린 채 튀어나왔던 것이다.

타라는 심호흡을 했다. 그래, 좋아. 이놈의 궁전이 그 괴팍한 유머감각을 되찾았다 이거지? 궁전이 환영을 투영하는 것으로 어린 마법사들을 함정에 빠뜨리는 장난을 즐긴다는 걸 깜빡 잊고 있었더니!

괴물 민달팽이가 성난 기관차처럼 무섭게 달려들었지만 타라는 단단히 마음을 먹고 꿈쩍도 하지 않았다. 내가 또 함정에 빠질 것 같으냐? 어림없지!

그런데 이게 어찌된 일인가! 그 괴물의 입이 끔찍한 아래턱으로 옷자락을 물어서 난폭하게 잡아당겼을 때 어찌나 놀랐는지 타라는 기절할 뻔했다.

휘이익!

어디서 날아왔을까, 귓가를 스쳐 지나가는 화살 하나가 달팽이의 여섯 개의 눈 중 하나에 꽂혔다. 화살이 꽂힌 민달팽이의 눈에서는 끈적거리는 액체가 흘러내렸다. 괴물은 케켁! 하는 고통의 비명을 지르며 터진 눈을 오므리더니 타라를 놓아주었다. 넘어진 타라는 뒤에서 끌어주는 커다란 발의 도움을 받아 재빠르게 뒤로 도망쳤다. 본능적으로 변신해 있던 무아노가 강력한 근육을 이용하여 타라를 위험에서 벗어나게 해주었던 것이다.

갈랑은 날카로운 울음소리를 내면서 자이언트 벌레의 등에 올라앉아서 괴물을 갈기갈기 찢기 시작했다. 무아노도 합세해서 끔찍한 아래턱을 요리조리 피하면서 갈퀴발톱을 내밀고 자이언트 연체동물을 공격했다.

그런데 고통의 신음소리를 내며 머리를 축 늘어뜨리던 민달팽이가 느닷없이 벽에 무아노를 내동댕이쳤다.
 쿠당탕! 무아노는 그 충돌을 피할 겨를이 없었다. 벽에 정통으로 부딪힌 무아노는 비명을 지르면서 쓰러졌고, 의식을 잃었다.

7
크리스털 함정

충격을 받는 순간 인간으로 다시 변신한 무아노는 기절한 상태였다.
복수를 하려는 듯 민달팽이가 무아노를 집어삼킬 듯이 큰 턱들을 쑥 내밀었다. 하지만 날뛰는 쉬바와 빗발치는 화살 때문에 민달팽이는 단념해야 했다.
쓩쓩쓩!
로빈은 초인적인 속도로 화살을 쏘아댔고, 화살이 쭈르륵 꽂힌 민달팽이는 기형 고슴도치라고 하면 딱 좋을 것 같았다. 거기다 표범과 페가수스가 옆구리와 등판을 찢어발겨 놓았으니, 그 꼬락서니하고는.
그런데 불행히도 로빈의 화살집 속의 화살이 줄어들더니 마침내 바닥나는 순간이 왔다. 그러자 민달팽이가 기회를 잡고 위협적으로 다가왔다. 그때였다. 아니, 이게 어떻게 된 거지? 화살들이 혼자 힘으로 무척추동물의 살에서 빠져 나오는 것이 아닌가! 고통으로 신음하는 민달팽이는 이빨을 빠드드득 갈면서 난폭하게 날뛰었다. 화살들은 빗발치듯 튀어나갈 때와 마찬가지로 화살집으로 쏟아져 들어왔고, 로빈은 놀라운 마음을 가라앉힌 다음에 다시 화살을 쏘기 시작했다.

다섯 번째 눈이 터지자 민달팽이는 허겁지겁 자신의 동굴로 줄행랑치다가 천장에서 내려오는 갈랑에게 깔릴 뻔했다. 페가수스는 타라 옆에 착륙했는데 의기양양한 모습이었다.

로빈은 여전히 시위를 메운 채 뻥 뚫린 구멍을 연신 살피면서 외쳤다.

"타라, 괜찮아?"

"나는 괜찮아!"

불안한 얼굴로 무아노에게 몸을 숙이던 타라가 소리쳤다.

"하지만 무아노가 다쳤어. 꼼짝도 하지 않아!"

칼이 부리나케 꿇어앉아서 친구의 목에 손을 올려놓는 사이에 불안해서 어쩔 줄을 모르는 쉬바는 주인 곁에서 신음소리를 냈다.

"레파루스의 이름으로 통증은 가라앉고 모든 상처는 당장 사라져라!"

이상하게 비틀려 있던 팔이 정상으로 돌아오면서 무아노는 머리를 가볍게 흔들다가 흐리멍덩한 눈을 떴다.

"아야, 아야! 이게 어떻게 된 거지?"

"뭐가 어떻게 돼?"

마니투가 엄하게 대꾸했다.

"죽으려고 작정을 하지 않은 다음에야 어떻게 그렇게 무식하게 덤벼들 수 있니, 응? 덩치가 크고 공격적인 놈과 대적할 때는 활이나 기관총이 최고야. 대포라면 더 좋고. 하지만 격투는 절대 금물이란 말이다! 전투 실습 시간에 대체 뭘 배우는거니?"

"자이언트 민달팽이와 싸우는 건 배우지 않았어요."

표범의 부축을 받아 간신히 일어나면서 무아노는 뾰로통해서 종알거렸다.

"어쨌든 올해 프로그램에는 그런 실습이 없었다고요!"

한편 어찌나 갑작스런 싸움이었던지 얼이 빠져서 바라보고만 있던 궁인들은 그제야 정신을 차리고 일제히 경비원을 고함쳐 부르기 시작했다.

복도 끝에서 드라고쉬 선생님, 부디우 부인, 칼리브리스 부인, 왕의 수석 고문관인 키마이라 살라타르가 나타났을 때 타라는 한순간 심장이 멈추는 것만 같았다.

이런, 여기서 걸렸다간 끝장인데! 여제가 그들 다섯 명을 '도망자'로 통보하지 않았기를 바라는 수밖에 없었다.

"도망쳐, 칼!"

정신을 차리려고 애를 쓰던 무아노가 속삭였다.

"변장을 했어도 저들은 너를 알아볼지 몰라."

어린 도둑은 고개를 끄덕이면서 얼른 군중 속에 섞였다.

빨간 눈을 두리번거리던 뱀파이어는 대번에 타라를 알아보았다.

"덩컨 양!"

뱀파이어가 적의에 찬 어조로 휘파람소리를 냈다.

"어쩐지 이 소동의 배후에 네가 있을 것 같더니. 또 무슨 짓을 꾸민 거니?"

"아무 짓도 안 했어요."

발끈한 로빈은 동굴에서 눈을 떼지 않은 채 말했다.

"타라는 살테렌스의 육식 민달팽이의 공격을 받았단 말예요. 저길 보세요!"

그렇게 말하면서 로빈은 덤불 사이사이에 아직도 번들거리는 연체동물의 점액을 가리켰다. 때마침 궁전이 멘탈리르 풍경을 걷어주는 덕분에 그들은 돌에 묻은 끈적끈적한 자국을 똑똑히 볼 수 있었다.

"오, 데미데루스여!"

부디우 부인이 외쳤다.

"그렇다면 그 민달팽이는 동물함정이란 얘기인데!"

무아노는 소스라치게 놀랐다.

"어머, 맞다! 내가 알아차렸어야 했는데!"

"동물함정? 그게 뭐야?"

타라가 물었다.

"그건 일정 시간이 되면 작동하는 일종의 시한 함정이야."

무아노가 미간에 세로 주름을 만들면서 대답했다.

"너를 제거하고 싶은 누군가가 네가 언제 올지 모를 경우에, 어떤 정해진 장소에 동물함정을 놓는 거야. 네가 그 영향권 내에 들어서면 즉시 그 함정이 너를 탐지하고 공격하게 돼. 마지막으로 일어났던 마법사 전쟁 때는 이 방법으로 톡톡히 재미를 봤대. 하지만 그 뒤로는 오랫동안 폐지되고 있었어. 뭐랄까, 논란의 여지가 있는 계승 문제가 생겼을 때 왕족들이 종종 그런 종류의 함정에 빠져서 죽었거든. 그래서 엄마가 늘 교육을 시키면서 조심하라고 주의를 줬는데……. 그래도 나에게는 그런 문제가 일어날 일이 없기 때문에 새까맣게 잊고 있었어."

"으음, 무슨 말인지 알겠어. 너네 나라의 정치는 진짜 재미있다! 그런데 그 함정을 알아볼 수 있는 무슨 방법은 있겠지?"

"아지랑이처럼 아른아른 피어오르는 열의 파장 같은 것이 보이면 동물함정일 가능성이 있어. 진짜 조심해야 돼, 타라! 식별하기가 어렵기 때문에 그만큼 효력도 강해."

"와, 대단하다."

타라가 야유하듯 내뱉었다.

"이젠 아지랑이를 보거나 열기를 느낄 때마다 공포에 떨어야 한단 말이네. 이 행성, 스릴이 넘치는 게 진짜 마음에 들려고 한다!"

"어쨌든 너를 노리는 자는 확실히 운이 없구나."

부디우 부인이 쾌활하게 말했다.

"너는 의롭고 용감한 친구들에게 둘러싸여 있으니! 이리 오렴, 너에게는 위로가 필요할 것 같구나."

부디우 부인이 꼭 안아주려고 했지만 타라는 재빨리 몸을 뺐다.

타라는 공포에 사로잡혀 있는 것이 아니라 이번에는 화가 나 있었다! 나를 죽이려고 하는 자, 내 눈에 띄기만 해 봐, 이 세상에 태어난 걸 후회하게 만들어주겠어!

그런데 로빈은 왜 저러고 있지? 어딘지 이상했다. 로빈이 믿어지지 않는다는 표정으로 자기 활을 뚫어져라 쳐다보고 있었다.

"괜찮아, 로빈?"

타라가 물었다.

"나? 응, 괜찮아. 내 활과 내가 약간의 의견 차이가 있다는 것만 빼면. 내가 부탁하기도 전에 내 의견을 묻지도 않고 활이 멋대로 첫 번째 화살을 쐈어. 그리고 화살들을 모조리 다시 불러들일 수 있다는 것도 나한테 미리 알려주지 않았어. 아무래도 활과 진지하게 대화를 좀 해야 될 것 같아."

타라가 로빈에게 뭐라고 대답하려 할 때, 뱀파이어가 또 시비를 걸었다.

"덩컨 양, 또 무슨 의심쩍은 영광을 우리에게 주려고 랑코비트에 나타나셨나?"

드라고쉬 선생님의 어조가 어찌나 위협적인지 타라는 본능적으로 힘을 모았다.

타라의 손에서는 이미 파란 광선이 번뜩였다. 즉각적으로 뒷걸음질치는 뱀파이어의 손에서도 빨간 광선이 번쩍였다. 그러자 그 장면을 지켜보던 궁인들은 비켜서는 것이 좋겠다고 판단한 모양이었다. 시치미를 뚝 뗀 얼굴로 그들이 슬금슬금 물러서면서 둘 사이에 빈 공간이 생겼다. 타라는 속으로 생각했다. 야아, 이 마법의 결투, 꼭 서부극의 결투를 연상케 하네. 좋아, 한번 해보자고!

그 순간 행정관 칼리브리스 부인이 사태의 심각성을 알아채고 재빨리 중재에 나섰다. 아주, 아주 절묘한 타이밍이었다.

"우리 궁전에 온 걸……" 하고 첫째 얼굴 다나가 시작하자,

"…… 환영한다. 어떻게……" 둘째 얼굴 클라라가 말을 이었다.

"…… 지내니, 타라?" 다나가 재빨리 그 말을 받았다.

뱀파이어에게 정신을 집중하고 있는 탓에 타라는 즉시 대답하지 못했다. 하지만 영리한 행정관이 아주 자연스럽게 두 사람 사이에 꿋꿋이 버티고 서 있자, 타라는 광선을 사라지게 하면서 대답했다.

"잘 지내고 있어요, 고맙습니다. 부인들은 잘 지내셨어요?"

"우리는……"

"…… 당혹, 그래 아주 당혹스러웠단다……"

"…… 칼리반에게 일어난 일 때문에. 좀 건들거리기는 해도……"

"…… 그런 죄를……"

"…… 저지를 애는 아냐. 오래……"

"…… 머무를 거니? 네 방은……"

"…… 언제나 준비되어 있단다."

"고맙습니다, 부인들. 아직은 얼마나 머물지 모르지만 떠날 때 미리 알려드릴게요."

"잘 알았다. 지난번과 마찬가지로 너는 우리의 귀빈이야!"

다나가 말을 맺었다.

탕탕탕! 다나는 단 한 마디로 판결을 내리듯 타라를 건드릴 수 없는 존재로 만들어버렸다.

어쩔 수 없게 된 뱀파이어는 이글거리는 눈길로 한참을 쏘아봤지만, 타라는 당돌하게도 눈썹 하나 까딱하지 않았다.

"네 뒤에는 항상 내가 있다는 걸 명심해라, 타라 덩컨."

뱀파이어는 타라만 들릴 정도로 아주 나직한 소리로 말했다.

"악마들이 너라는 문을 통해 우리 세계를 침략할 수 있다는 걸 난 잊지 않고 있다. 조금이라도 의심이 들면 난 망설이지 않을 것이다! 귀빈이든 아니든 너를 가차없이 없애버릴 거니까!"

그때였다. 공기를 가르는 소리 같은 것이 나더니 번쩍이는 물체가 그들 사이를 휘익, 지나가다 나무 벽에 콰지직! 하고 박히자, 궁전이 성난 신음소리를 냈다. 그 순간 귀에 아주 익은 목소리가 울렸다.

"애고머니, 죄송합니다. 내 도끼가 손에서 빠지는 바람에 그만……. 선생님의 망치가 맑은 소리로 울리기를! 드라고쉬 선생님. 타라, 네 망치도 맑은 소리로 울리기를!"

뱀파이어는 자신의 머리에서 2밀리미터 떨어진 데에 꽂힌 도끼를 노려보느라 대답하지 않았지만, 타라는 활짝 웃는 얼굴로 반겼다.

"파프니르! 너의 모루가 맑은 소리로 되울리기를!"

타라는 난쟁이들의 의례적인 인사말로 대답했다.

다부진 체격의 파프니르는 자신의 목에 달려드는 타라의 공격적인 포옹을 의젓하게 받아주었다. 파프니르는 많이 달라져 있었다. 성년이 되지 않았음을 가리키는 수염이 우선 사라졌고, 붉은 머리털은 이제 땋아서 틀어 올렸는데 리본으로 예쁘게 장식한 머리가 아니라 말꼬리 모양으로 하나로 묶여 거의 바닥까지 늘어져 있었다. 검은 아이라인으로 강

타라 덩컨 183

조한 초록빛 눈은 한층 인상적이었고, 팔찌는 그 울퉁불퉁한 이두박근의 압력으로 금방이라도 끊어질 것만 같았다. 검정 타이츠에 칼이며 날카로운 연장들을 어찌나 주렁주렁 매달고 있는지 난쟁이가 강물에 떨어지기라도 하면 그대로 침몰할 것 같았다. 타라는 머리색과 잘 어울리는 빨강 가죽바지가 어쩐지 기습 공격을 용납하지 않겠다는 뜻을 감추고 있다는 생각이 들었다. 또한 기막히게 정교한 목걸이가 가슴 위로 늘어져 있는데 대장장이의 멋진 솜씨를 엿볼 수 있었다.

늘 그랬듯이 난쟁이는 과연 기대를 저버리지 않고 눈길을 끌었다. 그리고 타라를 비롯한 친구들을 다시 만나게 된 걸 진심으로 기뻐하는 것 같았다.

드라고쉬 선생님은 독살스러운 시선으로 파프니르를 아래위로 쭉 훑어보고 나서 아직도 진동하는 도끼를 향해 시선을 옮겼다. 드라고쉬는 그렇게 쉽게 속아넘어갈 사람이 아니었다. 그도 그럴 것이 난쟁이는 자기가 애지중지하는 무기를 놓치는 법이 결코 없기 때문이다.

한편, 그 소강 상태를 틈탄 민달팽이가 마지막으로 남은 온전한 눈을 쑥 내밀고 공격을 시도했다.

엄청난 실수였다.

드라고쉬 선생님은 번개같은 속도로 반응했다. 휘둘러대는 그의 손에서 발사된 불길이 자이언트 연체동물을 가차없이 새까맣게 태워버렸다. 뻥 뚫린 구멍이 흔들거리다가 함정은 완전히 파괴되었다. 동굴은 온데간데없고 그 자리에는 벽만 우뚝 서 있었다.

뱀파이어의 대응은 거기 모인 사람들을 모두 어리둥절하게 했다.

"이게 뭐 하는 짓입니까?"

칼리브리스 부인의 두 얼굴이 동시에 소리쳤다.

"아무래도 확실하게 해두는 것이 좋을 것 같아서 함정을 파괴해 버렸소."

뱀파이어는 퉁명스럽게 대답했다.

"엘프 사냥꾼들이 그 함정을 놓았던 범인을……"

"…… 알아내려면 그냥 보존하는 것이 낫다는……"

"…… 생각은 들지 않았어요?"

"…… 당신이 방금 한 행동은 정말이지 바보 같은……"

"…… 적합하지 못한 처사였습니다!"

뱀파이어는 짐짓 놀라는 표정을 짓다가 눈살을 찌푸리고는 한 마디도 덧붙이지 않고 마법복을 휘날리며 홱 돌아섰다.

이번에는 불꽃을 훅훅 뿜어내는 그 커다란 사자의 입을 쩍 벌리며 키마이라 살라타르가 타라에게 말했다.

"에헴, 우리의 친구 사피르가 요즘 좀 신경이 날카로워져 있으니까 덩컨 양이 이해하거라. 두 분 폐하께서 명하신 것처럼 우리는 덩컨 양을 언제든 환영한다. 하지만 덩컨 양에 대한 공격이 끝나지 않았음을 확인할 수 있었다. 따라서 가능한 한 궁전 안을 돌아다니지 말 것과 특히 두 분 폐하에게 가까이 가지 않기를 당부하겠소. 최고 마구스 마니투, 당신의 증손녀가 이 지시를 준수하게 잘 지도해 주길 부탁하겠소."

마니투는 살라타르에게 차가운 눈길을 던졌을 뿐, 별 반응을 보이지 않았고, 파프니르와 재회한 것이 기쁜 타라는 그리 오래 머물지 않을 생각이니까 걱정하지 말라고 대답했다.

살라타르는 이 알쏭달쏭한 대답을 들은 것으로 만족해야 했다. 칼리브리스 부인과 부디우 부인, 키마이라는 흥분한 궁인들의 웅성거림 속에 자리를 떴다. 이 사건은 또 한 번 질풍 같은 속도로 랑코비트를 한 바퀴 돌기에 충분한 이야깃거리였다.
　타라는 한숨을 내쉬면서 파프니르를 향해 돌아섰다.
　"칼에 대한 소식 들었니? 심각한 문제가 생겼어."
　"그건 나도 마찬가지야!"
　난쟁이는 시큰둥하게 대답했다.
　"칼은 체포되었는데…… 그럼 너도 그렇다는 거야?"
　"근데 체포되었다는 칼이 왜 네 뒤에 있냐?"
　파프니르가 질문에는 대답하지 않고 말을 이었다.
　칼이 그 소리를 듣고 다가왔다.
　"변장을 했는데도 나를 알아봤어?"
　칼이 놀란 얼굴로 물었다.
　"우리 난쟁이들은 눈이 예리하지."
　파프니르는 근육질의 어깨를 으쓱하면서 말했다.
　"너의 가짜 모습을 알아보는 데는 2분도 걸리지 않았어. 내 눈을 속이려면 변장을 좀더 잘해야 할거다. 그러니까 너 탈옥한 거지?"
　"조금 있다가 다 설명해 줄게."
　타라는 귀를 기울인 채 아직도 주위에서 꾸물거리고 있는 궁인들을 가리키면서 조심스럽게 대답했다.
　"내 방으로 가자. 무아노는 누워서 좀 쉬는 게 좋겠어."
　본의 아니게 공격자와 공범이었던 것이 부끄러워서였을까, 궁전이 더는 타라의 발 밑으로 낭떠러지를 만들거나 또 다른 함정을 놓지 않았다. 또한 타라가 방에 들어서자마자 아더월드의 화려한 풍경까지 투영해 주는 기대 이상의 친절을 베풀었다.
　타라의 말대로 속이 너무 울렁거리는 무아노는 파란 닫집 침대에 눕고 말았다. 불안한 쉬바는 무아노 옆으로 훌쩍 뛰어올라서 소녀의 팔에 코를 비벼댔다. 칼은 안도의 한숨을 내쉬면서 변장 주문을 풀었고, 회색 눈과 헝클어진 검은 머리털을 되찾았다.

그들은 파프니르에게 그간의 일을 들려주면서 보석에 관한 일화만 뺐다. 땅 신령들에게 맹세한 약속을 지키기 위해서였다.

난쟁이들은 갇혀 있는 걸 참지 못하기 때문에 파프니르는 그들의 탈옥을 무조건 칭찬했다.

"잘했어. 그리고 뭐 그렇게 크게 걱정할 일도 아니네, 나한테 일어난 일에 비하면. 난 진짜 큰일났거든!"

파프니르가 마침내 자신의 일에 대해 입을 열었다.

"아, 그래?"

난쟁이의 단정적인 말에 약간 놀란 칼이 말했다.

"벌레들에게 산 채로 뜯어 먹히게 생겼는데 너는 걱정할 일이 아니라고 생각한다니! 그렇게 말하니까 너한테 대체 무슨 일이 일어났는지 정말 궁금해진다, 야!"

"화가 나서 참을 수가 없어."

다섯 명의 친구들이 웃음을 터뜨리자, 파프니르는 눈살을 찌푸렸다.

"뭐야, 내가 무슨 웃기는 말이라도 했나?"

로빈은 심호흡을 하는 것으로 간신히 웃음을 참으면서 설명했다.

"너희 난쟁이들이 특히 침착하다거나 절제가 있다는 얘기는 들어본 적이 없어서 말야."

"아, 쟤 말은."

칼이 재빨리 덧붙였다.

"너희 난쟁이들은 아주 불같은 성격을 가졌다는 뜻이야."

"아니, 그런 얘기가 아냐."

난쟁이의 표정이 굳어졌다.

"어쨌든 그런 문제가 아냐. 내가 말야, 얼마 전에 화가 나가지고 하마터면 우리 캠프를 아주 쑥밭으로 만들 뻔한 어이없는 사고를 치고 말았어. 광산에서 새로운 광맥을 찾고 있을 때였어. 갱도에서 올라와 내가 브르르르아이아 스테이크를 굽고 있었는데 갑자기 퍽! 그러고는 눈앞이 깜깜했어. 얼마 후 눈을 떠보니 난 꽁꽁 묶여 있었고, 내 친구들인 타니르, 브렌디르, 글레니르는 부상을 당했더라고. 나중에 친구들이 그러는데 내가 블렌다와 센타르를 완전히 때려눕혔다는 거야. 그래서 최악의 사태가 일어나고 말았어."

"최악의 사태?"

무아노가 소리쳤다.

"난쟁이에게 있어서 다른 난쟁이를 공격하는 것보다 더 최악의 사태가 뭐야? 그런 짓을 하면 사형되는 거 아냐?"

"무아노, 너희 세계에서는 모든 문제를 죽이는 것으로 해결해?"

타라가 차분하게 물었다.

"종족마다 나름의 해결책이 있어. 난쟁이들에게는 인내심이나 동정심이라는 건 없어서 살인 미수죄를 저지른 난쟁이는 죽음을 면할 수 없지. 절대로."

"난쟁이들의 최고위원회는 나에게 정상을 참작케 하는 사정이 있었다는 걸 인정해 줬어."

파프니르가 설명했다.

"아, 그래?"

무아노가 의외라는 얼굴로 물었다.

"어떤 건데?"

"난 내가 아니었어……. 내 친구들이 하는 말에 의하면 내 살빛이 거의 시커먼 주홍빛으로 변했고, 내 목소리도 본래의 내 목소리가 아니었대. 내가 글쎄 친구들에게 내 앞에 무릎을 꿇고 신처럼 나를 사랑하라고 명령했다는 거야! 그래서 친구들이 깔깔거리고 웃자…… 내가 죽일 듯이 덤벼들었대. 그 이유 하나만으로 1대 5로 싸우기 시작했는데 내가 이겼다니……, 그 빌어먹을 마력이 돌아왔다는 얘기지! 내 친구 블렌디르가 말하기를 자기가 나를 때려눕히려고 전쟁 망치를 휘둘렀는데 내 주위에 마법의 방패가 나타나서 가로막았다는 거야! 결국 세 명이 힘을 합해서 간신히 나를 이길 정도였다고 하는데…… 나 자신도 어이가 없더라고."

타라를 비롯한 친구들은 입을 멍하니 벌린 채 파프니르를 응시했다. 파프니르를 비롯한 난쟁이들은 마법을 싫어했다. 아니, 싫어한다기보다는 차라리 혐오한다는 표현이 훨씬 가까웠다. 그들은 파프니르가 저주받은 섬의 흑장미 즙을 삼키는 것으로 마법에서 완전히 벗어났다고 생각하고 있었다.

그런데 사실은 그렇지 않았던 것이다.

"이런, 그래서 너 또다시 추방당했구나."

칼이 그 말을 정리하면서 말했다.

난쟁이는 붉은 머리를 숙였다.

"응……. 저주받은 마법에서 벗어나지 못하면 난 영원히 추방될 거야."

"우리는 지금 여러 가지 문제에 봉착해 있어."

타라가 말했다.

"칼은 트실이라는 벌레에서 벗어나 끔찍한 죽음을 면하려면 땅 신령들을 구해 줘야 해. 그리고 자신이 무죄라는 것도 증명해야 해. 파프니르는 마법과 갑자기 붉은 괴물로 둔갑하는 알 수 없는 주문에서 벗어나야 하고, 나는 나를 죽이려고 하는 자를 찾아내고, 또 마지스터에게 붙잡히지 않도록 조심해야 해. 몇 달 전만 해도 나의 가장 큰 걱정거리는 학교에서 제2외국어로 뭘 선택할까, 새 수영복으로 어떤 걸 고를까 등 고작 그런 것들이었는데 말야!"

마니투는 송곳니를 드러내고 웃었다.

"타라, 네가 어렸을 때가 기억나는구나. 너는 걸핏하면 따분하다고 툴툴거리면서 좀더 활기가 넘치는 생활을 하게 해달라고 빌었어. 그랬던 네가 지금은 웬 불평이니? 소원이 이루어졌잖아!"

"할아버지?"

"왜?"

"다음 번에 내가 어떤 소원을 빌면 나를 물어뜯어 주세요!"

"난 절대 내 가족은 물지 않는다."

개는 아주 진지하게 대답했다.

"오로지 낯선 사람들만……."

"흑장미 때문이 아닐까?"

파르니르가 그들의 대화를 중단시켰다.

"그 즙 속에 있던 뭔가가 내 몸 속에 들어와 있는 것 같아."

"잠깐 기다려 봐."

생각에 잠긴 얼굴로 타라가 호주머니를 만지작거리면서 말했다.

"살아 있는 돌에게 섬에 가두었던 존재에 대해 좀 더 자세히 말해줄 수 있는지 물어볼게."

타라는 번쩍거리는 돌에게 상황을 설명했다.

'보여줘, 네 친구를.'

돌이 말했다.

타라는 시키는 대로 난쟁이 앞에서 돌을 빙빙 돌렸다. 돌이 난쟁이를 향해 번쩍이는 아우라를 투사했다. 잠시 후 빛이 사그라지자 이번에는 돌이 모두가 들을 수 있도록 큰 소리로 외쳤다.

"이런, 이런, 이런! 파프니르가 '영혼 약탈자'에게 먹혔네. 나를 이용해서 도망치려고 했던 자가 바로 '영혼 약탈자'야. 그자가 이번에는 파프니르를 이용했어! 너에게는 선택의 여지가 없어!"

"그럼 어떻게 되는데?"

"네 친구는 죽게 돼! '영혼 약탈자'가 파프니르를 먹었으니 그자는 자유로워져서 모든 종족에 이어서 행성…… 세계를 집어삼키고 말겠지!"

"세계를 집어삼켜? 에게, 우주가 아니고 고작 세계야!"

말은 그렇게 하면서도 칼의 눈은 등잔만해져 있었다.

"그래, 네 말이 맞는다고 인정해야겠다. 진짜 네 문제가 나보다는 훨씬 심각한 중대사니까!"

"그 어떤 저주받은 정령이라도 나를 점령하려고 하면."

파프니르는 신랄하게 응수했다.

"나의 충성스런 도끼가 내 목숨은 물론 그 영혼 약탈자의 목숨도 그냥 놔두지 않을 거야. 난쟁이는 절대로 호락호락 점령되지 않아!"

"그자가 너를 몇 번 점령했어?"

살아 있는 돌이 물었다.

"딱 한 번."

이제는 돌의 묘한 언어를 알아듣게 된 파프니르가 대답했다.

"내 기억으로는 한 번이야. 그 즉시 셈 선생님에게 도움을 청하기 위해 히믈리아를 떠나 랑코비트로 왔는데 셈 선생님은 아직 오무아에 계시다네."

"응, 내 생각에는 우리가 사라졌다는 사실을 여제가 아직 셈 선생님에게 알리지 않은 모양이야."

칼이 낄낄거리면서 말했다.

"선생님은 내가 이미 여기 와 있는 줄은 꿈에도 생각지 못하고 나를 석방시키기 위해 고군분투하고 계신 게 틀림없어."

"하지만 트라비아에 오기 위해 나는 끔찍한 충동과 싸워야 했어."

난쟁이가 말을 이었다.

"'그게' 내가 흑장미 섬으로 가기를 바라고 있거든! 내 생각에는 영혼 약탈자가 아직 거기 있는 것 같아. 그래서 나를 완전히 점령하기 위해서 그쪽으로 유인하려고 애쓰고 있어."

"네 말 일리가 있다."

돌이 말했다.

"영혼 약탈자는 어쩌면 아직은 자신의 힘을 완전히 발휘할 수 없을 거야. 그래서 파프니르가 아직 필요한 거고. 그러니까 파프니르는 절대로 흑장미 섬에 가지 말아야 해. 아니면 간식거리로 끝장나고 말아!"

"파프니르, 내 말 잘 들어."

타라는 난쟁이의 창백해지는 구릿빛 얼굴을 보면서 말했다.

"우리가 할 일을 정리해 볼게. 먼저 우리는 금서를 가지러 갈 거야. 아니, 정확하게 말하면 땅 신령들이 훔쳐가기 전에 금서를 빼내서 안전한 곳에 감춰야 해. 그 다음에는 이 모든 일의 배후 인물이 마지스터가 맞는다면, 마지스터가 억류하고 있는 땅 신령들을 구하고, 그 아티팩트라는 것을 파괴해야 해. 그래야 칼에게 필요한 해독제를 구할 수 있거든. 그 사이에 너는 오무아에 가서 네 문제를 셈 선생님과 의논하고 있어. 일단 우리의 임무를 끝내는 즉시 네 문제를 해결할게. 어때, 괜찮지?"

"난 기다릴 수 있어."

난쟁이는 대답했다.

"이젠 내가 알았으니까 '그게' 나의 저항을 그렇게 쉽게 없애진 못 할 거야. 그리고 그 책 훔치는 걸 나도 도와줄게. 셈 선생님에게는 그 다음에 말해도 돼."

그 말에 칼은 난쟁이의 몸집을 힐끗 쳐다보면서 얼굴을 찌푸렸다.

"음…… 저기, 그럴 필요까지는 없어."

칼은 조심스럽게 이야기했다.

"책을 훔치는 건 무아노와 나만 있으면 충분하니까. 안 그래, 무아노?"

침묵. 무아노는 또다시 의식을 잃은 상태였다.

질겁한 아이들의 연락을 받은 샤먼 밤새 박사는 즉시 무아노를 의무실로 옮기게 했다.

"뇌진탕이었어."

샤먼이 그들에게 말했다.

"레파루스 주문이 효과가 있긴 하지만 당장은 움직이는 것이 힘들겠다. 얼마 동안은 지켜봐야겠어. 그리고 즉시 너희 부모님에게 알려야겠구나."

"만나볼 수는 있는 거죠?"

타라가 걱정이 가득한 얼굴로 물었다.

"물론이지. 들어가 보렴. 방금 깨어났다."

무아노는 의무실 닫집 침대의 커튼만큼이나 하얘진 얼굴로 누워 있었다.

"미안해. 어떻게 된 일인지 도무지 눈을 뜨고 있을 수가 없어."
"그럼 눈을 감고 있어."
다시 변장을 한 칼이 말했다.
"얘기를 그냥 들으면 되지 우리를 꼭 볼 필요는 없잖아. 너 없이 내가 혼자서 책을 훔칠게. 책이 있는 데로 들어가는 방법만 알려줘. 그러면 내가 다 알아서 할게."
무아노가 반대조차 하지 않는다는 것은 진짜 몸 상태가 좋지 않다는 표시였다. 한 치의 실수도 저지르지 않기 위해서 그들은 모두 비밀의 방으로 들어가는 암호를 외웠다.
"이제 됐어!"
칼이 손목에 박힌 인식 패스의 시간을 확인하면서 말했다.
"일단 뭘 좀 먹고, 몇 시간 눈을 붙이자. 그리고 모든 사람이 쿨쿨 잠들어 있을 새벽 2시 반에 셈 선생님의 사무실로 가는 거야."
"너희들은 할 수 없어!"
무아노는 힘겹게 몸을 일으켰다.
"왜?"
"셈 선생님의 사무실은 내 인식 패스만 통과시키게 되어 있단 말야. 너희들의 인식 패스로는 들어갈 수 없어. 내가 같이 가야겠어!"
"어림없는 소리 마!"
파프니르는 부드럽게 무아노를 도로 눕히고, 머리가 편안해지게 베개를 다시 놓아주었다. 그러자 침대는 구겨진 시트를 팽팽하게 했고, 궁전은 땀이 송송 맺힌 무아노의 뜨거운 이마를 식혀주려는 듯 미풍을 불어주었다.
"나한테는 인식 패스가 필요하지 않아."

난쟁이가 설명했다.

"내 힘이 내가 원하면 어떤 벽이든 통과하게 해주거든. 일단 내가 안으로 들어가서 너희들에게 문을 열어줄게. 만약 실패하면 너희들 대신에 내가 그 책을 훔치지 뭐."

그들의 반대에도 불구하고 파프니르는 물러서지 않고 막무가내로 버텼다. 그래서 그들은 저녁을 먹으러 갔고, 칼은 키디코이에서 다음과 같은 글귀를 받았다.

몇 시간 후에 너는 피할 수 없는 운명의 덫에 걸려서 그에게 잘못을 저지르게 된다.

칼은 귀에서 연기가 풀풀 날 정도로 생각하고 또 생각했지만 그 예언을 이해할 수 없었다. 망할 놈의 막대사탕!

타라 역시 불길한 예언을 받았다.

충격을 받으면 너는 그를 구할 수 없다.

불안해진 타라는 등줄기를 따라 소름이 쫙 돋는 느낌이 들었다.

부디우 부인이 그들의 식탁에 와서 무아노의 상태를 묻고, 그들 모두 괜찮은지 확인했다. 칼리브리스 부인과 함께 저녁식사를 주재하는 드라고쉬 선생님은 타라와 친구들을 노골적으로 무시했다. 다른 최고 마법사들과 어울려 얘기를 나누는 마니투는 눈부시게 아름다운 사이렌, 시렐라 부인에게 홀린 얼굴로 자기 머리를 쓰다듬고 있었다. 땀에 흠뻑 젖긴 했지만 마니투는 밝은 얼굴로 돌아왔다.

"칼의 탈옥이 완전히 비밀에 부쳐지고 있어. 여제가 우리를 가뒀던 사실도."

"우리를 가둔 사람은 그 소름끼치는 친위대 대장이지 여제가 아니었어요."

여제를 좋아하는 타라가 짚고 넘어갔다.

"그럼 셈 선생님은? 선생님도 여전히 우리가 사라졌다진 걸 모르고 계신 걸까요? 선생님이 아무런 반응도 없는 것이 어째 좀 이상해요."

"내 생각에 셈은 이사벨라가 무서워서 오지 못하고 있을 게다. 따라서 지금 우리를 사방으로 찾아다니면서 네 할머니에게 변명할 말을 궁리하고 있겠지. 어쨌거나 너를 잃어버린 게 벌써 두 번째니 그럴 수밖에! 너의 위치를 빨리 알아내지 못하면 이사벨라는 아마 셈을 최고급 용가죽 가방으로 만들어버리고 말게다."

타라는 킥킥거렸다.

"선생님이 어떤 말로 둘러댈지 진짜 궁금해요."

"그러나 셈이 갑자기 랑코비트로 돌아올 수도 있어. 충고하는데 우리는 가능한 한 빨리 행동해야 해. 그 용은 자기 사무실에서 자는 습관이 있거든."

그 말에 따라 그들은 서둘러서 잠을 자러 갔다. 파프니르와 칼, 마니투는 타라의 방에서 같이 잤고, 로빈은 모든 엘프가 그렇듯이 신선한 공기를 택했다. 로빈은 갈랑을 데리고 정원으로 나가 강철같은 자이언트 나무의 편안한 나뭇가지에 자리를 잡았다.

새벽 2시 30분, 그들은 떠지지도 않는 눈을 비비며 최고 마법사 셈나샤오비로다인트라쉬부의 사무실 앞에 모였다. 작은 용 조각상과 유니콘은 잠들어 있고, 궁전은 모래언덕과 별이 총총한 하늘을 투영하고 있었다. 복도에 향기로운 바람이 살랑살랑 불었고, 사방이 고요했다.
"여기서 기다려."
파프니르가 속삭였다.
그러고는 조각상 보초들을 깨우지 않으려고 조심하면서 파프니르가 손을 내밀자 그 손이 벽 속으로 스르르 들어가기 시작했다.
온몸에 소름이 쫙 돋았지만 과감히 돌아서서 지켜보던 칼은 돌벽 속으로 서서히 들어가는 난쟁이를 보면서 머리털이 곤두섰다.
잠시 후, 벽이 사라졌을 때 그들은 입이 딱 벌어졌다. 그들은 부리나케 방 안으로 들어갔다.
"괜찮아."
벽이 다시 닫히자 파프니르가 큰 소리로 말했다.
"밖에서는 아무도 우리 말을 들을 수 없어. 안에 자동 열림 장치가 있어서 문을 열어줄 수 있었어. 자, 이제 뭘 하면 되지?"
"무아노가 해준 말을 기억해보자."
칼은 고개를 갸웃하면서 기억을 더듬었다.
칼은 『해부학 비교연구』라는 책을 꺼내서 셈 선생님의 서류가 산더미처럼 쌓인 책상 위에 올려놨다. 칼은 세 번째 페이지를 세 번 두드리고, 스무 번째 페이지를 열 번 두드렸다. 삐걱거리는 소리와 함께 책상이 벌어지면서 멋진 유리 층계가 나타났다.
타라가 재빨리 말했다.
"칼, 내 말 들어 봐. 키디코이가 해준 예언이 아무래도 마음에 걸려서 내가 같이 가야겠어."
"정 그러고 싶으면 네 마음대로 해. 하지만 나를 놀라게 하면 안 돼, 알았지? 정신을 집중해야 하니까. 블롱딘, 넌 여기 있어. 가자, 타라. 책을

드는 즉시 받침대 뒤에 감춰져 있는 납작한 돌을 집어서 1초 내에 책 대신에 내려놔야 해. 준비됐지?'

타라는 하늘을 올려다봤다. 그러고는 한 마디 탁 쏘아붙이고 싶은 마음을 참느라고 고개만 끄덕였다. 작업에 들어갔다 하면 어린 도둑은 아주 딴사람으로 돌변했다. 장난기라곤 찾아볼 수가 없고, 농담도 쏙 들어갔다. 칼은 한 치의 흔들림 없이 눈앞의 어둠 속을 뚫어져라 살피면서 침착하게 정신을 집중했다. 칼과 타라가 동시에 넷째 계단과 일곱째 계단을 건너뛰면서 불안한 얼굴로 지켜보는 파프니르, 로빈, 마니투, 블롱딘, 갈랑의 시야에서 사라졌다.

계단을 다 내려가자 예상했던 대로 커다란 방이 보였고, 그들이 하얀 모래밭에 발을 들여놓자마자 갑자기 환하게 불이 켜졌다. 시커먼 벽에 나타나는 룬 문자들은 마치 무슨 경고문 같았다.

'가까이 오지 말 것, 아니면……'

금서가 놓인 받침대를 불의 뱀 조각상 여섯 개가 에워싸고 있는데 그중 두 마리가 층계 앞에 버티고 있었다. 그들은 납작 엎드리고 그 뱀들의 반응을 주의 깊게 살피면서 기어가기 시작했다. 하지만 불의 뱀들은 꿈적도 하지 않았다. 마침내 일어선 그들은 눈에 들어온 금서를 뚫어져라 응시했다. 칼은 조용히 타라에게 받침대 주위를 한 바퀴 돌아서 그 뒤에 감춰진 납작한 돌을 집어들고 책 대신에 내려놓으라는 신호를 보냈다.

그때였다. 갑자기 칼이 비틀거리면서 뒷걸음질쳤다. 발가락 밑의 모래가 움직였던 것이다. 아연실색한 그들의 눈앞에서 금서를 받치는 돌기둥의 받침돌에 구멍이 벌어지는 것이 아닌가.

미처 손을 쓸 겨를도 없이 파란 땅 신령 하나가 금서에 달려들더니 날

쎄게 잡아채서 구멍 속으로 쏙 들어가 버렸다.
칼이 고함쳤다.
"안 되애애애!"
칼은 땅 신령을 잡으러 쫓아갔고, 타라도 쏜살같이 돌기둥을 돌아서 받침대 뒤의 납작한 돌을 집어들었다.
하지만 너무 늦었다. 방어 주문이 이미 작동되고 있었으니!
불뱀들의 입에서 솟구치는 무시무시한 광선이 타라와 칼을 공격했다.
타라와 살아 있는 돌이 힘을 합쳐서 가까스로 버티고는 있지만 통증이 점점 심해졌다. 그들은 동시에 고통의 비명소리를 질렀고……, 그러고는 쥐 죽은 듯이 고요해졌다.
위에서 기다리던 마니투는 까무러치게 놀랐다. 갈랑과 블롱딘도 한목소리로 울부짖다가 픽픽, 쓰러졌던 것이다. 로빈과 파프니르가 유리 층계를 뛰어내려갔다. 지하에서 끔찍한 비명소리가 들렸을 때, 마니투는 신음소리를 냈다. 마침내 하프엘프와 난쟁이가 노래진 얼굴로 늘어진 타라와 칼을 안고 올라왔다.
그들이 층계참을 지날 때 이상한 빛이 번쩍이다가 사라졌다.
"어떻게 된 거니?"
마니투가 소리쳤다.
"모, 모르겠어요."
로빈은 그 크리스털 같은 눈에서 눈물을 주르륵 흘리면서 말을 더듬었다.
"애들은 모래밭에 널브러져 있고, 책은 어디에도 없었어요. 불의 뱀들이 깨어나서 우리를 가로막으면서 공격했지만…… 파프니르를 지켜주는 이상한 방패가 막아줬어요. 이어서 파프니르가 도끼로 그 조각상들을 모조리 부서버렸고…… 그러고는 애들을 안고 올라왔는데…… 근데 어떡하면 좋아요? 오, 심장소리가 안 들려요. 애들이…… 애들이 죽었나 봐요!"

8
치명적인 주문

　아연실색한 마니투는 타라의 목에 대고 촉촉한 콧등을 비벼댔지만 아무런 반응이 없었다. 파프니르는 칼의 맥박을 짚어보면서 침울한 얼굴로 고개를 절레절레 저었다.
　"맙소사, 타라도 마찬가지야."
　마니투가 중얼거렸다.
　"셈이 설치해 놓은 죽음의 주문에 걸려들었구나! 당장 셈에게 연락해야 하는데!"
　"그래 봐야 무슨 소용 있어요?"
　로빈은 이성을 완전히 잃고 울부짖었다.
　"얘들은 이미 죽었는데! 우리는 신이 아니잖아요. 우리에게 죽은 사람을 소생시키는 능력은 없다고요. 설사 그럴 수 있다고 해도 더는 우리의 친구들이 아니라 산송장들일 뿐인데!"
　그때였다. 그들의 등뒤에서 귀에 익은 목소리가 들렸다.
　"맙소사, 대체 내 사무실에서 이게 뭐 하는 짓들인가? 아니, 마니투? 당신이 여긴 무슨 일로?"

사무실에 들어서던 셈 선생님은 유리 층계며 널브러진 타라와 칼, 갈랑, 블롱딘 그리고 절망에 빠진 로빈을 보면서 기절초풍했다.

"셈!"

마니투가 외쳤다.

"오, 데미데루스여! 때마침 돌아와 줬구려. 칼과 타라가 당신의 치명적인 주문에 걸려서 죽고 말았소, 셈! 금서를 지키는 것도 좋지만 어떻게 그런 마법을 걸어놓을 수 있단 말이오?"

셈 선생님은 그 나이가 무색하게 날렵한 몸놀림으로 달려와서 두 아이 옆에 꿇어앉았다.

"1분도 지체하지 않고 달려왔소."

셈 선생님이 성난 목소리로 말했다.

"지하실의 비밀 통로에 연결된 경보 장치가 침입자가 들어왔음을 알려줘서 내가 즉시 오무아에서 돌아왔기에 망정이지…… 이 멍청한 아이들에게는 정말 다행한 일이오. 금서를 지키는 주문은 인아니무스, 즉 의식을 잃게 하는 주문인데, 기절한 몸들이 금서의 방을 나갈 경우에는 즉시 데스트룩투스, 즉 파괴시키는 주문으로 바뀌게 되어 있어요. 상그라브가 돌덩이처럼 굳어버리게 하는 리지디푸스 주문과 새카맣게 태우는 카르보누스 주문을 혼합시켰던 것에서 착안한 마법이지요. 하지만 내가 그 과정을 바꿔놓지 않았다면 틀림없이 우리는 이 아이들의 장례식에 참석하게 됐을 거란 말이오!"

로빈은 아연실색했다.

"그러니까 선, 선생님 말씀은 애들을 옮겨놓음으로써 우리가 애들을 죽였다는 뜻이에요?"

"그래 너희들이 죽인 거야. 하지만 가망이 아주 없는 건 아니다."

"그럼 살아날 가망이 있다는 거예요?"

눈물로 젖은 얼굴을 닦으면서 로빈이 울먹였다.

"음…… 하지만 애들은……."

"죽었다고? 그래, 완전히 죽고 말지, 조금만 더 지나면. 이 아이들을 소생시키려면 6분이 걸리는데 벌써 4분이 흘러가 버렸다. 뇌에 산소가 공급되지 않으면 그땐 너무 늦어. 거기 선반에서 칼로르나 가루를 집어 주겠니? 스트리둘 점액과 갬볼 가루도 좀 주고."

로빈이 그것들을 건네주자, 셈 선생님은 재빨리 그 다양한 가루로 널브러진 몸들 주위에 별 모양을 그렸다.

파프니르는 정신나간 사람처럼 멍한 얼굴로 애꿎은 도끼만 툭툭 치고 있었다.

"모두 물러서 있거라!"

최고 마법사가 퉁명스럽게 내뱉었다.

"더 효과적인 결과를 위해 원래의 내 몸을 되찾아야 하니까. 샬리돈라 인쉬보라쉬부, 용들의 신이시여, 내 몸을 돌려주소서!"

셈 선생님의 신이 그 기도를 들은 것이 틀림없었다. 눈 깜짝할 사이에 파란빛과 은빛의 비늘이 인간의 살갗을 대신하고, 무시무시한 갈퀴발톱들이 손가락을 뚫고 나오고, 등에 삐주룩삐주룩 돋아나는 돌기가 마법복을 갈기갈기 찢으면서 푸르스름한 빛의 거대한 용이 서 있었다.

용 마법사는 1초도 허비하지 않고 타라와 칼에게 몸을 숙이고 주문을 외우기 시작했고, 비늘 덮인 몸이 강렬한 흰빛에 휩싸였다.

"레수렉투스의 이름으로 나 너희들에게서 악운을 쫓는다! 데스트룩투스 주문은 즉시 멈출지어다! 죽음은 물러가고 너희는 살아날지어다!"

그를 감싸는 빛이 미동도 하지 않는 몸들을 향해 내리비추더니 무지

갯빛 아우라로 휘감았다.

갑자기 움직임이 일어났다.

타라가 꿈틀거리더니 힘겹게 머리를 쳐들고 용을 향해 한 쪽 눈을 떴다. 살아 있는 돌은 여전히 타라의 정신에 결합되어 있었다. 의식을 잃기 전에 그들이 마지막으로 보았던 것은 불타는 광선을 날리던 불의 뱀이었다.

그래서 타라와 살아 있는 돌은 빛에 휩싸인 용을 봤을 때, 잠시도 머뭇거리지 않았다. 그들은 마력을 한데 모아 저항할 수 없는 광선을 만들었다. 그 광선이 믿을 수 없을 정도로 맹렬하게 공격하는 바람에 용은 콰콰광, 벽에 부딪혀서 나가동그라지고 말았다. 그 충격에 궁전 전체가 신음했고, 그 방의 조명도 잠시 깜박거렸다.

그 전광석화 같은 공격에 사정없이 쓰러진 용은 운이 없었다. 그의 의식은 촛불처럼 가물가물했다. 머리가 바닥에 살짝 닿는데 이어서 몸뚱이가 바닥에 쿵 하고 부딪치면서 작은 지진이 일어났다.

"오, 내 조상들이시여, 너 이게 대체 무슨 짓이야?"

사색이 된 마니투가 고함을 질렀다.

타라는 인상을 쓰면서 귀를 틀어막았다.

"할아버지, 소리 좀 그만 지르세요! 내가 뭘 어쨌다고요? 불의 뱀이 주문을 걸었고, 그래서 우리는 반격했을 뿐인데요. 근데 할아버지는 금서의 방에서 뭐하시는 거예요? 위험한 곳인데!"

"아니, 우리는 이제 금서의 방에 있지 않아."

로빈이 조심스럽게 말했다.

"그리고 아무래도 네가 방금 셈 선생님을 죽인 것 같아!"

바닥에 쓰러진 용을 보면서 눈이 휘둥그레진 타라는 로빈의 부축을 받아 일어났다. 하프엘프는 타라가 방금 한 짓을 비난해야 할지, 살아난 걸 기뻐하면서 부둥켜안아야 할지 한순간 갈등이 일었다. 갈랑은 서서히 의식이 돌아오면서 날개를 푸드득거렸고, 블롱딘은 아우우! 하고 울면서 비칠비칠 일어났다. 칼도 본모습으로 돌아왔고, 여우는 붉은빛 털을 되찾았다.

이번에는 칼이 눈을 떴는데 아직은 얼이 빠져 있는 것 같았다.
"으윽, 내 머리……, 어떻게 된 거지?"
아직 휘청거리는 타라를 부축해 주면서 로빈이 돌아봤다.
"불의 뱀들이 너희들을 공격했고, 금서는 사라지고 없었어. 너희들이 어디다 감춰놓은 거라면 몰라도. 그리고 타라가 방금 너희들을 살리려고 하던 셈 선생님에게 벼락을 날렸어."
"아아아냐!"
"맞아아아!"
"와, 미치겠네!"
"그런데 사실이야!"
"나, 나."
타라가 말을 더듬었다.
"나는 정말 그게 불의 뱀인지 알았어. 빛이 보였단 말야. 금서는 땅 신령들, 그들이…… 그들이 훔쳐갔어. 하지만 받침대에 돌을 올려놓을 겨를이 없었고, 그래서 뱀들이 우리를 공격했어. 난……."
그 순간 강력한 숨소리에 타라는 말을 중단했다. 길게 숨을 내쉬는 용의 숨소리가 갑자기 드르렁거리는 소리로 바뀌었다.
"휴, 다행이군."
안심한 마니투가 외쳤다.

"기절한 것뿐이었어! 셈을 쉬게 놔두고 설명은 나중에 하는 게 좋을 것 같구나."

"그건 좀 비겁한 거 아니에요?"

파프니르가 못마땅한 얼굴로 의아해했다.

"물론 비겁한 짓이지."

마니투는 가라앉은 목소리로 대답했다.

"하지만 용기는 나중에 내자는 거야. 지금은 해결할 일이 너무 많아. 세상도 구하고, 세계도 구해야 하니까…… 노발대발한 용을 상대하는 건 오늘 할 일이 아니라는 말이다."

검둥개 마니투는 주둥이로 출구를 가리켰다.

일단 밖으로 나온 그들은 궁전이 흔들거릴 정도의 소동이 어디서 일어난 것인지 조사하려고 뛰어오는 경비병들과 맞닥뜨렸다. 마니투는 당당한 태도로 그들에게 용의 동굴 사무실을 가리키면서 누군가가 문을 부수고 들어가서 어떤 물건을 훔쳤으며, 그 범인이 아주 커다란 파충류를 때려눕혔다고 말했는데, 그 표정이 가관이었다. 천연덕스럽게도 '이 궁전은 도대체 경비를 어떻게 서기에 그런 일이 일어날 수 있느냐'는 투의 얼굴이었으니!

그러고는 난처한 질문이 나오기 전에 마니투는 재빨리 아이들을 데리고 무아노가 있는 의무실을 향해 발걸음을 재촉했다. 무아노는 상황의 전모를 전해 듣고 깜짝 놀랐다. 상태가 많이 나아진 무아노는 친구들을 따라가기 위해 타라의 도움을 받아 옷을 갈아입었다.

칼이 뇌진탕을 걱정하자, 무아노가 속삭였다.

"괜찮아. 다행히 내가 야수로 다시 변신하는 순간에 일어난 일이잖아. 샤먼도 나의 빠른 회복에 정말 놀라더라고. 단지 신중하기 위해 나를 지켜보고 있었던 거야. 걱정 마, 난 멀쩡하니까! 빨리 나가자! 우리 부모님이 들이닥쳐서 여섯 달 동안 나를 침대에 꼼짝없이 누워 있게 만들기 전에."

땅 신령들의 대사관까지 가는 길은 조용했다. 아더월드의 달, 타딕스와 마딕스가 뿌리는 은빛에 잠긴 거리에는 스트리둘 울음소리만 들릴 뿐, 야행성 동물을 제외한 모든 사람들이 곤히 잠들어 있었다.

타라 일행이 대사관에 거의 다 이르렀을 때였다. 골목길에서 불쑥 나타난 드라고쉬 선생님이 입술을 닦고 있는데 어딘가 이성을 잃은 듯했고, 빨간 눈에서는 야수적인 광채가 번뜩였다. 두 개의 달이 거리를 훤히 비추고 있었다. 뱀파이어는 미처 감추지 못하고 있었다, 완전히 피범벅이 된 손을!

"끄, 끔찍한 사고가 일어났어."

뱀파이어는 떨리는 목소리로 말했다.

"전하께 알려야겠다."

그렇게 말하던 뱀파이어는 타라를 알아보고 소름끼치는 눈길을 던졌다.

"타라……, 바로 너, 너, 너 때문이야!"

그들이 뭐라고 말할 겨를도 주지 않고 뱀파이어는 도망치듯 달려갔다. 다섯 명의 친구와 마니투는 어안이 벙벙해서 뱀파이어의 뒷모습을 바라보고 있었다. 잠시 후 마니투는 심호흡을 하면서 말했다.

"저 골목길에서 죽음의 냄새가 진동하고 있어. 너희들은 여기서 기다리거라. 내가 가서 보고 오마."

"난 어린애가 아니에요."

파프니르가 구시렁거렸다.

"이래 봬도 난 자그마치 250살이라고요. 그러니까 같이 가요."

얼마 후, 돌아온 파프니르는 입술을 꼭 다물고 있었고, 마니투는 금방이라도 쓰러질 것 같았다.

"저기 피를 흘리며 어떤 사람이 쓰러져 있어."

파프니르가 침착하게 말했다.

"그 목에 이빨 자국 두 개가 또렷이 나 있는 걸 보면 아무래도 우리의 뱀파이어 선생님에게서 뭔가 설명을 들어야 될 것 같다."

"이런 말하기 정말 싫은데 우린 지금 그 일에 신경 쓸 시간이 없어." 하면서 로빈은 한숨을 내쉬었다. 하프엘프로서 뭔가 수상쩍은 냄새를 맡는 순간부터 깨어나는 사냥꾼의 본능을 억제하는 것이 괴로운 모양이었다.

타라는 영 께름칙했다. 이번에는 또 뭐지? 도대체 뱀파이어는 뭐 때문에 나를 또 비난하는 걸까?

"드라고쉬 선생님이 전하에게 알리겠다고 더듬더듬 말했잖아!"

칼은 어깨를 으쓱하면서 지적했다.

"그러니까 자기들끼리 알아서 해결하게 내버려두자. 어! 대사관에 다 왔다."

늦은 시간인데도 이상하게 대사관 건물은 불이란 불이 모두 켜져 있었다. 정원으로 들어서 보니 땅 신령들은 자벌레나방을 타고 보초를 서고 사마귀들은 순찰을 돌고 있었다. 또한 뚱뚱한 지네 두 마리가 독을 뚝뚝 흘리면서 입구 쪽을 감시하고 있는데 거친 행동을 피하는 눈치였다.

대사가 그들을 기다리고 있었다.

"어서들 와요."

대사가 그들을 예의바르게 맞았다.

"필요한 것은 다 구했습니까?"

"네, 생각했던 것 이상으로 구했습니다."

칼은 아직도 약간 통증이 있는 이마를 찡그리면서 대답했다.

"우리의 협약에 수정이 불가피함을 증명해 주는 몇 가지 사건이 일어났지요."

마니투는 아주 외교적인 발언으로 시작했다.

"당신들은 금서를 훔쳤어요!"

파프니르는 외교 따위는 내 알 바 아니라는 듯이 노골적으로 공격했다.

"돌려주시죠!"

마니투는 파프니르를 째려봤다.

상냥한 대사는 그 급작스런 비난에 놀랐지만 재빨리 냉정함을 되찾았다.

"난쟁이라. 이상하군요. 지난번에는 난쟁이를 봤던 기억이 없는데."

"아, 난쟁이는 나한테 필요한 연장의 일부를 이루고 있어서요."

칼이 재빨리 대답했다.

"난쟁이가 가지 않으면 우리는 어디로든 갈 수 없습니다."

"연장? 어떻게 그런……."

파프니르가 발끈했다.

그 순간 다행히 땅 신령이 말을 끊었다.

"나는 이런 문제에 관한 대화에는 익숙해 있지 않아서요. 그리고 우리 정부와 여러분의 친구가 스몰컨트리에서 기다리고 있어요. 우리의 문까지 안내해 드리지요."

대사는 그렇게 자기들이 붙잡아두고 있는 인질을 상기시키면서 그들을 공간이동의 태피스트리들이 있는 장소로 데려갔다.

태피스트리들이 번쩍거리자, 문지기 노릇을 하는 사마귀들이 사라졌다. 잠시 후, 그 대신에 나타난 흉측한 거미들이 아래턱을 딱딱 부딪치면서 눈을 부릅뜬 채 그들을 응시했다. 무아노와 타라는 혐오감으로 소름이 끼쳤고, 파프니르는 도끼 손잡이를 꽉 움켜잡았다. 거미들 중 하나가 여덟 개의 발을 구부리면서 우아하게 인사했다.

"우리 정부는 여러분을 기다리고 있지요. 이제 시간이 되었군요!"

처음 들었을 때 타라를 깜짝 놀라게 했던 예의 그 노래하는 듯한 목소리로 거미가 말했다.

그들은 자이언트 거미를 따라 커다란 방으로 들어갔다. 스몰컨트리에서 땅 신령들의 거주지는 대부분 지하에 있지만 공공 건물들은 지상에 지어져 있었다. 땅 신령들의 나라에는 꼬마도깨비 파보와 난쟁이 요정들도 살며, 거인들의 나라 간디스 국경에 접한 북부지역에는 그 땅을 침범하는 무모한 여행자들을 잡아먹는 불길한 요정들이 산다는 소문도 있었다. 어쨌든 거기서 살아 돌아온 사람이 없으니 그 전설을 확인하거나 무효화할 길은 없지만.

그들이 조용히 지나고 있는 방은 지하 못지 않게 조각장식이 화려했다. 환상적인 색깔의 꽃, 새, 곤충, 동물들, 아더월드의 식물상과 동물상 일부를 벽에 표현해 놓은 것 같았다. 바닥엔 돌이 아니라 멘탈리르 평원의 파란빛 잔디가 깔려 있었다.

스몰컨트리의 거주자들은 사이좋게 살지 못했던 모양이다. 수십 개의 태피스트리들이 세 종족의 놀라운 동맹을 만들어냈던 피비린내 진동하는 전쟁을 묘사하는 걸 보면.

관람석에 편안히 자리잡은 다양한 빛깔의 요정들이, 다가오는 손님들을 쳐다보면서 이러쿵저러쿵 떠들어댔다. 레몬빛의 꼬마도깨비 파보들도 초록색 옷차림으로 회견에 참석해 있었다. 갑자기, 꼬마도깨비들 중 하나가 날카롭게 외치자, 그 콧잔등에 커다란 털북숭이 무사마귀가 나타났다. 다른 꼬마도깨비들이 폭소를 터뜨리자, 처음에 나섰던 꼬마도깨비가 성난 몸짓으로 무사마귀를 사라지게 했다. 이번에는 배꼽이 빠져라 웃어대던 두 번째 꼬마도깨비가 등에 돋은 한 쌍의 날개 때문에 공중을 지그재그로 날아다니다 하마터면 숨이 막혀서 죽을 뻔했다. 항의의 고함소리에 꼬마도깨비들의 웃음소리가 더 커졌다. 세 번째 꼬마도깨비는 모오오오우우우의 머리를 뒤집어쓴 채 메에에! 하고 공포의 고함을 지르는 바람에 장내는 온통 웃음바다가 되었다.

타라는 웃음을 참을 수 없었다. 익살꾸러기들이라고 하더니 과연 꼬마도깨비답네!

글룰 부글룰이 다른 땅 신령 여섯 명과 동석해 있는데 창백한 안색과 거의 백발에 가까운 머리로 보아 모두 고령이었다.

그들 바로 옆에 놓인 금서는 자이언트 거미 두 마리의 감시를 받고 있었다. 칼은 인상을 찌푸렸고, 무아노는 고개를 끄덕였다. 음, 알만 하군.

자이언트 거미가 커다란 공이 있는 데까지 종종걸음쳐 가더니 나무망치로 꽝, 하고 쳤다. 그 소리가 귓가를 후려칠 때 무아노는 인상을 찌푸렸지만, 꼬마도깨비들은 즉시 얌전해졌고, 요정들은 수다를 뚝 그쳤다.

"이제부터 회의를 시작합니다."

거미가 낭랑한 소리로 알렸다.

"신중함과 현명함이 경탄할 만한 일을 해냅니다!"

다른 사람들보다 좀 더 화려하게 장식된 안락의자에 앉은 글룰 부굴룰을 뜯어보면서 타라는 화들짝 놀랐다. 오렌지색 가발에 절반쯤 가려져 있긴 해도 땅 신령의 머리를 장식하는 건 분명히 황금 왕관이었다. 오! 어디 선수를 한번 쳐볼까…….

"이렇게 신속하게 우리를 맞아주셔서 정말 고맙습니다, 마마!"

타라는 땅 신령 앞에서 허리를 굽히며 또랑또랑한 목소리로 외쳤다.

타라에게 신분을 들킨 글룰 부글룰은 멋쩍은 미소를 지었다. 칼은 눈이 휘둥그레졌다. 이런 세상에! 나에게 그놈의 벌레를 감염시켰던 땅 신령이 왕이었다니!

"금서를 가져간 걸로 아는데요." 하고 타라는 차분하게 말을 이었는데, 예의를 갖춘 외교적인 말 대신에 단도직입적으로 시작했다.

"그랬지. 우리는 금서를 안전한 곳에다 보관하는 쪽을 택했거든."

땅 신령은 부드럽게 대답했다.

"금서를 에헴……, 빌려온 풀 풀풀이 지하실에서 자네들을 봤다고 하던데…… 그 건에 대해 무슨 할 말 없나?"

또다시 타라는 협상을 거부했다. 그러면서 어깨를 으쓱하는 무례한 행동만은 하지 않으려고 꾹 참았다.

"아니, 전혀 없어요. 이제는 이 나라의 부녀자들이 억류되어 있는 곳을 찾아서 적의 힘을 파괴하는 일만 남았군요. 그게 우리가 해낼 수 있는 일이라면 말이죠. 그 다음은 마마가 칼리반에게 해독제를 주는 것이고, 우리는 금서를 랑코비트에 계신 셈 선생님께 가져가는 겁니다."

글룰 부글룰은 옥좌에 앉은 채로 상체만 약간 숙이는 것으로 타라의 당찬 말솜씨에 경의를 표했다.

"물론 우리는 기쁜 마음으로 책을 돌려주고, 또 해독제도 줄 것이다."

글룰 부글룰은 부드러운 목소리로 말했다.

"우리의 부녀자들이 위험에서 벗어나는 즉시. 그런데 자네의 난쟁이 친구도 전부 다…… 알고 있는가?"

글룰 부글룰이 그 극비사항을 파프니르에게 발설했냐고 묻는 것이었다.

"요점만 말했지요, 마마. 부녀자 납치범과 마마의 싸움, 그 싸움에 우리가 참여하게 되었다는 것. 그리고 우리가 마마를 돕지 않을 수 없게 하려고 칼리반에게 써먹은 방법도."

땅 신령은 어깨를 으쓱했는데 죄의식이라곤 전혀 없는 것 같았다. 그의 신하들은 한술 더 떴다. 그 비밀만은 폭로하지 않았다는 타라의 말에 안심한 글룰 부글룰은 머리를 꾸벅 숙였다. 왠지 낌새가 이상해서 타라를 살피던 파프니르는 친구가 뭔가 숨기고 있음을 느꼈다.

"자, 이제는 적의 궁전으로 빨리 갑시다." 하고 끼어든 마니투는 편안하게 대화를 이었다.

"물론 우리의 파브리스와 함께. 근데 이 방에는 파브리스가 어째 보이지 않는군요."

타라는 얼굴이 빨개졌다. 이럴 수가! 파브리스가 땅 신령들에게 인질로 붙잡혀 있다는 걸 새까맣게 잊고 있었다니!

"당연히 데려가야지요. 그 아이는 지금 매머드에게 먹이를 주고 있는데 조금 있으면 이리 올 것이오. 그렇지 않아도 빨간 바나나와 빠그락 땅콩을 구하는 데 어려움이 있는 데다 또 먹기 시작했다 하면 어찌나 무한정으로 먹어대는지 그 동물은 휴, 골치가 아팠던 참이라서!"

잠시 후, 파브리스와 바룬이 나타났는데 매머드가 사방에 대고 나팔을 불어대는 통에 그들의 재회는 그야말로 요란뻑적지근했다.

파브리스는 타라가 셈 선생님에게 한 짓을 들었을 때 너무 놀라 기절할 뻔했다. 그리고는 아주 못마땅한 얼굴로 금서를 응시했다. 동반자의 마음을 알아차린 걸까, 바룬이 은근슬쩍 거미 한 마리의 발을 밟아버리자 발끈한 거미가 위협적으로 큰 턱을 딱딱 부딪치며 독물을 뚝뚝 흘렸다. 파브리스는 한숨을 쉬었다. 매머드와 결합된 뒤로 파브리스는 새로운 동반자가 속시원한 행동을 할 때마다 상대적으로 자신은 한없이 변변찮게 느껴졌던 것이다. 바룬은 축소될 때마다 근육과 조화를 이루는 걸 아주 힘들어했고, 사람들이나 사물과의 관계를 회복하는 데도 시간이 오래 걸렸다. 사물들과는 그래도 괜찮은 편이었다. 오히려 매머드를 힘들게 하는 건 사람들이었다.

만장일치로 땅 신령 한 명이 안내자 자격으로 그 원정에 동행하기로 정해졌다. 원로들의 항의가 빗발쳤지만, 땅 신령들의 왕은 어떤 반대의 소리도 들으려고 하지 않았다. 글룰 부글룰은 자기가 기습 작전에 참여해야지, 아니면 기습이 이루어지지 않는다고 주장했다. 타라는 웃음이 나왔다. 글룰 부글룰도 정말 못 말리는 고집쟁이였다. 할머니하고 아주 똑같네, 똑같이! 잠시 후, 타라는 그 억류자들 속에 왕의 약혼녀인 물 물 물이 있다는 걸 알았을 때 글룰 부글룰이 왜 그렇게 강경하게 밀어붙였는지 이해할 수 있었다. 글룰 부글룰이 사용한 방법을 결코 좋게 받아들일 수는 없지만, 그 용기는 마음에 들었다. 땅 신령들의 왕은 사랑하는 약혼녀를 구하기 위해 서슴없이 위험을 무릅썼던 것이니까!

무아노는 한숨을 내쉬었다.

"와, 그래도 로맨틱하다!"

로빈은 정색했다.

"나라도 그랬을 거야!"

"나를 위해서 아니면 타라를 위해서?"

무아노의 놀림에 농익은 토마토처럼 얼굴이 새빨개진 로빈은 아주 멋쩍어했다.

"그야 당연히 둘 다를 위해서지!"

당황하는 로빈의 태도가 못마땅한 파브리스는 타라가 지어 보이는 예쁜 미소에 하프엘프의 얼굴이 벌겋게 변하는 걸 보면서 입술을 깨물었다. 그 순간 마니투가 출발 신호를 보내서 로빈에게는 천만다행이었다.

밤에 잠도 제대로 자지도 못했는데 그들은 즉시 그 악당 마법사의 성이 있는 오무아로 다시 떠나야 했다. 두 대륙간의 시차로 인해 팅가푸르는 이미 저녁이었다. 파란 땅 신령들은 그들의 적을 정탐하고 있었는데 그 악당은 몇 시간 전부터 부재중이었다. 최상의 순간이었다.

공간이동의 문이 작동하는 순간, 자이언트 거미들이 사라졌다. 팅가푸르에 도착하면서 칼은 다시 변장을 했고, 그들은 땅 신령을 따라 수도의 거리로 들어섰다. 처음 구경할 때와 마찬가지로 아름다운 도시의 시끌벅적한 활기에 타라는 감탄했다. 번쩍거리는 지붕의 저택들을 지나자 은빛, 금빛, 주홍빛의 집들이 보였다. 정신을 차릴 수 없을 정도로 교통이 복잡했다. 날아다니는 양탄자들, 안락의자들, 침대들, 페가수스들, 에프리트들, 날개 돋친 황소들, 집으로 돌아가려고 공중 부양하는 마법사들이 여기저기서 마주쳤다.

타라 일행은 이목을 끌었다. 그들이 지나갈 때 로빈의 혼혈 얼굴보다는 그의 활이 많은 사람의 눈길을 끌었던 것이다. 엘프들은 릴란드릴의 활을 가진 새 주인에게 인사를 했고, 난쟁이들은 파프니르에게 말을 걸었고, 땅 신령들은 암행으로 행차했다는 신호를 보낼 때까지 자기들의 왕에게 허리를 굽혔다. 야외에서 고기를 굽는지 어디선가 풍겨오는 구수한 고기냄새가 민감한 코를 간질이는 바람에 마니투는 우적우적 씹어 먹고 싶은 욕망을 죽을힘을 다해서 참아야 했다. 사방에서 마법이 허공을 번쩍이게 했다.

타라 일행은 험상궂은 얼굴에 옆구리가 얼룩덜룩한 켄타우로스 무리가 지나가게 길을 비켜섰다. 타트리스 종족들은 두 개의 머리를 끄덕이며 다니고, 사이렌들은 물방울 속에서 우아하게 너울거리고, 사막의 위험한 종족으로 하얀 두건을 뒤집어쓴 고양이과에 속하는 살레텐들이 광산으로 데려갈 잠재적 사냥감들을 노리고 있었다. 그런가 하면 유니콘들과 얘기를 나누는 키마이라 무리는 입에서 훅훅 뿜어나는 불길로 상대를 태우는 일이 없도록 말할 때마다 고개를 돌렸다. 초록색과 빨간색의 용 두 마리를 보고 한 떼의 모오오오우우우가 불안한 울음소리를 내는 것은 죽음의 그림자를 느꼈기 때문인 것 같았다. 마치 아더월드의 모든 종족이 팅가푸르에서 만나기로 서로 약속이나 한 듯했다.

 그 진풍경에 놀라 토끼눈이 되는 타라를 보면서 글룰 부글룰이 설명했다.

 "그리 놀랄 필요 없네. 이제 곧 다섯 번째 계절의 사육제가 시작되거든. 가면 만드는 사람들은 요즘 굉장히 바쁘지. 드디어 젤리나의 집에 도착했군. 그 마법사의 궁전으로 이르는 터널이 바로 이 집에 있다."

 그들을 맞이한 건 땅 신령이 아니라 글룰 부글룰이 좀 전에 말했던 가면 제작자 중 한 사람이었다. 그 상점에는 깃털, 모피, 갑각류의 껍질, 비단, 흑진주, 파란 진주, 하얀 진주, 장밋빛 진주, 보석과 귀금속뿐만 아니라 면, 모슬린, 보드라운 천과 뻣뻣한 천 등 세상의 옷감이란 옷감도 모두 모아다놓은 듯했다.

 무아노와 타라는 천장에 매달린 각양각색의 가면들을 발견했는데 어찌나 정교한지 생동감이 넘쳤다. 타라가 그 가면들 중 하나를 향해 손을 뻗을 때였다. 명령조의 무뚝뚝한 음성이 외쳤다.

 "안 돼, 건드리지 마!"

 당황한 타라는 얼른 손을 내렸다. 그러고는 소스라치게 놀랐다. 눈앞에 나타난 여자는 장님이었다. 그 백발과 마찬가지로 아주 하얀색의 눈! 그런데 여자는 마치 완벽하게 앞이 보이는 듯이 움직였다.

"나의 가면들은 단 한 사람을 위한 것이다."

젤리나는 부드러운 미소를 지으면서 말했다.

"너희들이 가면을 건드리면 그 사람에게 팔 수가 없어."

"어, 정말 미안해요. 몰랐어요."

감동한 타라가 중얼거리듯 말했다.

"따라와. 터널은 이쪽이야."

하얀 눈의 여자가 깜깜한 방으로 들어갔다. 젤리나의 목소리가 울렸다.

"여기, 이곳이야."

"어유, 빛이 조금이라도 있으면 정말 좋겠어요!"

칼이 앞장서면서 말했다.

"아, 미안하구나."

젤리나가 웃음기가 밴 목소리로 말했다.

"깜빡 잊었네. 잠깐 기다려. 여기 어디 구석에 있을 텐데…… 아, 여기 있구나!"

은은한 빛이 잡동사니가 산더미같이 쌓인 방을 밝혔다. 젤리나는 빛이 가득한 공 같은 걸 손에 들고 있는데 좀 전의 어둠보다는 그 빛을 더 편안해하는 것 같았다.

완만한 경사를 이루는 터널의 시커먼 입구가 보였다. 칼은 악동 같은 미소를 지었다.

"야호! 내리막길이다! 바퀴 달린 판때기를 탈 수 있겠다!"

그 말에 글룰 부글룰의 얼굴이 파랗게 질렸다.

터널은 칼이 스케이트보드를 타기에 경사가 그리 빠르지 않아서 천만 다행이었다. 젤리나는 그들의 행운을 빌어주고 나서 빛의 공 여러 개를 주었다. 그들은 아더월드 시간으로 한 시간 동안 걸어가다가 무성한 덤불에 가려진 출구에 이르렀다.

"그 마법사의 정원에 도착했다."

글룰 부글룰이 속삭였다.

"안으로 들어가기 전에 바깥 건물부터 먼저 둘러보는 게 좋겠지."

칼은 대답 없이 고개를 끄덕였다. 성이라기보다는 궁전에 가까웠다. 지나치게 꾸민 장식이 오무아 제국의 전형적인 건축 양식이었다.

주홍빛 기와지붕과 금빛 기와지붕, 한 건물인데도 부분적으로 기와 색깔이 다채로웠다. 끝이 약간 휘어져 올라간 처마하며 빗물받이홈통에 조각된 상상의 동물들, 아기자기한 정원을 보면서 타라는 아시아 기록영화에서 보았던 궁전이 떠올랐다. 이빨처럼 생긴 잎을 딱딱 부딪는 하얀 브르리르 모양의 식물들, 제뿌리를 잡아당겨 봤자 절대 이르지 못하면서도 위협적으로 공격을 시도하는 성난 브르르르아아아, 덤불, 꽃가루를 나르는 곤충이나 작은 요정들을 유인하기 위해 꽃잎을 흔들어대는 멋진 꽃밭⋯⋯, 무자비한 악당 마법사의 거처치고는 그 모든 것이 놀라운 조화를 이루고 있었다. 잔혹한 괴물 같은 인간이 취향만은 꽤 고상한 편이었다.

그런데 한 가지 타라의 눈길을 끄는 것이 있었다.

정원에서 경비병들이 순찰을 돌고 있었다.

이런, 친위대잖아! 어떻게 저들이 순찰을 돌지?

무아노는 파란 땅 신령에게 속삭였다.

"어어? 이 정원에 왜 친위대가 있지요? 친위대는 황실의 안전만 책임지는 걸로 아는데요!"

"아! 내가 말한다는 게 깜빡 잊었구나. 우리 부녀자들을 납치한 마법사가 바로⋯⋯."

"그게, 그게 누군데요?"
뭔가 심상치 않은 낌새를 느낀 타라가 물었다.
"여제의 삼촌이거든!"

9
미지의 목적지

그 말에 타라 일행은 말문이 막혔다. 이윽고 무아노가 입을 열었다.

"여제의 삼촌이라면…… 반디우 대군? 여제의 어머니가 사망했을 때 후견인 역할을 했던 삼촌 말예요? 농담이겠죠?"

땅 신령은 그들을 향해 무거운 얼굴을 돌렸다.

"내가 여제에게 이 사건을 알렸을 때도 반응이 이랬었지. 엘프 사냥꾼들이 그 신분 때문에 주눅이 들어서 열의가 부족했던 탓이라는 것이 내 생각이네. 설마 자네들은 그렇지 않겠지?"

땅 신령의 목소리에서 불안감이 느껴졌다. 농락 당하는 걸 좋아하지 않는 마니투는 냉정하게 대답했다.

"우린 랑코비트 시민이오. 반디우 대군의 정원이든 저택이든 돌아다니다가 들키면 우리는 간첩으로 몰려서 처형될 수도 있단 말이오! 그런데도 이런 중대한 얘기를 우리에게 시치미 뚝 떼고 있었다니!"

파브리스는 긴장해서 침을 꼴깍 삼켰지만, 칼은 비아냥거리듯 중얼거렸다.

"그러니까 붙잡히면 그걸로 끝장이란 말이지! 그런데 밖에는 친위대원이 두 명밖에 없다……, 안에도 그리 많은 것 같지는 않고. 대군의 됨됨이로 판단하건대 친위대원을 많이 거느릴 사람은 아닌 게 분명한데…….."

"제대로 보았네."

글룰 부글룰이 말했다.

"인원이 너무 많으면 무슨 짓을 하는지 들통날 위험이 있으니까. 그러다 보면 여제의 귀에 들어갈 수 있고, 삼촌이고 뭐고 즉시 처형될 테니까. 따라서 대군은 될 수 있는 한 마법을 사용하는 것으로 불충분한 인원을 보충하고 있지. 청소 주문, 생계 주문, 음식과 음료에 관한 주문 등등. 경비원 여섯 명 외에 요리사 한 명, 하녀 두 명과 하인 두 명이 있는데, 그중 한 명은 정원과 기생식물 발로르키데를 키우는 온실을 맡고 있으니까 자네들이 많은 사람을 만날 위험은 없네. 게다가 우리는 갖은 방법을 동원해서 훔친 인식 패스 사본들을 위조해 두었지. 다시 말해서 그 덕분에 자네들을 열심히 일하는 하인들로 알아본다는 뜻이라네."

"아하…… 알겠어요. 이 성의 전체 모습에서 아주 좋은 아이디어가 떠올랐어요. 자, 갑시다."

칼이 말했다.

그들이 논의하는 동안 타라는 골똘히 생각했다. 뭔가 잘못된 것이 있긴 한데 타라는 감이 전혀 잡히지 않았다.

그들은 일단 옷이나 모피, 깃털에 '프리 패스'를 달고서 그 건물 안으로 이르는 터널의 마지막 관문까지 전진했다. 성의 지하실들 중 하나에 이르렀고, 거기서는 몰래 탐색작업을 준비할 수 있었다. 칼은 아주 실용적인 크리스털을 가지고 있었다. 크리스털은 건물의 설계도를 3차원으로 유형화했다. 또 반경 100미터 내에 살아 있는 모든 존재의 위치를 표시하면서 그들 그룹은 파란색으로, 하인들과 경비원들은 노란색으로 물들이는 기능까지 있었다. 그 결과로 파란색 그룹과 노란색 그룹의 위치 추적이 수월해졌다. 칼만 비밀의 문을 탐지할 수 있기 때문에 임무를 분배할 수 없는 그들은 조용히 그를 따라가는 것으로 만족했다. 칼이 어떤 방에 들어가면 그 사이에 그들은 밖에서 망을 봤다. 칼은 크기를 측정하고 만져보고, 쳐다보고 만져보고, 냄새를 맡아본 뒤에 재빨리 나왔다. 밤이 깊어지자, 하인들은 마침내 잠자리에 들었고, 경비원들은 건물 밖을 건성으로 순찰하기 시작했다.

"저게 어떤 장소를 지키는 방법이라고 볼 수 있어?"

로빈이 불만을 표시하면서 빈정거렸다.

"만일의 공격을 대비하려면 경비원들을 안팎으로 배치하여 교대 시간을 불규칙적으로 하고 계속해서 연락을 주고받아야 하잖아!"

"그래……, 하긴 너에겐 좀 시시할지도 모르겠다."

무아노가 속삭였다.

"하지만 저 경비원들에게 그런 능력이 없어서 난 좋기만 하다, 뭐. 저들이 잠이라도 들면 더더욱 좋겠고!"

그때 서재에서 반 톤쯤의 먼지를 뒤집어쓰고 나온 칼이 끼어들었다.

"난 말야, 그놈의 문에 어떻게 이를 수 있는지 누가 말 좀 해줬으면 정말 좋겠다. 벌써 스무 개째의 방을 훑어봤는데 땅 신령들의 말이 맞는 것 같아서 느낌이 불길해. 여긴 문이 없는 것 같아."

갑자기 타라의 얼굴이 굳어졌다.

"칼, 너 방금 뭐라고 했어?"

"여긴 문이 없는 것 같다고."

"아니, 아니, 그거 말고 그 전에."

칼은 의아한 얼굴로 타라를 쳐다봤다.

"내가 뭐라고 했더라? 응, 맞아. '그놈의 문에 어떻게 이를 수 있는지 누가 말 좀 해줬으면 정말 좋겠다. 벌써 스무 개째의 방을 훑어봤는데…….'"

"그래애애애, 바로 그거야."

타라는 환호성을 가까스로 참으면서 말을 잘랐다.

"있어! 우리에게는 그놈의 문에 어떻게 이를 수 있는지 말해 줄 누군가가 있잖아! 우리에게 길을 가르쳐줄 수 있는 누군가가 있다고!"

친구들과 글룰 부글룰의 미심쩍은 눈길을 받으면서 타라는 우아하게 허리를 굽히더니 마법복 주머니에 손을 쏙 집어넣어…… 짜잔! 마법의 지도를 꺼내들었다.

"아이고! 참 일찍도 찾아줌."

타라가 지도를 펼치자 지도가 구시렁거렸다.

"이놈의 호주머니에서 곰팡이 필 뻔했음. 이번엔 또 어디를 가고 싶은 것임?"

"안녕, 지도?"

타라는 깍지를 끼면서 다정하게 말했다.

"뭐 좀 부탁하려고 하는데 네가 할 수 있을지 모르겠어."

"어째서 나한테 할 수 있냐고 물어봄?"

발끈했다.

"어이없이 무례한 지적임! 어디를 가고 싶은지 그거나 말하기 바람. 그러면 '바로 여기' 하면서 당장 그 길을 알려주겠음."

"오, 그럼 됐어. 우린 지금 어떤 궁전에 있어. 모든 궁전에는 공간이동의 문이 있잖아. 이 궁전 안에 제2의 문이 있는 위치를 알려줄 수 있겠어?"

"이 궁전에 있는 유일한 문은 4층에 있음!"

지도는 거들먹거리는 목소리로 대답했다.

타라는 하얀 머리털을 움켜잡아서 잘근잘근 씹었다. 그건 바라던 대답이 아니었기 때문이다. 그렇다면 이 궁전에는 다른 문이 없다는 건데…….

"그럼 이 궁전 안에 있지 않은 또 다른 문으로 가는 길을 알려줘, 여기서 제일 가까운 데 있는 것으로."

"흥! 진작 그럴 것이지!"

지도가 대답했다.

"좀더 복잡하게 물어보지 그랬음? 바로 여기!"

갑자기 양피지 위에 하나둘 모습이 나타나기 시작했다. 궁전, 밖에서 순찰 도는 경비원들, 타라 일행, 점선으로 표시된 정원을 가로지르는 길, 파란색의 커다란 십자가로 표시되는…… 기생식물 발로르키데 온실!

친구들과 마찬가지로 숨을 죽이고 있던 파브리스는 타라의 어깨를 감싸안으면서 볼에 기습적인 입맞춤을 했다.

"브라보!"

타라의 얼굴이 빨개지거나 말거나 파브리스는 외쳤다.

"넌 정말 천재야!"

그러면서 파브리스는 자기를 째려보는 로빈을 향해 약을 올리듯 혀를 쏙 내밀었다.

메롱!

지구의 열대식물과 마찬가지로 발로르키데도 열기와 습기가 필요했다. 그러나 기상 마법 주문에도 불구하고 팅가푸르에 이따금 닥치는 변덕스러운 기온과 건조한 날씨는 이 민감한 꽃에 적합하지 않았다. 따라서 대군은 꽃을 보호하기 위한 온실을 지었다. 일정한 수분 측정과 이상적인 온도가 그 꽃의 빛깔과 모양을 결정하기 때문이었다. 개화하기 전의 노란빛과 초록빛의 탐스런 봉우리에서 이름을 따왔다는 발로르키데의 두툼한 꽃잎들이 어둠 속에서 빛나고 있었다. 천장에 관능적인 형상으로 주렁주렁 늘어진 장밋빛, 파란빛, 검은빛, 빨간빛 꽃송이들, 그 꽃가루를 실은 공기가 어찌나 진한 향기를 뿜어내는지 그들은 숨쉬기가 힘들 지경이었다.

오무아에 있는 대부분의 건축물들이 그렇듯 온실이 어찌나 큰지 그들은 한 바퀴 둘러보는데도 시간이 꽤 많이 걸렸다. 그러나 어디에도 공간이동의 태피스트리들은 보이지 않았다.

난쟁이들이 다 그렇듯이 대장간에서 일할 때를 제외하면 인내심이라곤 찾아볼 수 없는 파프니르가 슬슬 성질을 내기 시작했다.

"이 빌어먹을 온실에는 아무것도 없어. 기분 나쁘게 후덥지근하고, 사방에 대롱대롱 매달린 못생긴 꽃밖에 더 있어?"

파브리스의 기습적인 입맞춤에 아직 분을 삭이지 못한 로빈은 보이지 않는 뭔가를 탐지하기 위해 하프엘프의 감각을 이용하여 주의 깊게 주변을 살폈다. 갑자기 로빈의 입가에 미소가 번졌다. 그 마법사가 영악한, 아주 영악한 인간이긴 하지만, 비록 반쪽은 인간이라도 엘프를 따라올 수는 없지! 로빈은 마른기침을 하면서 친구들의 주의를 끌었다.

"찾은 것 같아!"

로빈은 겸손한 표정으로 말했다.

글룰 부글룰이 희망에 부푼 얼굴로 로빈을 돌아봤다.

"문을 찾았다는 말인가?"

"네, 바로 우리 주위에 있어요."

"뭐, 우리 주위에 있다고? 너 무슨 말하는 거야?"

전문가라고 자부하는 칼이 자존심이 구겨진 어조로 외쳤다.

"저 꽃들 보이지?"

로빈이 가리켰다.

"저 꽃들이 뭐 어떻다고?"

파브리스는 눈살을 찌푸리면서 물었다.

"저 꽃들이 만드는 형상을 잘 봐."

"오, 내 조상들이시여! 네 말이 맞아. 유니콘들, 땅 신령들. 거인들. 마법사들이 보이는구나!"

마니투가 감탄했다.

무아노와 타라가 탄성을 울리면서 각자 로빈의 볼에 입을 맞추자, 파브리스가 툴툴거렸다. 에이! 하프엘프가 2점이나 받았잖아!

실제로 그들 주위를 빙 둘러싼 발로르키데들이 공간이동 문의 골조를 이루고 있는데, 지구의 16세기 이탈리아 화가 주세페 아르침볼디가 인물들을 꽃과 열매 또는 다양한 물건으로 묘사하는 것과 같은 맥락이었다. 유니콘의 머리를 만드는 칡넝쿨이며 마법사의 몸을 표현하는 꽃, 그 모든 것이 다섯 장의 태피스트리를 나타내고 있지 않은가!

쉬바가 으르렁거리며 뒷걸음치더니 덤불에서 뭔가를 물고 나왔다.

"우와, 공간이동의 문 왕홀이다!"

무아노가 소리쳤다.

"쉬바, 넌 최고야!"

표범은 의젓하게 그들의 기쁨과 애무를 받아들였다. 파프니르가 왕홀 모양의 식물 위에 그 왕홀을 올려놓자 온실이 번쩍였다. 그런데 큰 문제가 있었다.

"뭐라고 하지?"

파프니르가 물었다.

"뭘 뭐라고 해?"

자기가 문을 발견하지 못해서 뿔이 난 칼이 퉁명스럽게 내뱉었다.

"우리가 어딜 가야 하는 거지?! 이건 다른 문이 있는 어디인가로 우리를 데려가는 공간이동의 문이잖아. 그러면 목적지를 말해야 하는데 뭐라고 하냐고?"

"이런, 맙소사!"

마니투가 중얼거렸다.

"내가 그 생각을 미처 못했구나."

"아하!"

난쟁이는 이마를 딱 치면서 말했다.

"그럼 이걸로 한번 해보자. '땅 신령들이 갇혀 있는 곳으로!'"

칼이 비아냥거렸다.

"흥, 그건 절대로……."

그 순간, 강렬한 빛이 그들을 휘감는가 싶었는데…… 어느새 그들은 어디인가에 와 있었다. 그런데 이상하게도 타라와 파브리스에게 아주 낯익은 곳이었다. 그들의 눈앞에 나타난 어리둥절한 얼굴을 보며 둘은 외쳤다.

"아빠?"

"백작님?"

한 손에는 물뿌리개를, 또 한 손에는 정원용 가위를 들고 서 있는 사람은 브주아 지롱 백작이었다!

"파브리스? 타라? 아니 너희들 내 장미정원에서 뭐 하는 거니? 너희들

지금 아더월드에서 돌아온 거지? 내 허락도 없이 대체 어딜 갔었니?'

끔찍한 벌을 받게 될 거란 생각에 머리가 욱신거릴 정도로 편두통이 이는 파브리스는 기분이 엉망이 되었다.

눈썹을 치켜올리며 인상쓰는 백작과 기가 팍 죽은 파브리스를 보면서 마니투가 얼른 끼어들었다.

"우린 지금 비밀리에 임무를 수행 중이오. 지금은 설명해줄 수 없지만 일이 끝나면 알게 될 것이오. 그리고 백작의 협조가 필요하오."

키 60센티미터의 개의 모습이라는 걸 고려해서 마니투는 가능한 한 자신만만한 표정을 지으며 잠시 기다렸다. 최고 마법사들을 몹시 존중하는 백작은 그들 중 누가 도움을 청하면 토를 다는 일없이 무조건 들어주었다. 백작이 검둥개 앞에서 허리를 굽혔다.

"좋습니다, 최고 마구스 마니투. 일단 도와드리고…… 설명은 나중에 듣지요."

"고맙소, 백작. 그럼 당신에게 한 가지 묻겠소. 반디우 대군이 이따금 이곳을 방문합니까?"

"네, 꺾꽂이에 한해서는 아주 뛰어난 기술을 가진 특출한 분이지요."

백작이 빙긋이 웃었다.

"또 아더월드 최고의 발로르키데 온실을 갖고 계시죠. 자주 와서 내 장미들을 살펴주시는데 그분 덕분에 기대치도 않았던 결과를 얻었지요."

"그렇군요. 그리고 대군이 방문할 때면 여기 말고 어디 즐겨 찾는 곳이 있소?"

마니투가 태연한 얼굴로 물었다.

"낚시광이시지요. 부교 부근의 강물에 낚싯대를 드리우곤 합니다. 아더월드의 물고기보다 이곳의 물고기가 덜 공격적이라서 좋다고 하시면서."

그 순간 타라 일행은 서로 눈길을 교환했다. 강? 난데없이 강은 또 뭐야?

"잘 알겠소. 자, 그럼 우리도 가서 그 물고기들 구경이나 좀 하자구나. 백작, 이따가 봅시다. 파브리스, 안내해라."

백작의 미심쩍은 눈길을 받으면서 그들은 장미정원을 나섰다.

파브리스는 안도의 숨을 내쉬었다.

"휴, 내 방에서 한 100년쯤 갇히는 줄 알았네!"

"네 아버지에게는 내가 잘 말해주마."

마니투가 말했다.

"우리는 지금 아주 중요한 일을 하고 있는 거니까 성공만 하면 네 아버지도 너를 아주 자랑스러워하실 게다."

"아버지는 자랑스럽다고 해서 내가 멋대로 행동한 것에 대한 벌을 면제해 줄 분이 아니에요."

"하지만 넌 멋대로 군 게 아니었어."

칼이 지적했다.

"아버지가 너에게 아더월드에 가는 걸 금했던 건 아니잖아!"

그 말도 파브리스에게 위로가 되지 않는 것 같았다. 그들은 묵묵히 걸었다. 지구 식물의 단조로운 색깔이 놀라운지 바룬은 이것저것 다 맛을 보려고 하다가 심지어는 쐐기풀까지 우적우적 삼켰다. 매머드의 혀에 온통 물집이 잡히는 바람에 그들은 레파루스 주문으로 치료해야 했다. 엄청 놀랐는지 이때부터는 매머드는 무엇이 되었든 건드리지 않으려고 슬슬 피해 다니면서 파브리스의 발꿈치에 채일 정도로 졸졸 따라다녔다.

파브리스는 또 한숨이 나왔다. 너무 엄격한 아버지와 너무 사랑스러운 패밀리어 사이에서 앞으로 몇 달은 시끄러울 게 뻔했기 때문이다. 아버지와 패밀리어의 피할 수 없는 대결을 생각만 해도 파브리스는 머리가 지끈거렸다.
"다 왔어. 저기가 부교야."
파란 강물 위로 불쑥 나온 갈색 널빤지로 만든 부교가 눈에 띄었다. 그곳은 날씨가 더울 때면 파브리스와 타라가 풍덩 뛰어들어 신나게 물장구치던 곳이었다. 잠든 팅가푸르를 방금 떠나왔는데 어느새 오후라니! 땡볕 아래서 강물을 바라보고 선 그들은 흉악한 마법사의 이미지와 이 평화로운 풍경을 연결시키기가 어려웠다.
"너희들 눈에는 땅 신령들이 보이냐?"
칼이 빈정거리듯 외쳤다.
그들은 그 주변을 이 잡듯이 샅샅이 수색했지만 비밀 출구라든가 숨겨진 감옥이라곤 눈 씻고 찾아봐도 없었다.
절망한 글룰 부글룰은 털썩 주저앉았다. 그의 눈에서 파란 눈물이 뚝뚝 떨어졌다.
"나의 약혼녀, 내 사랑 물 물물, 그대를 다시는 보지 못하겠구려!"
마니투가 머리를 숙이고 냄새를 킁킁 맡기 시작하더니 부교를 이리저리 뛰어다녔다.
"스니프……, 스니프, 스니프, 냄새가 나. 그자가 여기 왔다간 냄새가 나, 음, 확실해. 그의 냄새가 진동을 하고 있어. 하지만 오래 머물지는 않았어."
로빈은 엘프의 예리한 눈을 사용하여 강물을 주시했다.
"장담은 못하겠지만 물 속에 뭔가 있는 거 같아."
그들은 로빈 옆에 모여 서서 깊은 물 속을 뚫어져라 응시했다.
"그래, 나도 뭔가…… 보여."
무아노가 말했다.

"좋아."

칼이 한숨을 쉬면서 말했다.

"난 도둑이야. 그러니까 내가 총대를 매야겠지. 난쟁이도 있고 땅 신령도 있으니 사이렌만 있으면 우리는 아주 완벽한 팀이 되는 건데 아쉽다! 그런데 다행히도 나는 물 속에서도 숨을 쉴 수 있단 말씀이야!"

타라가 어이없는 얼굴로 칼을 쳐다봤다.

"정말? 물 속에서 숨쉴 수 있어?"

"모르는 환경에서는 마법을 사용하는 것이 위험하지."

칼은 제법 유식한 척 대답하면서 마법복을 벗어제치고 위장 팬티와 티셔츠를 드러냈다.

"잘되면 이게 불법 침입자가 있다는 걸 알려주고, 잘못되면 불쾌할 정도로 치명적인 방어태세로 들어가지. 아, 제발 나를 그런 눈으로 쳐다보지 마. 아가미 같은 건 돋아나지 않을 거니까. 다만 글룰 왕이 준 산소마스크를 가지고 있는 것뿐이니까. 이게 유용하게 쓰일 날이 올 줄 알았지, 내가."

"자네와 함께 가겠네."

땅 신령이 나섰다.

"난 물 속에서 아무 문제없이 숨쉴 수 있다. 그리고 내 국민을 구하는 일을 다른 사람들에게만 맡길 순 없는 법!"

"이런, 이런!"

마니투는 못마땅한 듯 중얼거렸다.

"드디어 우리에게도 영웅 증후군이 퍼지는 건가! 어쨌든 시작이 나쁘진 않군!"

"아참, 칼, 영웅 얘기가 나왔으니까 말인데……."

무아노가 감탄해 마지않는 얼굴로 두 손을 합장하면서 중얼거렸다.

"뭔데? 말해 봐."

칼은 뻐기면서 대꾸했다.

"너의 그 위장 내복 말인데…… 그거 혹시 네 방에서 장난감 곰 공격할 때 입는 거 아냐?"

칼은 울상이 되었고, 타라와 무아노는 깔깔대고 웃었다. 같은 남자라는 연대의식 때문에 파브리스와 로빈은 웃음을 꾹 참고 있지만 그들의 반짝거리는 눈은 같은 생각이라는 걸 보여주었다. 칼은 하늘을 올려다보고 나서 산소마스크를 얼굴에 찰싹 붙였는데, 그 작은 동물이 피를 빨아먹기 시작하는 순간 얼굴이 일그러졌다.

"자, 그럼 수색을 나가볼까요?"

칼은 약간 숨막히는 듯한 목소리로 땅 신령들의 왕에게 말했다.

"그럼 잠시 후에 봐요!"

칼이 먼저 다이빙했고, 뒤이어 강물에 첨벙 뛰어든 글룰 부글룰은 무게 때문인지 즉시 배처럼 가라앉기 시작했다. 두 실루엣이 차츰 물 속으로 가라앉고 있었다.

칼은 전혀 힘들어하지 않고 유연하게 헤엄쳤다. 위쪽을 힐끗 쳐다보면서 칼은 걱정스럽게 지켜보는 친구들에게 손을 흔들어준 뒤에 정신을 집중해서 하강했다. 다행히 몇 미터만 더 내려가면 강바닥이었다. 글룰 부글룰은 흥분해서 어쩔 줄 모르는 신호를 보냈다. 강바닥에서 또렷이 윤곽을 드러내는 사각형을 발견했기 때문이었다. 과연 자연현상으로 보기에는 너무 네모반듯했다. 가까이 다가가면서 칼은 그 사각형이 문의 형상이라는 걸 확인했다. 문을 찾아낸 것이었다! 칼이 올라가자는 손짓을 했지만, 글룰 부글룰은 바닥에 있는 쪽을 택했다. 그러면서 땅 신령은 그 엄청나게 큰 입을 벌리고 물 속의 산소를 흡수하는데 그 모습이 아주 편안해 보였다.

칼이 올라가려고 할 때였다. 약한 물살이 산소마스크를 압박하면서 떼어내려고 하는 느낌이 들었다. 칼은 어깨를 으쓱하면서 산소마스크를 다시 얼굴에 붙였지만 좀 더 세진 물살이 또다시 벗기려고 했다. 칼은 이맛살을 찌푸리면서 산소마스크를 얼굴에 찰싹 들러붙게 했다. 그러자 물이 미친 듯이 날뛰었다. 어디서 나타났는지 단단한 물의 촉수들이 공격해 오면서 칼의 산소마스크를 떼어내려고 했다. 칼을 도우려고 글룰 부글룰이 헤엄쳐오자, 이번에는 촉수들이 땅 신령의 목을 휘감아 조르기 시작했다. 글룰은 허우적거렸고, 칼은 산소마스크 안에서 공포의 비명을 질렀다. 무언가가 그들을 죽이려 하고 있었다!

위에서는 타라와 로빈, 파브리스, 무아노가 강물에서 눈을 떼지 않고 있었다. 그들은 뭔가 심상치 않다는 걸 대번에 알아차렸다.

물이 무슨 생명체처럼 물 속의 두 사람을 추격하는 것이 아닌가!

타라는 주문을 외울 겨를이 없었다.

"내 친구들을 이쪽으로 데려왓!"

타라는 칼과 글룰을 향해 두 손을 내밀면서 자신의 마법능력에 간략하게 명했다.

주문이 작동했지만 강물이 빛을 반사하면서 마력을 흡수해 버렸다. 이번에는 무아노가 로빈의 도움을 받아 시도했지만 그것도 소용이 없었다.

그때 갑자기 풍덩! 하는 소리가 울렸다. 칼과 글룰을 구하려고 파프니르가 도끼를 들고 물에 뛰어든 것이었다. 도끼로 어떻게 물을 쪼갤 수 있으랴! 불행히도 강철은 물의 상대가 되지 못했다. 친구들도 안간힘을 쓰고 있지만 익사 직전이었다.

물의 행동을 유심히 살피던 타라는 뭔가 떠오르는 것이 있었다. 정상적으로는 스스로 움직일 수 없는 불활성의 원소가 살아 움직이는 걸 본 적이 있었다. 그래, 불의 원소였어! 할머니의 저택을 집어삼키려고 했던 불의 원소! 그렇다면…….

"엘레멘투스의 이름으로 네가 있다는 걸 알고 있으니 냉큼 나타날지어다!"

타라가 고함을 질렀다.

그 즉시 물이 한데로 모여들면서 거대한 물의 원소가 나타났다. 태양빛에 번뜩거리는 몸통, 물풀들이 만들어주는 굽슬굽슬한 초록빛 머리털, 키는 4미터에 이르렀다. 물의 원소 양쪽의 강물은 꼼짝하지 않았다. 보이지 않는 장벽에 머리를 부딪히자 깜짝 놀란 송어 떼가 빠져나가려고 필사적으로 발버둥치고 있었다.

"아니, 이럴 수가!"

물의 원소가 퍼부었다.

"조무래기 마법사잖아! 어이, 꼬맹이, 겁도 없이 나를 부른 이유는?"

"안녕하세요, 물의 원소 씨?"

오직 H_2O로만 이루어진 물질과 언쟁하고 싶은 마음이 추호도 없는 타라는 공손하게 허리를 굽혔다.

"부탁인데 내 친구들이 익사하지 않게 해주겠어요?"

"이런!"

물의 원소가 유감스러운 어조로 쫘르르거렸다.

"안됐지만 나를 먹여 살리고 강하게 해주는 엄청난 소나기를 받는 대가로 이 강물의 양을 유지해 주겠다는 약속을 했다. 그리고 침입자들을 익사시키는 것도 그 협약의 일부이다. 미안."

"잠깐 기다려요!"

물의 원소가 해체되기 시작할 때 타라가 외쳤다. 물 빠진 강바닥에서 칼과 파프니르, 글룰이 목구멍이 찢어질 듯 딸꾹질을 하고 있었다.

"우리는 당신을 해치고 싶지 않아요. 그러니까 싸우지 말고 우리를 도와줘요!"

물의 원소는 엄청나게 크게 한숨을 내쉬었다.

"미안하지만 협약은 협약이다. 만약 물, 바람, 불, 흙의 원소들인 우리가 약속을 지키지 않는다면 다시는 아무도 우리를 찾지 않을 것이다."

"하지만 만약 내 힘이 당신의 힘보다 더 강력하다는 걸 증명하면 그땐 우리가 물 속에 들어가는 걸 묵인해 주겠어요?"

"이봐, 꼬맹이, 너보다 내가 훨씬 강력한데 무슨 수로 대적하겠다는 거냐?"

물의 원소가 비웃었다.

"그 얘긴 할 거 없고요. 내가 제안하는 협약은 다음과 같아요. 내가 이기면 당신은 우리를 통과시켜주고 우리가 그 마법사의 포로들을 구하는 동안 강물을 붙잡아주세요. 만약 당신이 이기면 내가 넘쳐흐를 정도로 엄청난 양의 소나기를 만들어주겠다고 약속하죠."

"뭐? 여긴 우리 아버지의 땅이니까 너, 알아서 해!" 하고 한 마디 내뱉던 파브리스는 또 그 못 말리는 버릇이 도진 모양이다.

"프로페셔널의 약자, 예배 의식, 다 합하면 약속이야!"

"입 닥쳐, 파브리스!"

무아노와 타라가 동시에 말했다.

"포로들이라니?"

물의 원소가 그 커다란 거품 눈썹을 찌푸렸다.

타라 덩컨 235

"그는 포로에 대한 말은 하지 않았다. 내 의무는 단지 침입자들이 이 물에 들어오는 걸 막는 것이고, 그래도 고집을 부리면 침입자를 익사시키는 것, 그게 다란 말이다!"

물의 촉수들이 잠시 조르기를 중단하는 사이에 다시 숨을 쉬게 된 글룰이 강바닥에서 소리쳤다.

"나는 땅 신령들의 왕이자 오무아 궁정의 조정 위원이며, 진실의 입들의 대변인인 글룰 부글룰이다. 당신과 협약을 체결했던 마법사는 내 백성을 납치했고, 나는 백성을 구하기 위해 이곳에 온 것이다!"

물의 원소는 생각에 잠기는 듯하더니 일렁이는 어깨를 들썩였다.

"그렇다면 이 새로운 협약을 받아들이겠다. 어디 한번 조무래기 마법사의 능력과 겨뤄보지. 하지만 조금이라도 허튼 수작을 부렸다간 나는 가차없이 너를 익사시키겠다. 알았는가?"

"아주 똑똑히 알아들었어요."

타라는 대답했다.

물의 원소는 미소를 지었는데 그 커다란 입 속에서 응결된 물의 이빨들이 다이아몬드 검처럼 번쩍였다. 이어서 물의 원소는 강바닥에 있는 세 명이 기슭으로 올라올 수 있게 비켜섰다.

칼은 물의 원소를 쏘아보면서 입안에 남은 물을 퉤퉤 뱉었다. 그리고는 파프니르에게 몸을 기대어 미끌미끌한 진창에서 간신히 일어섰다. 난쟁이는 땅 신령의 목덜미를 부여잡아서 부교로 끌어올렸다.

그들은 조심스럽게 뒤로 물러섰다. 그러자 결투가 시작되었다.

물의 원소는 볼을 부풀리더니 타라를 향해 물을 콸콸 뿜어내는데 꼭 펌프 물처럼 쏟아졌다. 이에 타라는 마치 그런 공격을 예상하고 있었다는 듯이 즉시 강력한 벽을 만들어내서 아주 쉽게 물대포 공격을 막아냈다.

벽이 사라지고 이번에는 타라가 이글거리는 불덩어리를 발사했다. 물의 원소는 자기 몸통에 구멍을 뚫는 것으로 잽싸게 피했다. 뚫린 구멍으로 불덩어리를 그대로 통과시켜 버리는 작전이었다.

1회전, 0 대 0.

그 순간 물의 원소가 집채만한 파도를 만들어냈는데 어떤 벽이라도 휩쓸어버릴 수 있는 해일을 방불케 했다. 타라는 거대한 깔때기를 만들어내는 것으로 응수하면서 그 파도를 물의 원소에게 되돌려보냈다. 미처 대비하지 못한 물의 원소는 뒤뚱거리다 넘어지면서 자신이 만든 파도에 당하고 말았다. 엉거주춤 일어난 물의 원소는 당황한 것이 역력했다.

그때 갑자기, 물의 원소가 거대한 망치를 휘두르며 달려들었다. 친구들은 공포에 떨고 있는데 타라는 눈썹 하나 까딱하지 않았다. 그 망치는 타라가 즉시 만들어낸 강력 보호막에 닿는 순간 맥없이 부서지고 말았다.

타라는 성난 얼굴로 생각에 잠겼다. 처음에 발사했던 불덩어리는 형편없었단 말야. 하지만 요건…….

상대에게 대응할 겨를도 주지 않고 타라는 대형 돋보기를 만들어서 물의 원소에게 들이대고는 햇빛을 모아들였다. 까무러치게 놀란 물의 원소가 그 타오르는 열기에 증발하기 시작했다. 그러자 햇빛을 피할 양으로 물의 원소가 제 몸을 나누었다. 하지만 바로 그 순간 타라의 양손에서 얼음 광선이 퓽퓽!! 발사되었고, 땡볕 속에 얼어붙은 불의 원소는 옴짝달싹 못했다. 더구나 돋보기를 통해 쏟아지는 햇빛이 어찌나 강렬한지 물의 원소는 액체 단계를 거치지도 못한 채 고체에서 곧바로 기체로 변해가고 있으니! 그 상황에서 타라를 공격하는 것은 불가능했다.

타라는 손짓으로 돋보기 공격을 중단했지만 돋보기를 사라지게 하지는 않았다. 승화 작용이 잠시 멈춰지자 그 사이에 물의 원소가 액체로 변하면서 얼굴과 입을 되찾았다.

"패배를 인정하겠나?"

타라가 물의 원소에게 엄한 어조로 물었는데 이번에는 반말이었다.

"그래, 인정하니까 이 고문을 멈춰 줘!"

"이제부터는 우리를 가만 내버려두겠는가?"

"알았어, 알았으니까 나를 풀어 줘! 4원소 중 최고 원소의 이름으로 맹세한다. 거짓이면 내 정신은 대양으로 돌아간다!"

타라가 눈으로 마니투에게 묻자, 마니투는 긍정적인 표시로 고개를 숙였다. 이야! 작전 대성공이다! 타라는 대형 돋보기를 사라지게 하고 얼어붙은 물의 원소를 녹였다. 물의 원소는 몸뚱이가 반쯤 녹아 없어지자 기가 죽었다.

"아이고 분해, 아이고 분해!"

물의 원소가 울먹였다.

"원래의 내 무게로 돌아왔잖아! 이 협약은 절대 받아들이지 말았어야 했는데!"

"자, 이제 강바닥에 있는 문을 열러 갑시다."

칼이 싱글벙글한 얼굴로 말했다.

의심이 많은 파프니르가 물의 원소를 감시하는 동안 타라 일행은 미끌미끌한 둑을 내려갔다. 칼이 아무 어려움 없이 자물쇠를 찾아내는 걸 보면 흉악한 마법사는 누군가가 문을 발견하리라고는, 더군다나 그 입구에 이르리라고는 생각조차 하지 않은 것이 분명했다. 마법의 문이 아니었기 때문이다. 지구의 흔한 자물쇠를 열 때처럼 연장을 사용하면 되니까 칼에게는 아주 간단한 일이었다. 문이 녹슨 경첩 위에서 삐꺽삐꺽 미끄러졌다. 그들이 들어선 방은 텅 비어 있었다. 또 하나의 문이 보였지만 그 문 역시 칼의 민첩한 손놀림에 순순히 열렸다.

안으로 들어서니 일련의 감방이 줄지어 있고, 그 안에 부글룰 왕의 백성들이 있었다. 땅 신령들의 왕은 환호성을 지르며 뛰어들어갔다. 창살을 건드리는 순간, 빛이 번쩍하더니 쿠당탕! 글룰이 반대편 벽에 부딪혀 까무러치고 말았다.

파란색의 예쁜 땅 신령이 소리쳤다.

"창살을 만지지 말아요. 주문이 걸려 있어요! 글룰! 글룰! 대답해 봐요!"

"괜찮아요! 그냥 의식을 잃은 상태고, 손을 약간 데었을 뿐이에요. 내가 돌봐줄 게요."

로빈이 말했다.

"서둘러야 해."

무아노가 불안한 얼굴로 끼어들었다.

"그 마법사가 언제 돌아올지 모르잖아. 내가 어떻게 좀 해볼게."

야수로 변신한 무아노는 창살을 움켜잡고 있는 힘을 다해 통증을 버텨냈다. 하지만 얼마 가지 못해 비명을 지르면서 창살을 놓고 말았다. 무아노가 발들을 펴 보이는데 화상이 심했다. 타라가 즉시 주문을 외쳤다.

"레파루스의 이름으로 상처는 사라지고, 통증은 가라앉아라!"

화상이 사라졌다.

"주문을 외워 봐야 아무 소용없어요. 반디우는 감옥 전체에 마법을 걸어놨으니까."

예쁜 땅 신령이 설명했다.

"흥, 이래도 빌어먹을 마법이 아냐?"

파프니르가 쫑알거렸다.

"그러니까 전문가에게 맡기고 물러나!"

난쟁이는 벽을 거들떠보지도 않고 돌바닥에 몸을 딱 붙이더니 방어 주문을 풀지도 않고 돌 사이를 파고 들어갔다. 그러고는 눈 깜짝할 사이에 모습을 드러냈는데 파프니르가 어느새 감방 안의 어안이 벙벙한 땅 신령들 속에 끼여 있었다.

칼은 눈을 부릅뜨고 있었다. 그걸 생각하지 못한 자기 자신에게 몹시 화가 난 모양이었다. 당연히 바닥에는 다른 마법을 걸었으리라는 예상을 했어야 했어! 가만히 갇혀 있을 땅 신령들이 아니잖아. 반디우는 땅 신령들이 먹어치우지 못하게 돌들을 아주 단단하게 하는 주문을 걸어놨기 때문에 자신의 방어력을 철석같이 믿었겠지만…… 난쟁이에게는 그게 통하지 않았던 것이다!

파프니르가 말했다.

"여러분, 나에게 딱 달라붙어서 절대 나를 놓치지 마세요. 나를 잡고 있으면 여러분은 나와 동시에 돌 속으로 스며들 겁니다. 하지만 나를 놓치는 즉시 죽게 되고 여러분의 몸은 영원히 꼼짝 못하게 됩니다. 알아들었죠?"

땅 신령들은 이미 난쟁이를 꽉 붙잡고 있었다. 난쟁이에게서 떨어지지 않으려고 안간힘을 쓰던 그들은 내심 불안했던지 감옥 밖으로 나와 비로소 안도의 숨을 내쉬었다.

파프니르가 첫 번째 감방을 비우는 데는 2, 3분밖에 걸리지 않았다. 그렇게 해서 그들은 30분만에 233명의 부녀자들을 모두 구했다. 여자들이 우르르 자기들의 왕에게 몰려가자, 글룰 부글룰은 충격 때문에 아직은 정신이 몽롱하면서도 백성을 되찾은 걸 기뻐했다. 예쁜 땅 신령이 그를 다정하게 끌어안는 걸 보면 왕의 약혼녀 물 물물이 틀림없었다.

"우선 여기서 나갑시다."

마니투가 말했다.

"기뻐하는 건 그 몹쓸 인간의 힘이 미치지 못하는 곳으로 나간 다음에 합시다."

모두 한 줄로 늘어서서 개를 따라 바깥으로 나갔다. 물의 원소는 강바닥에서 줄줄이 나타나는 그 많은 땅 신령들을 보며 아연실색했다.

"오, 내가 태어나는 걸 지켜본 물의 신이시여! 도대체 저 사람들이 모두 어디서 오는 겁니까?"

"내가 말하지 않았소? 내 백성이 그 몹쓸 마법사의 포로로 붙잡혀 있다고! 그리고 당신은 그 간수였단 말이오!"

물의 원소는 거품 눈썹을 찡그렸다.

"하지만 이건 뭐가 잘못된 것이다. 내가 그자를 고발하겠다. 마법사들이 자신들의 추악한 짓거리를 위해 우리를 이용하는 것은 금지되어 있다!"

물의 원소는 진짜 화가 난 것 같았다. 그러자 글룰은 여제에게 증언해 달라고 부탁했고, 물의 원소는 기꺼이 수락했다. 물의 원소는 진실의 입들이 그 정신을 읽을 수 없기 때문에(모든 원소가 다 그렇듯이) 반디우 대군에게 불리한 증언을 할 수 있었다. 연락을 받는 즉시 아더월드로 가겠다고 약속하면서 강으로 돌아간 물의 원소는 유유히 흘러가기 시작했다.

그들은 서둘러서 공간이동의 문이 있는 브주아 지롱 백작의 성으로 향했다. 그들이 장미정원 앞을 지날 때, 갑자기 분노의 울부짖음이 들렸다.

눈앞에 나타난 건 브주아 지롱 백작과 허리가 구부정하고 왜소한 노인이었다. 가는 황금 띠로 이마를 고정해서 한 갈래로 복잡하게 땋은 희끗희끗한 머리타래가 오른쪽 어깨 위로 길게 늘어져 있었다. 또 흰색의 우아한 마법복에 100개의 금빛 눈을 가진 주홍빛 공작이 꼬리를 부채같이 펼치고 있어서인가, 그가 신은 흰색과 적색 샌들에 환상적으로 잘 어울렸다.

"림보의 모든 악마들이여!"

반디우의 손에서 갑자기 위험한 보랏빛이 번쩍거렸다.

"이 벌레 같은 놈! 감히 나한테 도전을 해? 죽으려고 환장을 했나!"

아연실색한 백작은 입이 헤벌어졌고, 글룰 부글룰은 대군이 욕을 하거나 말거나 의기양양하게 나섰다.

"우리는 당신이 두렵지 않소, 반디우 대군. 그리고 다시는 당신에게 복종하지 않을 것이오! 여기 이 친구들이 우리를 보호하기에 충분한 힘을 가지고 있어서 말이오. 이제부터는 당신이 강력한 타라틸랑넴 덩컨의 노여움을 사지 않도록 조심해야 할 것이오!"

강력한 누구라고? 무슨 말을 하고 있는 거야? 미쳤나 봐! 타라가 혼잣말을 중얼거렸다.

그 순간 글룰을 째려보는 파브리스를 보면서 타라는 친구도 자신과 같은 생각이라는 걸 알았다. 하지만 겨뤄보지도 않고 미리 꼬리를 내릴 필요야 없지! 어디 한번 건드려볼까?

"당신은 마지스터가 아니에요!"

타라는 그렇지 않아도 께름칙하던 반디우의 번쩍거리는 손을 향해 삿대질을 하면서 외쳤다.

"따라서 당신은 내 상대가 아닙니다!"

"아하. 네가 바로 마지스터와 싸워 이겼다는 그 꼬맹이 마법사로구나."

대군이 비웃었다.

"그래서 마지스터가 그렇게 심통을 부리며 생난리를 쳤군! 난 그때 그가 분통이 터져서 죽는 줄 알았지. 요런 애송이한테! 이거야 원 웃겨서 죽을 지경이로군. 그리고 죽는다는 말이 나왔으니까 말인데 미안하게도 나는 그를 도울 거란 말씀이야. 자, *받아랏!*"

번개같이 빠르게 반디우가 그들을 향해 데스트룩투스 주문을 외쳤다.

그러나 타라와 살아 있는 돌은 이미 예상하고 있었다. 데스트룩투스 주문은 둘이 합동으로 만든 방패에 맞고 퉁겨져 나갔고…… 장미정원의 유리벽을 박살내고 말았다.

안 되애애애! 하고 미친 듯이 고함을 지르던 백작은 그제야 자신이 마법사들이 결투를 벌이는 한가운데에 있음을 깨닫고 허겁지겁 우물 둔덕 뒤로 몸을 숨겼다.

격분한 반디우는 방패에 압박을 가하면서 한 손을 머리 위로 올렸다. 그러자 강렬한 빛이 우물 속으로 쭉 빨려 들어가더니 한 물체가 솟구쳐 올랐는데 검은 광채에 휩싸여 있었다. 그것은 자연에 반하는 돌연변이들, 예를 들어 하이에나 잡종, 문어 잡종, 곰치 잡종 등에 관한 공상과학 영화에서나 볼 법한 흉측한 악마를 표현한 조각상이었다. 그들은 조각상을 보면서 등골이 오싹했다.

글룰 부글룰이 중얼거렸다.

"저게 바로 반디우의 힘이 담겨 있는 아티팩트야. 저걸 파괴해야 해!"

"저건 나한테 맡겨."

파프니르가 속삭이면서 도끼를 휘둘러 보였다.

"타라, 너는 저자의 주의를 딴 데로 돌려 봐."

그들 모두를 지키기 위한 방패를 유지하는 것만으로도 몹시 힘이 든 타라는 고개만 끄덕이면서 안간힘을 다해 버티고 있었다.

타라가 힘겨워하는 걸 보면서 글룰 부글룰이 소리쳤다.

"땅 신령들이여, 흙을 파내고 도망쳐라!"

순식간에 땅 신령들이 땅 속으로 숨었다. 그러자 타라는 힘을 덜 쓰게 된 것에 안심하는 반면에 포로들이 사라지는 걸 보면서 화가 난 반디우는 펄펄 뛰었다.

그때였다. 갑자기 반디우가 비틀거렸다. 발 밑으로 쩍 벌어지는 커다란 구멍 때문에 그가 중심을 잃고 있었다. 우와! 느닷없이 나타난 수십 명의 땅 신령들이 그의 옷자락을 마구 잡아당기고 있는 것이 아닌가!

자신의 살에 닿는 땅 신령들의 손길이 끔찍한지 벌레 씹은 얼굴이 된 반디우는 벗어나려고 기를 쓰면서도 계속해서 타라를 공격했다. 타라는 심호흡을 했다. 일단은 그의 중심을 무너뜨릴 필요가 있었다.

"토해내요! 그자에게 흙을 토해내요, 빨리!"

타라는 땅 신령들에게 외쳤다.

땅 신령들은 그 즉시 땅을 파느라고 좀 전에 삼켰던 흙을 일사불란하게 뱉어내기 시작했다. 순식간에 찐득거리는 진흙과 돌멩이들에 휩쓸린 반디우는 분노의 괴성을 질렀다. 마침내 그의 공격이 멈춰지는 순간, 타라는 잽싸게 방패를 사라지게 했고, 파프니르도 아티팩트를 향해 돌격해서 도끼를 휘둘렀다. 반디우가 고개를 쳐든 것은 파프니르가 도끼로 아티팩트를 내리치려는 순간이었다.

꺄악! 쨍그랑! 난쟁이의 비명소리가 조각상에 부딪히는 쇳소리와 뒤섞였다.

멀쩡한 아티팩트를 보며 난쟁이는 아니, 어떻게 이런 일이! 하는 얼굴이었다. 파프니르는 강철 모루에 쾅쾅 부딪혀서 그 진동에 몸이 위아래로 흔들리는 느낌이 들었다. 그때였다. 시커먼 빛이 도끼를 따라 올라오더니 손을 덮치고⋯⋯ 온몸을 뒤덮었다. 눈 깜짝할 사이였다! 사라지는 난쟁이를 보며 타라 일행은 기절초풍했고, 반디우의 손가락들이 발사하는 광선을 당해낼 수 없는 땅 신령들은 하는 수 없이 땅 속으로 도망치고 말았다.

이대로 당할 수야 없지! 타라는 그 틈을 타서 반디우에게 포쿠스 주문을 날렸다. 하지만 시커먼 빛이 간발의 차로 앞을 가로막으면서 마비시키는 주문은 수포로 돌아가고 말았다.

그 순간 시커먼 구름 속에서 반디우의 진흙범벅이 된 얼굴이 나타났다. 으하하하! 그는 희희낙락했다.

"너와 네 친구들은 나에게 대항하지 못한다. 항복이 아니면 죽음 뿐이다!"

칼은 몸짓으로 답했다. 비록 세련된 몸짓은 아니라도 그것은 모든 사람의 뜻을 대변하는 것이었다. 반디우가 욕설을 내뱉자 시커먼 빛이 흉악한 구름처럼 그들에게 달려들었다.

타라와 친구들은 필사적으로 싸웠다. 그들은 엄청난 돌풍을 만들어서 구름에 맞섰지만 몰아낼 수가 없었다. 이어서 비와 우박을 불러서 땅바닥을 두들겨댔지만 반디우는 방어에 성공했다. 벼락과 얼음 공격도 그를 때려눕히지 못했다.

불길한 구름이 다가와서 그들을 건드리더니 방패를 뚫었고, 콰지지직! 하면서 방패는 마치 종잇장처럼 찢어지고 말았다. 야수의 힘에도 불구하고 숨이 막힌 무아노는 쉬바를 구하려고 애를 쓰다가 제일 먼저 쓰러졌다. 그 다음은 칼이 고꾸라졌고, 마니투와 블롱딘이 뒤를 이었다. 파브리스는 싸움을 못하는 바룬에게 달라붙었다. 구름의 채찍에 정통으로 얻어맞은 갈랑도 털의 회오리를 일으키면서 쓰러졌다. 마지막으로 로빈마저 주저앉았다.

차례로 쓰러지는 친구들을 보면서 타라는 자신의 힘을 최대한으로 모았다. 눈빛이 새파랗게 변한 타라는 살아 있는 돌에게 도움을 청해서 위풍당당하게 공중으로 떠올랐다. 당황한 반디우 대군은 한순간 두려움을 느꼈다. 눈앞에 있는 건 어린 마법사가 아니라 무지막지한 힘이었다. 타라가 입을 열었는데 그 목소리가 마법으로 웅웅거렸다.

"당장 멈추지 못할까! 우리의 인내심은 한계에 다다랐다. 네가 우리 친구들에게 상처를 입히는 걸 용납하지 않겠다."

"항복해, 항복하라! 아니면 네 친구들을 당장 죽여버리겠다. 내 손으로 심장을 도려낼 테니 잘 보거라!"

대군이 고함쳤다.

의식이 없는 마니투, 로빈, 무아노, 쉬바, 칼, 블롱딘, 파브리스와 바룬이 구름의 시커먼 촉수들에 붙잡혀 있는데 꼭두각시 인형들 같았다. 시커먼 필라멘트가 친구들의 심장을 향해 파고들고 있었다. 반디우의 말은 그저 겁을 주려는 엄포성 발언이 아니었다. 말 그대로 그는 그 무형의 손에 친구들의 목숨을 쥐고 있는 것이었다.

타라는 순간 망설였다. 그 틈을 이용해서 반디우의 구름이 뱀처럼 타라를 둘둘 휘감았다. 반디우가 뒤로 물러서자, 타라는 철퍼덕 쓰러졌다.

싸움터에 죽음 같은 침묵이 흘렀다. 그것으로 싸움은 끝났다.

10
흑장미의 정령

불길한 힘의 어둠 속에서 몸부림치면서도 파프니르는 도끼를 휘두르며 아티팩트를 박살내려고 애를 썼다. 하지만 구름이 살 속을 파고들면서 차츰 온몸이 마비되어 갔다. 그런데 갑자기 몸 속에서 어떤 변화가 일었다. 영혼 약탈자는 또 다른 힘이 자기 주인의 몸에 들어오는 걸 용납할 수 없는 모양이었다. 영혼 약탈자의 소유욕에 대항하려고 하던 파프니르가 피식 미소를 지었다. 아니, 그럴 일이 아니지! 지금은 영혼 약탈자의 힘을 이용하는 게 상책이야. 난쟁이가 굴복하는 순간이었다. 갑자기 살은 주홍빛이 되고, 초록빛 눈은 빨갛게 변했다. 그러더니 빨간 난쟁이가 시커먼 구름 속에서 미사일처럼 솟구쳐 올랐다.

"내 힘 앞에 굴복하라!"

파프니르가 고함쳤다.

"나는 영혼 약탈자다. 꿇어앉아서 너의 신에게 경의를 표하라!"

반디우 대군은 한순간 어안이 벙벙했다. 이상하게 변한 난쟁이가 불쑥 나타났을 때는 그가 어린 마법사들을 쓰러트리고 그들의 목숨을 빼앗으려는 찰나였다. 그제야 그는 입을 열었다.

"신은 무슨 얼어죽을 신?"

반디우는 코웃음쳤다.

"내 눈에 보이는 것이라곤 흥미로운 색깔의 난쟁이밖에 없는데!"

"나는 저주받은 섬의 주인, 영혼 약탈자다!"

파프니르는 버럭 소리를 질렀다.

"나는 파괴의 신, 약탈의 신, 죽음의 신이다!"

"아, 미안!"

반디우가 짐짓 예의를 갖추는 것처럼 응수했다.

"하지만 그건 내 역할인데……."

"나는 알파와 오메가, 시작과 끝이다."

파프니르는 대군을 무시하면서 소리쳤다.

"나는 공포의 신, 두려움의 신이다. 오직 나를 사랑하는 이들만 살 수 있다. 무릎을 꿇어라! 너의 신 앞에 꿇어앉아라!"

"그건 고정관념이다."

대군이 노골적으로 이죽거리기 시작했다.

"그런데 내 무릎이 녹슬었으니 이걸 어쩌나. 그리고 어떻게 꿇어앉는지를 잊었단 말씀이야. 나한테 한번 시범을 보여주시지!"

그렇게 말하고 나서 반디우는 손가락으로 난쟁이를 가리켰다. 검은 구름이 복종하면서 난쟁이의 근육질 어깨 위에 내려앉았다. 갑자기 100킬로그램의 쇳덩어리가 등을 짓누르는 듯한 느낌에 파프니르는 무릎을 구부리지 않을 수 없었다. 난쟁이는 이를 악물고 버텼다. 그러자 반디우는 눈살을 찌푸리면서 무게를 200킬로그램으로 늘였다. 이마에 땀방울이 송송 맺혔지만, 파프니르는 죽을힘을 다해 버텨냈다. 이윽고 빨간 구름으로 변신해서 난쟁이의 몸을 나온 영혼 약탈자가 검은 구름에 맞섰다. 우르르릉 쿵쾅, 세상을 끝장낼 듯이 두 힘이 충돌하고 있었다. 해방된 파프니르는 1초도 머뭇거리지 않았다. 곧장 반디우에게 달려들어서 그 가공할 만한 주먹으로 얼굴을 한방 가격했다. 공격을 받으리라고는 전혀 예상하지 못한 반디우는 불시의 기습에 완전히 당하고 말았다.

그 강력한 주먹에 반디우의 머리는 뒤로 꽉 꺾였고, 몸뚱이까지 우물 둔덕에 부딪혔다. 까아아아악! 소름끼치는 비명을 지르면서 그는 우물 속으로 떨어졌다. 우물이 그리 깊지 않았기 때문에 그는 브레이크 주문을 외칠 겨를조차 없었다.

게다가 아티팩트를 숨겨놓느라고 우물에서 물까지 빼놓았었으니! 제 꾀에 제가 넘어가는 식으로 반디우는 호된 죗값을 치르고 있었다.

풍덩! 하는 소리라곤 들리지 않았다. 둔탁하게 부딪히고 뼈가 으스러지는 소리. 쿵, 콰당! 우두둑!

검은 구름이 순식간에 사라지면서 아티팩트도 우물 속으로 굴러 떨어졌다. 힘이 아주 약해진 빨간 구름은 파프니르를 향해 돌아갔고, 피하려는 난쟁이의 필사적인 노력에도 불구하고 빨간 구름이 몸에 닿았다. 하지만 구름이 힘을 많이 잃었다는 걸 간파한 파프니르는 이 기회에 영혼 약탈자를 몰아내려고 온힘을 다해 싸웠다. 차츰 살이 구릿빛으로 돌아왔고, 눈도 에메랄드빛을 되찾자 파프니르는 환호성을 질렀다.

파프니르는 친구들에게 눈길도 주지 않고 타이츠 안에서 밧줄을 꺼냈다. 그러고는 그 밧줄로 우물 둔덕을 단단히 묶은 다음 우물바닥으로 미끄러지듯 내려갔다.

공포의 비명소리에 이어지는 우두둑하는 소리에 타라는 번쩍 눈을 떴다. 하지만 지칠 대로 지친 타라는 한순간 어디에 있는지조차 몰랐다. 갑자기 하나둘 기억이 떠올랐다. 반디우 대군, 구름, 공격……. 주위에 쓰러진 마니투, 갈랑, 무아노, 쉬바, 칼, 블롱딘, 파브리스, 바룬, 로빈도 의식이 돌아오고 있었다.

잠시 후, 우물에서 올라온 파프니르는 두 가지를 손에 들고 있었다. 자기가 방금 깨트려서 힘을 잃어버린 아티팩트와 축 늘어진 여제의 삼촌이었다.

"주, 죽었어?"

무아노가 물었다.

"아마 그랬을걸."

난쟁이는 흡족하게 대답했다.

"그럼 네가 칵……?"

칼이 목을 베어버리는 시늉을 하면서 물었다.

"천만에. 자기가 우물 속으로 떨어져서 우두둑, 목이 부러진 거야. 이제 악당 마법사는 완전히 끝장났어. 폐기처분 감이지!"

"어떻게 된 건지 누가 말 좀 해주겠니?"

정신을 차리기가 쉽지 않은 마니투가 물었다.

"영혼 약탈자가 결정적인 순간에 멋지게 등장했어요."

파프니르가 간결하게 설명했다.

"그러고는 세계 정복을 놓고 대군과 겨뤘는데 말싸움이 장난이 아니더라고요. 그래서 내가 그 틈에 주먹을 날렸죠, 뭐!"

"영혼 약탈자가 너를 점령했다는 뜻이야?"

타라가 외쳤다.

"너 괜찮아?"

"영혼 약탈자를 조정하는 데 성공했지."

난쟁이는 함박미소를 지으면서 대답했다.

"아티팩트의 힘과 싸우면서 아주 약해졌거든. 그래서 지금은 아주 얌전해. 음, 내가 할 얘기는 다했고, 이제부터 뭐하지?"

갑자기 우물 뒤에서 바지를 추켜 올리며 나타난 브주아 지롱 백작이 말을 끊었다.

"사고 발생. 그 사고로 공교롭게도 1명 사망……, 그리고 내 장미정원과 유리벽 완전 박살!"

백작은 반디우의 죽음보다도 자신이 애지중지하는 장미정원 때문에 더 속이 상한 것 같았다. 그는 단호한 어조로 그 사건을 나름대로 아주 명쾌하게 정리했다.

"대군이 낚시를 하러 갔는데 뜻밖의 돌풍이 불었다. 그래서 부교에서 그 밑에 대놓은 보트로 떨어지는 바람에 대군은 목이 부러지는 사고를 당했다. 이상이 내가 여제와 아더월드의 다른 국가들에 보고할 내용이야. 정말 치가 떨리는군! 이런 쓰레기 같은 인간인 줄도 모르고 친구로 대접해 줬으니!"

그렇게 말하면서 백작은 원망스런 얼굴로 대군의 시신을 응시했다. 그 얼굴에서 발길질을 하고 싶은 충동을 억지로 참고 있는 것이 느껴졌다. 헉, 타라는 하늘을 올려다봤다. 어른들의 정치는 도대체 알다가도 모르겠어. 뭐가 그렇게 복잡한지!

타라는 두 손을 모아 나팔을 불듯 외쳤다.

"글룰 부글룰!"

땅바닥에서 파란색의 작은 머리 하나가 나타났다.

"응?"

"다 끝났으니까 이제 나와도 되요! 파프니르가 대군을 처치했으니 이젠 두려워할 필요 없어요."

타라 덩컨 251

환호성을 지르며 우르르 몰려나온 땅 신령들이 반디우의 시신 주위를 신명나게 빙글빙글 돌았다. 땅 신령들의 왕은 파란 눈물을 주르륵 흘리면서 타라 일행에게 허리를 굽혔다.

"우리는 자네들에게 큰 빚을 지었네. 자네들이 원하는 것은 뭐든 줄 것이니 말만 하게. 뭐든 들어주겠네!"

"이런 몹쓸 반디우에게 복종하다니, 엄청난 잘못이었다는 걸 명심하시오."

마니투는 엄숙하게 지적했다.

"그러니까 이젠 칼을 회복시키시오. 그리고 당신이 훔친 금서를 돌려주고, 마법의 물건들도 제자리에 갖다놓으시오. 그것으로 우리는 깨끗이 청산하는 겁니다."

"거기에 보석 몇 개만 더 얹어주면 완벽하죠!"

칼이 헤헤거렸다.

"칼!"

타라와 무아노가 동시에 버럭 소리쳤다.

"왜? 내가 그 정도는 받을 만하지 않아?"

그들은 브주아 지롱 백작에게 자기 삼촌이 살해된 걸 기뻐할 리 없는 여제의 대응으로 발생할 문제들은 알아서 처리해달라고 부탁했다. 그러고는 백작이 꼬치꼬치 캐묻기 전에 도망치듯 공간이동의 문으로 향했다. 그들은 왕홀을 갖다댔고, 순식간에 스몰컨트리로 돌아와 있었다.

의장대가 그들을 어전까지 안내했는데 벌써 타라와 친구들의 모험담이 전해진 모양이었다. 어전의 잔디밭에는 반짝이 색종이 조각들이 어지럽게 뿌려져 있고, 둥둥 떠다니는 램프와 엄청난 꽃 장식으로 들보들은 무너질 듯했고, 요정들과 꼬마도깨비들이 깡충거리며 땅 신령들의 귀환을 축하했다.

타라는 자이언트 거미 두 마리가 얌전히 금서를 지키고 있는 걸 보고서야 안도의 숨을 내쉬었다.

"그 벌레들을 싫어하는 건 아니지만 지금 당장 해독제를 먹는 게 좋을 것 같네요."

예민해진 칼이 한 마디했다.

"당연히 그래야지."

땅 신령들의 왕이 장밋빛 금속 옥좌에 앉으면서 대답했다.

"해독제를 당장 대령시키겠네."

그러면서 왕이 신호를 보내자, 자이언트 거미가 자신의 먹이주머니에서 반짝거리는 크리스털 병 하나를 꺼냈다. 거미가 병을 건네자 글룰 부글룰이 말했다.

"이걸 마시면 트실들은 즉시 박멸될 것이네."

칼이 손을 내밀자, 왕이 크리스털 병을 주었다. 바로 그때였다. 자이언트 거미를 보고 바룬이 얼마나 질겁했는지 그 긴 코에 다리가 걸리는 바람에 뒤뚱거리다가 칼을 넘어뜨리고 말았다. 그 때문에 칼은 그 소중한 병을 놓쳤고, 옥좌 다리에 부딪힌 병이 그만 산산조각이 났다. 칼의 목숨이 달려 있는 그 귀한 액체가 무성한 잔디 속으로 스며들고 있었다.

그 순간 글룰 부글룰은 파란빛에서 흰색과 초록색이 뒤섞인 희한한 색으로 변했다.

"오, 조상들이시여! 맙소사! 병이 깨졌으니!"

"그럴 수도 있죠, 뭐. 한 병 더 주세요."

칼이 실실거렸다.

"자네가 이해를 못하고 있군. 그건 우리가 가지고 있는 유일한 해독제였단 말이네!"

이번에는 칼이 창백해졌다. 칼은 허둥지둥 주문을 외웠다.

"*레파루스의 이름으로 깨진 병은 당장 복원되어라!*"

원상태로 돌아온 크리스털 병이 얌전히 둥둥 떠올랐다. 하지만 빈 병이 아닌가! 액체는 이미 흙이 빨아들여서 회수할 방법이 전혀 없었다.

글룰 부글룰은 망연자실한 얼굴로 칼을 쳐다봤다.

"자네는 죽음을 면할 수 없네. 이제 살 수 있는 시간은 몇 시간밖에 남지 않았어. 트실에 대한 다른 해독제란 존재하지 않아!"

파브리스는 울상이 된 얼굴로 바룬을 쳐다봤고, 매머드는 엄청난 잘못을 저질렀다는 걸 의식했는지 어쩔 줄 모르는 얼굴로 미안해하는 울음소리를 냈다.

그 혼란 속에 마니투가 재빨리 사태 수습에 나섰다.

"칼을 감염시킨 지 얼마나 되었소?"

"사흘하고 12시간이 흘렀습니다. 8시간 후에는 트실들이 활동할 겁니다. 그런데 그 2시간 전에는 해독제를 마셔야지 아니면 아무 소용없어요! 따라서 칼, 자네에겐 이제 6시간밖에 남지 않았네."

타라는 머리칼이 주뼛 서는 것 같았다.

"어디서 구할 수 있죠?"

타라가 외쳤다.

"어쨌든 누군가에게서 해독제를 샀을 거 아니에요? 어디로 가면 되죠?"

"살테렌스 장사꾼에게서 얻었지."

글룰 부글룰은 스트레스 때문에 목이 메인 목소리로 대답했다.

"새를 주문했는데 그 장사꾼이 우리에게 트실도 함께 팔았어. 그 장사꾼의 거처를 알아내는 방법은 살테렌스의 수도 살라로 가는 수밖에 없네. 우리의 살라 주재 대사 툴 툴툴이 자네들을 도와줄 것이네. 지금 즉시 전령을 보내겠다."

"아, 그럴 필요 없소!"

마니투가 단호하게 말했다.

"당신도 우리와 함께 가야 하오. 그 장사꾼이 어떻게 생겼는지 모르는데 우리만 가서 뭐 하겠소? 그리고 당신들은 살테렌스와 무역을 하니까 우리에게 통행증을 발급해 주시오. 그들이 우리를 노예로 만들려는 엉뚱한 생각을 할지도 모르니까."

"하지만……."

글룰 부글룰은 말을 잇지 못했다.

"지금 '하지만' 이란 말이 나와요?"

발끈한 무아노가 화를 내며 말했다.

"당신은 우리를 농락했고, 거짓말을 했고, 우리의 친구를 감염시켰어요. 당신의 술책 때문에 칼은 죽을 위험에 처했어요. 따라서 당신에겐 선택의 여지라곤 없단 말입니다!"

그 자리에 참석해 있던 왕의 약혼녀 물 물물은 이방인들이 미래의 남편에게 하는 말에 몹시 놀랐다. 그녀는 눈살을 찌푸리면서 끼어들었다.

"잠깐, 당신이 무슨 짓을 했기에 이 소년이 죽을 위험에 처했다는 거죠?"

그녀는 멜로디 같은 목소리로 글룰에게 물었다.

"우리를 구하겠다고 당신이 소년을 끌어들인 건 아니죠? 저 사람들이 트실과 해독제 얘기를 하는데…… 설마 당신이?"

왕은 아주 난처한 표정을 지었다.

"당신을 비롯해서 백성이 위험에 처해 있었소. 구출하려면 신속하고 확실한 방법이 필요했단 말이오. 나중에 자세히 설명해 주리다."

물 물물은 바보가 아니었다. 그녀는 미래의 남편이 자기 백성을 구하기 위해 칼에게 무슨 방법을 썼는지 대번에 알아차렸다. 물 물물은 주저없이 미래의 남편을 다그치기 시작했다. 그 언성이 어찌나 높은지 데시벨 수치가 상상을 초월할 것 같았다.

"아이고, 귀야, 저 목소리……."

마니투는 두 발로 귀를 틀어막은 채 중얼거렸다.

"진짜 굉장하네요."

그 대화에 귀를 기울이면서 로빈이 말했다.

"와, 무슨 말인지 통 알아듣질 못하겠어요!"

글룰 부글룰은 대화를 빨리 끝내는 것이 낫다는 걸 깨달은 모양이었다. '하지만' 이라고 내뱉던(화장실 들어갈 때와 나올 때가 다르다고 하더니만!) 글룰의 얼굴은 '미안하오, 미안하오, 미안하오' 를 연발하는 얼굴로 바뀌어 있었으니! 불같이 화를 내는 약혼녀에게 소년을 치료하기 위해 개인적으로 최선을 다하겠다는 맹세를 하고 난 뒤에 글룰의 태도는 180도로 변했다.

체념한 얼굴로 옥좌에서 일어난 글룰은 공간이동의 문이 있는 방으로 향했다. 타라 일행은 입을 꾹 다물고 그를 따라갔다. 비아냥거림도 괜한 군소리도 하지 않았다. 심지어는 성질이 불같은 파프니르까지 잘 참아냈다.

속으로는 불안해서 죽을 지경이면서도 칼은 너스레를 떨었다.

"저 땅 신령과 결혼할 거예요?"

글룰은 피곤한 시선으로 칼을 힐끗 쳐다봤다.

"물론이지, 내 약혼녀인데."

"에이, 나라면…… 아주 진지하게 도망칠 계획을 세워보겠어요."

글룰은 어깨를 으쓱했다.

"내가 그녀를 사랑한 건 소년과 소녀의 차이가 두드러지기 시작했던 사춘기 때부터라네. 그리고 그녀의 말이 옳아. 난 다른 방법을 찾았어야 했어. 내가 한 짓은 아주 비열했어. 우리를 곤경에 빠트린 악당과 하나도 다를 게 없는 짓을 저질렀으니. 난 목적을 위해 수단을 가리지 않았던 거야. 정말 미안하네."

"알았소, 그건 점수에 넣어주겠소."

마니투가 심술궂게 비아냥거렸다.

"거기 어전에서도 미안하다는 말을 수천 번은 했다는 거 알고 있으니까. 자, 자, 그럼 이제 조금만 더 박차를 가합시다. 당신에게는 다시 만나야 할 약혼녀가 있고, 칼에게는 우리가 정말로 제거시켜주고 싶은 그 달갑지 않은 기생충들이 있으니까."

그렇게 걸어가는 동안 타라는 곰곰이 생각했다. 타라는 또다시 뭔가를 놓친 것 같은 느낌 때문에 찜찜했다. 칼이 말해 줬던 것, 뭔가 중요한 것이 있는 것 같은데…… 아무것도 떠오르는 것이 없으니 별수 없지 뭐. 타라는 역부족이라는 걸 느꼈다. 파프니르와 칼에게 일어난 사건들, 나를 제거하려고 애쓰는 미스터리한 인물, 마지스터, 사냥꾼, 실타래처럼 얽히고 얽힌 그 모든 일, 타라는 가슴이 답답했다. 농락 당하고 있는 것 같은 불쾌한 느낌, 이건 분명히 내가 생각을 하지 못하게 누군가가 마구 밀어붙이기 때문이야. 머리가 끝까지 이 모양으로 안 돌아가면 수수께끼를 풀어도 너무 늦는데……. 타라는 심한 편두통이 이는 걸 느끼면서 한숨을 푹 내쉬었다. 살테렌스에 도착할 때까지도 그 지독한 편두통은 가라앉지 않았다.

파란 땅 신령들의 대사관은 냉각 주문 덕분에 냉방장치가 잘 되어 있지만, 바깥은 최고기온의 화덕처럼 뜨거웠다. 태양은 마치 망치로 모루를 내려치듯 대지를 강타하고 있었다. 게다가 온통 하얀 건물들이라서 그 반사되는 빛에 어찌나 눈이 부신지 타라 일행과 패밀리어들은 부랴부랴 대사관의 땅 신령들이 알려준 눈 보호 주문을 걸었다.

그러자 눈이 까맣게 변하면서 햇살을 걸러주었다. 덕분에 그들은 눈 뜬장님이 되지 않고 상인을 찾아 나설 수 있었다.

살테렌스 종족은 금빛 갈기가 북슬북슬한 두 발 달린 고양이과 동물이었다. 두건 밑의 황갈색 눈빛이 이글거리는 것이 행인이 지나갈 때마다 무슨 먹이쯤으로 여기는 것 같았다. 살테렌스들은 헐렁한 흰색 카멜린 옷으로 몸을 둘둘 싸 햇빛을 차단했다. 마법사들의 머리 위로는 원반들이 둥둥 떠다녔고, 비마들은 양산을 쓰는 것으로 햇빛을 가렸다.

얼마 전에 타라를 공격했던 민달팽이 쌍둥이자매들이 그들의 이동수단이었다. 민달팽이의 두꺼운 가죽이 거리의 돌에 쌓인 모래에 쓸릴 때마다 귀에 거슬리는 마찰음이 울렸다.

툴 툴툴은 살테렌스 장사꾼의 가게가 있는 위치를 타라 일행에게 알려주었다. 가는 도중에 그들은 행여나 하는 마음에 몇몇 상점에 들어가 봤다. 그들이 트실 감염에 대한 해독제를 찾는다고 설명하자 고양이과 동물 장사꾼들은 수상쩍은 눈으로 쳐다봤다. 그곳에서는 소금광산에서 탈출한 노예들만 그 벌레들을 없애려 하기 때문이었다.

그러자 글룰 부글룰은 장사꾼들의 입을 열게 하기 위해서 왕관을 보여주었고, 장사꾼들은 협조적으로 돌변했다. 하지만 아쉽게도 그들에게는 해독제가 없다는 게 문제였다. 단 한 방울도.

그렇게 2시간 넘게 이 집 저 집 찾아다니며 헛걸음을 한 뒤에 타라 일행은 마침내 땅 신령 대사가 말해 주었던 장사꾼의 가게에 이르렀지만 그들의 입에서는 한숨이 새나왔다.

가게가 닫혀 있었던 것이다.

샬테렌스 언어를 아는 마니투가 게시판을 읽었다. '깊은 사막을 여행 중입니다. 사흘 후에 돌아올 것이니 주문이나 그 밖의 요구사항이 있는 분은 중앙행정부에 문의하시기 바랍니다.'

점점 더 불안해진 마니투는 고개를 절레절레 흔들었다. 그들은 몇 분 전에 지나쳤던 거대한 흰색 건물인 중앙행정부를 향해 걸음을 돌렸다.

관공서들이 다 그렇듯이 그 건물은 살라의 궁전보다 세 배는 더 컸다. 셸테렌스에는 왕이 없고, '위대한 카샤'라고 불리는 족장이 있었다. 일파봉이라는 이름의 살테렌스가 경계하는 얼굴로 그들을 맞이했는데 위대한 카샤 밑의 재상이었다.

사자와 순종 표범의 잡종을 연상시키는 다른 살테렌스들과는 달리, 일파봉은 헝클어진 갈기와 괴상한 옷차림으로 단정함을 싫어한다는 걸 표시하는 땅딸보였다. 일파봉은 사티르라는 비서를 데리고 다녔는데 칼날처럼 날카로워서 면도칼이라는 별명을 붙이면 딱 어울릴 것 같았다.

야심이 번뜩이는 황갈색 눈빛으로 일파봉의 일거일동을 주시하는 사티르는 어두컴컴한 복도나 층계를 피하려 하는 것이 역력했다.

"어서 오십시오, 부글룰 왕. 영광스럽게도 친히 우리 수도를 찾아주시다니 무슨 일입니까?"

일파봉이 자신의 안락의자에 털썩 앉으면서 물었다.

사티르는 일파봉 뒤에 서서 그 매서운 눈으로 그들을 살폈다.

"트실 해독제를 사고 싶어서 이렇게 왔소이다."

땅 신령 왕이 대답했다.

"이 어린 마법사가 감염되었는데 4시간 후에는 트실들이 활동을 시작할 것이오. 이 소년이 스몰컨트리에 돈으로 환산할 수 없는 도움을 주었기 때문에 나는 소년의 목숨을 꼭 구해 줘야만 하오."

땅딸보 살테렌스는 갈퀴발톱으로 머리를 벅벅 긁다가 하품을 하면서 날카로운 송곳니들을 드러냈다.

"해독제를 구입하러 오셨다니 기쁩니다만 구할 데가 있을지 난감합니다. 노예들을 트실로 감염시키는 건 이제 유행이 지나서 말입니다. 비용이 너무 많이 드는 데다 또 해독제를 써도 트실의 성장 속도가 워낙 빠르다보니 두 번에 한 번 꼴은 쓸만한 일꾼을 잃고 공연히 돈만 날리게 돼서요."

칼은 눈을 흘겨서 땅 신령을 찔끔하게 만들었다. 난처해서 죽을 지경인지 글룰 부글룰이 몸을 비비틀었다.

"그래서 고심 끝에 우리는 보다 효력 있는 탈출방지 주문을 사기에 이르렀고, 해독제를 비축해둘 필요가 없게 되었지요."

일파봉이 말을 이었다.

"시내로 가서 재고를 가지고 있는 장사꾼을 한번 찾아보시지요. 다 뒤져도 없으면 깊은 사막으로 가는 수밖에 없습니다. 그런데 우리의 사막용 민달팽이를 타고 간다고 해도 하루하고 반나절이 걸리니…… 쯧쯧, 안됐군요. 소년은 죽음을 면치 못할 겁니다."

타라는 살테렌스 종족이 정말 마음에 안 들었다. 그렇지 않아도 아더월드의 사람들이 극악무도한 관습에서 비롯된 노예제도를 눈감아주고 있는 것 같아서 타라는 속이 부글부글 끓던 참이었다. 그런데 거침없이 칼의 죽음을 선고하다니, 타라는 고양이 같은 뚱보의 건방진 태도를 도저히 참을 수 없어서 대들 듯이 내뱉었다.

"사람들을 노예로 만드는 것만으로도 이미 잔악한 짓입니다. 그런데 도망치지 못하게 한답시고 벌레로 감염시키다니 그건 더더욱 극악무도한 짓입니다. 당신들은 대체 어떤 종족이기에 그런 짓을 서슴없이 저지르는 겁니까?"

사티르가 황갈색 눈을 가늘게 떴다. 저게 꼴에 쩨려보는 거겠지?

"재상을 모욕하면 비싼 대가를 치를 수 있으니 입 조심하는 게 좋을 것이다. 꼬마 아가씨."

재상의 비서가 성난 고양이처럼 으르렁거렸다.

"우리는 우리가 할 수 있는 것과 없는 것에 대해 인간 종족과 논의하는 습관이 없다. 한 번만 더 혀를 함부로 놀리면 너희 일행에게 욕설의 참맛을 맛보게 해줄 광산에 처 넣어줄 테다!"

타라가 반격하려는 순간, 마니투가 엄숙한 어조로 선수를 쳤다.

"난 최고 마구스 마니투 덩컨이오. 따라서 랑코비트의 이름으로 최고 마구스들에게 무조건 협력해줄 것을 공식적으로 요청하는 바이오. 아더월드의 서로 다른 나라들 간에 체결한 협약 5042조에 의하면 귀국은 의무적으로 우리의 요청에 협조해야 합니다."

고양이과 동물, 살테렌스들은 전혀 예기치 못한 상황에 화들짝 놀랐다.

"쯧, 쯧, 쯧!"

말문이 막힌 사티르는 혀를 찼다.

"개가 말을 하다니 진짜 놀랄 일이군! 게다가 자칭 최고 마구스라니! 도저히 믿어지지가 않는군."

한편 칼을 유심히 살피고 있던 일파봉이 갑자기 추적 비전 주문을 걸었다. 다른 건 전부 흐릿한데 칼의 목만 또렷이 드러나자 그는 소스라치게 놀랐다. 자기가 우려하고 있던 그대로인 모양이었다.

일파봉은 사티르의 말을 가로막으면서 칼에게 말했다.

"이리 와 봐."

칼은 가까이 다가가면서도 제법 위엄 있는 일파봉의 무시무시한 송곳니 앞으로 가는 것이 불안한 얼굴이었다.

일파봉은 그 굵직한 발로 칼을 잡아끌더니 더부룩한 검은 머리털을 들추고 목이 드러나게 했다.

"좋은 소식과 나쁜 소식이 있는데 어느 것부터 들을 텐가?"

"에이, 그런 건 딱 질색인데."

마니투가 한숨을 내쉬었다.

"그럼 좋은 소식부터 먼저 말하시오."

일파봉은 좀 누렇기는 해도 반짝거리는 이빨을 드러냈다.

"금빛 트실에게 쏘였군요. 벌레가 소년을 마비시켰을 때 침으로 금빛 자국을 남겨놓은 걸 보니."

일파봉은 갈퀴발톱으로 칼의 목에 난 금빛 자국을 가리켰다.

"따라서 좋은 소식은 앞으로 다른 트실은 이 소년을 쏘지 않으리라는 겁니다. 이 자국이 보호해 주니까. 나쁜 소식은 금빛 트실은 가장 독성이 강한 놈이며, 해독제는 존재하지 않는다는 것이오!"

"하, 하지만…… 그 장사꾼의 말로는……."

파란 땅 신령이 토할 것 같은 얼굴로 어물어물 말했다.

"장사꾼인데 무슨 말인들 못하겠소. 모르고 한 말이거나 무시해 버린 걸 수도 있습니다. 우리는 노예들에게 절대 금빛 트실을 쓰지 않아요. 반드시 복수를 해야 할 경우나 없애버리고 싶은 사람을 확실하게 처치해야 하는 경우에만 사용한단 말입니다. 미안하지만 부굴 왕을 위해 해줄 것이 아무것도 없습니다. 아, 한 가지 더, 금빛 트실은 다른 벌레보다 번식 속도가 훨씬 빠르기 때문에 소년이 살 수 있는 시간이 몇 분밖에 남지 않았을 수도 있습니다. 다른 데로 가서 죽고 싶다면 그건 준비해 드리지요. 여기서 그렇게 되면 일대 혼란이 일어나니까."

그들이 항의하기 전에 일파봉은 경호원들에게 그들을 내보내라는 손짓을 했다.

타라는 어찌나 화가 나는지 궁전을 날려버리고 싶었다. 살아 있는 돌은 그 계획에 찬성했다.

타라는 잠시 이모저모로 머리를 굴리다가 마력이 모여들었다는 표시로 양손이 번쩍이는 걸 보면서 능력에 대한 조절력을 잃지 않기 위해 침착하기로 마음먹었다.

궁전에 이어서 도시, 더 나아가서는 대륙의 한쪽 끝을 파괴하는 일이 아닌가.

무아노는 눈물을 글썽거렸는데 혼자만 그런 게 아니었다.

"오, 칼, 이제 어떡하면 좋지?"

칼은 아무런 반응이 없었다. 파랗게 질린 그의 눈빛은 멍했다.

"뭘 어떻게 해? 이 도시를 샅샅이 뒤져서라도 해독제를 찾아봐야지."

용케도 침묵을 지키던 파프니르가 나섰다. 거만한 살테렌스의 머리통을 도끼로 박살내고 싶은 마음을 꾹꾹 누르고 있다가 폭발한 것이다.

"파프니르의 말이 맞아!"

사고가 난 뒤로 바룬과 함께 죄책감에 시달리는 파브리스도 맞장구쳤다.

"여러 패로 나뉘어 도시를 샅샅이 뒤지면서 서로 크리스털 볼로 연락하자. 그러면 더 많은 가게를 가볼 수 있어."

타라는 눈물을 흘리면서도 또다시 뭔가를 간과하고 있는 것 같은 느낌 때문에 답답했다.

칼이 결론을 내렸다.

"아니, 난 랑코비트로 돌아가겠어. 어머니와 아버지가 있는 곳에서 죽고 싶어."

마지막 말을 하면서 울먹이는 칼을 보면서 타라는 심장이 터질 것만 같았다. 로빈은 한 팔로 칼을 다정하게 감싸 안았다.

"하지만 너는……."

파브리스의 말꼬리가 흐려졌다.

"난 이제 살 시간이 몇 분밖에 남지 않았어, 파브리스."

칼은 의젓하게 말했다.

"그렇게 괴로워하지 마. 네 잘못도, 바룬의 잘못도 아냐. 이건 내 운명일 뿐이야. 이제 가자. 나한테는 이제 시간이 별로 없어."

그들은 비통한 심정으로 칼을 따라나섰다. 그들은 시간을 아끼기 위해서 땅 신령들의 대사관까지 나는 듯이 달려갔고, 곧장 랑코비트의 궁전으로 향했다.

칼은 변장할 필요가 없다고 판단했기 때문에 자신의 정체를 드러냈다. 외눈 거인 감독관 '맑은시냇가수줍은꽃'은 뭔가 끔찍한 일이 일어났음을 직감한 것 같았다. 감독관은 그들에게 공간이동의 문 원 밖으로 나가라는 손짓을 했고, 경비병들은 창을 내렸다. 타라 일행의 절망적인 분위기 때문인지 그들은 감히 아무것도 묻지 못했다. 게다가 의젓함을 넘어서는 엄숙함이 풍겨서일까, 경비병들은 본능적으로 칼에게 꾸벅 고개까지 숙였다.

"셈 선생을 만나야 하는데 궁전에 계신가?"

마니투가 재빨리 말했다.

"네, 덩컨 선생님."

감독관이 대답했다.

"뇌진탕을 일으켰다가 회복하는 중입니다. 샤먼이 당분간 바깥출입을 못하게 했기 때문에 지금 사무실에 계시지요."

"이런, 이런."

마니투가 중얼거렸다.

"타라가 때려눕혔었다는 걸 깜빡 잊었네. 얘들아, 어서 가자, 지체할 시간이 없어."

"제 부모님에게 연락해 주시겠어요?"

칼이 부탁했다.

"제가 치명상을 입었는데 살 시간이 얼마 남지 않았으니 마지막 작별 인사를 하게 이곳으로 와달라고 전해 주세요."

어디를 보나 멀쩡해 보이는 칼의 모습에 외눈 거인은 깜짝 놀라는 얼굴을 했지만 군소리 없이 수락했다.

셈 선생님의 동굴 사무실 입구에 이른 그들은 잠시 머뭇거렸다. 그러나 벽을 지키는 작은 용 조각상이 어느새 알아차리고 소리쳤다.

"정지! 이름을 말하던가 아니면 썩 물러가라!"

"어휴, 기분이 아주 나쁜가 봐!"

파브리스가 소곤거렸다.

"거 참! 손님 한번 요란하게 맞아들이네!"

셈 선생님의 사무실을 지키는 두 번째 문지기 유니콘 조각상이 점잖게 끼어들었다.

"도둑이 침입할까 봐 지키는 건데 아무한테나 성질을 부리면 안 되지."

작은 용은 대꾸 없이 경멸하듯 쿵쿵거렸다. 그들이 신원을 밝히자 용은 주인에게 알리기 위해 벽 속으로 사라졌다.

갑자기 벽 너머에서 들리는 고함소리에 그들은 까무러칠 뻔했다.

"그 애물단지들을 당장 들여보내라!"

용 조각상이 아주 흡족한 표정으로 돌아왔다.

"어서 들어가 봐. 주인님이 몹시 만나고 싶어한다!"

죽음이 임박한 칼은 그들 중에서 유일하게 그 만남을 두려워하지 않는 눈치였다. 친구들은 모두 다리가 후들거리고 심장이 쿵쾅쿵쾅 뛰었다.

돌벽이 사라졌을 때, 그들은 금과 보석 더미 위에 누워 있는 용을 보았다. 용이 불을 훅훅 뿜어내는 걸 보면 이만저만 화가 나 있는 게 아니었다.

용 마법사가 고함을 지르려고 입을 벌렸지만, 칼이 간발의 차로 빨랐다.

"제가 금빛 트실에게 감염됐어요. 선생님께 해독제나 해결책이 없으면 몇 분 후에 저는…… 저는…… 죽어요……."

칼은 말꼬리를 흐리면서 비틀거렸다.

아연실색한 용은 요란한 소리를 내며 입을 도로 다물었다. 그러고는 벌떡 일어나더니 주문을 외치면서 셈 선생님의 모습으로 돌아왔다.

"어디 보자." 하고 말하는 선생님은 복수고 뭐고 싹 잊은 얼굴이었다.

칼은 트실에게 쏘인 자국을 보여주기 위해 덥수룩한 머리털을 들추었다. 자국을 살피던 셈 선생님은 그 벌레에게 쏘일 때의 상황과 시간이 얼마나 경과했는지 물었다. 늙은 마법사의 얼굴이 파랗게 질렸다. 칼이 이미 며칠 전부터 트실의 알을 품고 있음을 알아차렸던 것이다.

"너를 격리시켜야겠다. 그 벌레들은 네 몸을 나오는 즉시 움직이는 생명체에는 모조리 달려들 것이야. 미안하지만 선택의 여지가 없구나."

그렇게 말하고 나서 셈 선생님은 갑자기 주문을 외웠다. 그러자 공기와 빛, 소리는 통과하지만 물질은 통과하지 않는 투명막이 칼을 에워쌌다.

"셈! 뭔가 해보지도 않고 어떻게 이럴 수가 있소?"

마니투가 항의했다.

성난 셈 선생님이 홱 돌아서는 바람에 마니투는 흠칫 뒷걸음질쳤다.

"정말 잘나신 당신과 이 아이들이 단독으로 세상을 구할 생각을 하지 않았다면 난 칼을 구할 수 있었을 게요. 하지만 이젠 금서를 도둑맞았으니 칼을 죽이지 않고는 트실을 박멸하는 주문을 알 수가 없단 말이오! 알겠소?"

"금서요?"

타라가 외쳤다.

"금서는 우리가 갖고 있어요! 지금 스몰컨트리에 있어요!"

셈 선생님은 다짜고짜로 명했다.

"그럼 뭘 꾸물거리고 있는 거야? 당장 가서 가져와!"

그 말이 떨어지기 무섭게 타라는 땅 신령들의 왕 글룰 부글룰의 멱살을 움켜잡은 채 부리나케 사무실을 뛰쳐나가다가 하마터면 벽에 심하게 부딪힐 뻔했다. 간지럼 때문에 누구든 뛰어다니는 걸 좋아하지 않는 궁전은 부르르 떨었다. 하지만 타라는 땅 신령이 멱살을 놓으라고 악을 쓰거나 말거나 무시하면서 계속 뛰었다. 갈랑도 전속력으로 뒤따랐다. 타라는 헐떡거리면서 공간이동의 문 대합실에 이르렀다. 덩치가 아주 큰 중년부인이 악을 쓰면서 투정부리는 아기 둘을 데리고 차례를 기다리고 있었다. 타라는 새치기를 하면서도 양해조차 구하지 않았다. 아니, 양해를 구할 겨를이 없었다. 타라는 중년부인과 외눈 거인의 비난에 아랑곳없이 그들을 밀쳐내고 "스몰컨트리!" 하고 외쳤다.

타라는 땅 신령들의 나라에 이르자마자 갈랑을 원래의 크기로 만들고 등에 올라탔다. 잠시 후, 그들은 어전에 도착했다. 타라가 완전히 착지하기도 전에 땅 신령은 페가수스에서 가볍게 뛰어내려서 거미들에게 책을 달라고 명했다. 그러고는 갈랑의 등위로 훌쩍 올라탔고, 멋진 페가수스는 또다시 자신의 최고기록을 깨트리면서 문으로 돌아갔다. 궁전으로 돌아온 타라와 땅 신령은 대합실에서 곧장 셈 선생님의 사무실로 날아갔다.

사무실에 들어섰을 때, 그들을 기다리고 있는 광경은 끔찍했다.

급히 달려온 칼의 아버지와 어머니, 용 마법사, 친구들이 공포에 질린 눈으로 칼을 지켜보고 있었다. 뱃속이 스멀거리는 벌레들에게 뜯어 먹히고 있는지, 칼은 다 죽어 가는 얼굴로 바닥에서 데굴데굴 구르고 있었다.

하권에서 계속…

아더월드의 용어 해설

아더월드 아더월드는 지구 표면적의 1.5배에 이르는 마법 행성으로 태양 주위를 자전하며, 하루 26시간, 1년 454일, 14개월로 이루어졌다. 위성으로는 두 개의 달 마딕스와 타딕스가 아더월드의 주위를 돌고 있으며, 춘·추분에 조수간만의 차가 몹시 크다.

아더월드의 산들은 지구의 산보다 훨씬 더 높으며, 채굴되는 광물은 대체로 마법의 폭발성이 있어서 추출하는 것이 상당히 위험하다. 지구(육지 29%, 바다 71%)보다 바다가 차지하는 비율은 적으며(아더월드:육지 45%, 바다 55%의 비율), 그 중 두 개의 바다는 민물이다.

아더월드를 지배하는 마법은 동물상과 식물상과 마찬가지로 기후에도 영향을 미친다. 그로 인해 계절은 예측하기가 아주 힘들다(아더월드에서는 한여름에도 폭설이 내려 1미터나 되는 눈에 덮일 수도 있다!). 정상적인 경우에 1년은 7계절이 될 수 있다.

아더월드에는 인간, 난쟁이, 거인, 트롤, 뱀파이어, 땅 신령, 꼬마도깨비, 엘프, 유니콘, 키마이라, 타트리스, 용 등 수많은 종족들이 살고 있다.

🌞 아더월드의 나라들과 종족

🦄 **랑코비트_** 인간이 지배하는 가장 큰 왕국으로 수도는 트라비아. 왕 베어와 왕비 티타니아가 통치하고 있다. 왕국의 문장은 은빛 초승달에 올라탄 금빛 뿔의 하얀 유니콘.

🦄 **오무아_** 인간이 지배하는 가장 큰 제국으로 수도는 팅가푸르. 여제 리스베스틸랑넴 탈 바르미 압 산타 압 마루와 여제의 이복동생인 황제 산도로 탈 바르미 압 마르치 압 브레비스가 통치하고 있다. 제국의 문장은 100개의 금빛 눈을 가진 주홍빛 공작.

🦄 **히믈리아_** 난쟁이들의 나라로 수도는 미나트. 대장장이 씨족이 통치하고 있다. 나라의 문장은 광산 지하의 전쟁용 모루와 쇠망치. 키와 몸통 폭의 길이가 똑같은 단단한 체구가 난쟁이들의 신체적 특징이다. 아더월드의 광부, 대장장이로 활동하고 있으며, 뛰어난 금속 가공업자, 보석 세공인도 거의 난쟁이들이다. 또한 성격이 몹시 까다로운 것으로 알려져 있으며, 마법을 싫어하며 아주 길고 복잡한 노래를 즐겨 부른다.

🦄 **간디스_** 거인들의 나라로 수도는 제오폴. 세력 있는 그로아르 가문이 통치하며 흑장미 섬과 황무지 늪이 있다. 나라의 문장은 '주문방지' 돌로 쌓은 벽에 아더월드의 태양이 올라앉은 형상이다.

🐾 **크랑카르_** 트롤들의 나라로 수도는 크리아. 나라의 문장은 나무 꼭대기에 몽둥이가 걸려 있는 형상이다. 트롤은 거대한 몸집에 납작한 이빨이 있는 초록빛 털북숭이로 채식주의자. 먹고살기 위해 나무를 마구 죽이며(이것이 엘프들의 울화를 치밀게 한다), 쉽게 자제력을 잃어 버리는 성향이 있어서 한 번 성질이 나면 닥치는 대로 짓뭉개버리기 때문에 평판이 나쁘다.

🐾 **크라살비_** 뱀파이어들의 나라로 수도는 우를라. 나라의 문장은 천문관측의 위에 무한을 상징하는 누운 8자와 별이 올라앉은 형상이다.
뱀파이어는 총명하고, 인내심이 많으며 학식이 깊다. 수명이 아주 길고, 수학과 천문학에 몰두하며, 대부분의 시간을 명상하는 데 보내면서 삶의 의미를 추구한다. 그리고 오로지 피만 먹고살기 때문에 브르르르 아아아, 모오오오우우우, 지구에서 수입한 말, 염소, 양 등의 가축을 키운다. 하지만 몇몇 피는 금지되어 있다. 유니콘이나 인간의 피를 먹으면 미치게 되며, 수명이 절반으로 줄기 때문이다. 반면에 뱀파이어에게 물리면 독이 퍼지게 되며, 뱀파이어에게 물린 인간은 그들의 노예가 된다. 게다가 독성 피가 전이되면 뱀파이어가 되는데 이 경우의 뱀파이어는 파괴적이고 악독하기 때문에, 저주에 희생된 뱀파이어는 동족은 물론 아더월드의 모든 종족으로부터 쫓겨다닌다.

🐾 **스몰컨트리_** 땅 신령, 꼬마도깨비, 요정, 고블린들의 나라. 땅 신령들은 작달막하고 단단한 체구며 털가죽은 오렌지색이다. 돌을 먹고

살며, 난쟁이들과 마찬가지로 광부들이다. 그들의 털가죽은 고성능 가스 탐지기이다. 털이 곤두서면 별 탈이 없지만, 털이 내려앉는 순간부터 땅 신령은 광산에 가스가 있다는 걸 알아채고 도망치기 때문이다. 또한 알 수 없는 이유로 인해 땅 신령들만 '진실의 입'들과 교감할 수 있다.

　스몰컨트리의 익살꾼들인 꼬마도깨비 파보들은 키디코이라는 막대사탕을 만들어내며, 착시 현상을 일으키거나 일시적으로 보이지 않게 할 수도 있으며 금을 좋아해 비밀주머니에 숨겨둔다. 그 주머니를 찾아낸 자는 두 가지 소원을 빌 수 있고, 귀한 금을 회수하려면 반드시 그 소원을 들어줘야 한다. 하지만 꼬마도깨비들은 반대로 해석하는 데 선수여서 예측불허의 결과가 일어날 수 있으므로 소원을 비는 것에는 항상 위험이 따른다.

셀렌다_엘프들의 나라로 수도는 세보른. 엘프들은 마법사들과 마찬가지로 마법에 재능이 있다. 겉모습은 인간이지만 뾰족한 귀와 고양이의 눈처럼 동공이 수직으로 움직이는 맑은 눈을 가졌다. 아더월드의 숲과 평원에서 살며 가공할 만한 사냥꾼인 엘프들은 전투와 싸움, 상대를 유인하는 온갖 종류의 게임을 좋아하기 때문에 그들의 에너지를 적절히 이용하기 위해 경찰국이나 보안국에 고용된다. 하지만 엘프들이 옥수수나 마법의 귀리를 경작하기 시작하면 아더월드의 종족들은 불안해한다. 그건 엘프들이 전쟁을 시작할 거란 뜻이기 때문이다. 실제로 전시에는 사냥할 겨를이 없기 때문에 엘프들은 곡식을 재배하고 가축을 기르며, 전쟁이 끝나면 예전의 생활로 돌아간다.

　또 다른 특성으로 아이들이 걸어다닐 수 있을 때까지 남자 엘프들은 배에 달린 육아낭 같은 작은 주머니에 아기를 넣고 다닌다. 여자 엘프는 남편을 다섯 명 이상 가질 수 없다.

멘탈리르_ 동쪽의 광활한 평원이며 유니콘들과 켄타우로스들의 나라. 유니콘은 생김새와 크기가 말과 같고, 이마에 나선형 뿔이 하나 있으며 발굽은 갈라져 있고 털은 흰빛이다. 지능이 떨어지는 유니콘도 간혹 있지만, 대부분은 영리하며 그 지능은 용들의 지능에 견줄 수 있다. 유니콘의 이 특성을 어떤 종족의 지능이나 동물의 지능으로 분류하기는 힘들다.

켄타우로스는 반은 남자나 여자의 형상, 반은 말의 형상을 하고 있는데 두 종류가 있다. 상반신은 인간, 하반신은 말의 형상을 한 켄타우로스와 상반신은 말, 하반신은 인간의 형상을 켄타우로스. 켄타우로스가 어떤 마법에 걸려 있는 것인지는 알 수 없으나 소금이나 향유 같은 생필품을 얻기 위해서가 아니면 다른 종족들과 섞이기를 싫어하는 까다로운 종족이다.

사납고 거칠어서 영역을 침범하는 이방인들을 발견하면 가차없이 화살을 쏘아댄다. 켄타우로스의 샤먼 부족은 평원에서 하얗고 파란 맹독성 개구리 플로프들을 잡아 그 등을 핥는 것으로 미래를 점친다고 전해진다. 하지만 '찌르레기 대전'이 벌어지는 동안 켄타우로스들이 엘프들에게 몰살되었다는 걸 감안하면 이 방법이 100퍼센트 믿을 만한 것은 아닌 듯하다.

림보_ 악마의 세계로 악마들의 영역. 림보는 동심원이라고 불리는 여러 세계로 나뉘어져 있으며, 동심원에 따라 악마들의 능력과 학식이 차이 난다. 제1, 2, 3 동심원의 악마들은 거칠고 아주 위험하다. 제4, 5, 6 동심원의 악마들은 마법사들이 도움을 교환하는 범위 내에서 자주 구원을 빌고 있다(마법사들은 필요한 것을 악마에게서 얻을 수 있으며 악마들의 경우도 마찬가지다). 제7 동심원은 마왕이 군림하는 동심원이다. 림보에 사는 악마들은 저주받은 태양이 제공하는 악마의 에너지를 먹고 산다. 다른 세계로 가기 위해 림보를 나갈 경우엔 생명력이 강한 존재의 살과 정신을 먹어야 한다.

전세계를 침략하던 중 갑자기 나타난 용들과의 전쟁에서 패배한 뒤로 악마들은 림보에 갇히게 되었고, 마법사나 마법 능력이 있는 존재의 긴급 요청이 있어야만 다른 행성으로 갈 수 있게 됐다. 악마들은 이런 활동범위 제한을 견디기 힘들어서 끊임없이 해방될 방법을 모색한다.

타트란_ 타트리스들의 나라로 수도는 시티빌. 타트리스는 머리가 둘인 특성을 가지고 있다. 관리 능력이 뛰어난 데다 신체적 특성 덕분에 행정관이나 정부 상층부에서 일하고 있다. 타트리스들은 오로지 일을 중요하게 여기면서 헛된 꿈을 꾸지 않는 현실주의자들이다. 타트리스들은 꼬마도깨비 파보들이 즐겨 놀리는 대상 중 하나며, 이 장난꾸러기들은 유머가 결핍된 종족이라는 소리를 듣지 않기 위해 수세기 동안 끈질기게 타트리스 종족을 웃기려고 애쓰고 있다. 게다가 파보들은 웃기는 데 성공한 자들 중에서 1등에게는 상까지 수여하고 있다.

용_ 용들의 행성은 아더월드가 아니라 드란보우글리스펜쉬르다. 지능이 높은 거대한 파충류인 용은 마법 능력을 타고나서 어떤 형상으로든 변신할 수 있으며, 대체로 인간으로 변신해 있다. 세계의 영토를 점령하기 위해 악마들과 대립하면서 용들은 지구의 마법사들과 충돌하는 순간까지는 알려져 있는 모든 세계를 정복했었다. 끊임없이 악마들과 싸워야 하는 용들은 지구인 마법사들과 전쟁을 벌인 뒤에 지구인들과 동맹을 맺는 것이 유리하다는 결론을 내렸다. 지구를 지배하겠다는 계획은 포기했지만, 마법사들이 지구를 지배하는 것도 인정할 수 없는 용들은 지구의 마법사들에게 아더월드에서 더 많은 마법사들을 양성하고 훈련시키자고 제안했다. 수년 동안 용들을 경계하면서 고심한 끝에 지구의 마법사들은 결국 그 제안을 받아들이고 아더월드에 정착하였다.

🌞 아더월드의 동물상과 식물상

🐾 스파슌_ 금빛의 자이언트 칠면조인데 시종일관 울음소리를 내면서 거드럭거리고 다니는 통에 사냥하기가 아주 수월하다. 흔히 '스파슌처럼 어리석다' 또는 '스파슌처럼 거드름피운다' 고 표현한다.

🐾 크라크덴트_ 트롤의 나라 크랑카르 원산의 장밋빛 털북숭이 동물. 앞뒤가 분간되지 않지만, 세 배 크기로 늘어나는 입을 갖고 있어 무엇이든 거의 한입에 덥석 집어삼키므로 상당히 위험하다.

🐾 모오오오우우우_ 뿔은 없고 머리가 둘 달린 고라니. 머리 하나가 먹을 때 다른 하나는 약탈자들을 감시한다. 이동할 때는 게처럼 옆으로 걷는다.

🐾 브르르르아아아_ 어마어마하게 큰 소. 털은 숱이 아주 많아서 거인들이 그 털가죽으로 옷을 지어 입는다. 몹시 공격적이고 움직이는 것이 있으면 뭐든 덤벼든다. 제 그림자를 쫓다가 녹초가 된 브르르르아아아를 보게 되는 것은 그 때문이다. 흔히 고집불통인 사람을 '브르르르아아아 같다' 고 표현한다.

🐾 크라켄_ 시커먼 발들이 위협적인 자이언트 문어. 엄청난 크기 때

문에 대부분 아더월드의 바다에서 발견되지만, 민물에서도 살 수 있다. 크라켄은 뱃사람들에게는 위험한 존재로 널리 알려져 있다.

🐾 **플로프**_ 맹독성의 하얗고 파란 개구리로 멘탈리르의 평원에서 볼 수 있다.

🐾 **페가수스**_ 날개 돋친 말. 지능은 개의 지능에 가깝다. 발굽은 없지만 갈퀴발톱이 있어서 어디든 쉽게 올라앉을 수 있다. 키가 무려 200미터에 이르고 몸통의 원주가 50미터에 이르는 자이언트 강철나무 꼭대기에 둥지를 친다.

🐾 **브르리르**_ 흰빛과 금빛이 어우러진 고양이과 동물로 다리가 여섯 개. 특히 브르리르를 사랑하는 오무아 제국의 여제는 이 동물들이 궁전에 갇혀 있다는 생각을 하지 않도록 주문을 걸어놨다. 그래서 브르리르들에게는 가구와 침대의자가 나무와 편안한 바위로 보인다. 브르리르에게는 궁인들이 안 보이며, 궁인들이 쓰다듬어주면 바람에 털이 살랑살랑 흩날리는 것이라고 생각한다.

🐾 **스팔렌디탈**_ 일종의 전갈이며 스몰컨트리가 원산지다. 땅 신령들은 스팔렌디탈을 길들여서 말처럼 타고 다니며, 가죽이 아주 질기기 때문에 유용하게 사용한다. 새를 좋아하는(미각적인 의미에서) 땅 신령

들은 스몰컨트리의 서식동물을 전멸시킴으로써 곤충과 다른 동물에게 생태적 지위를 열어주었다. 천적들에게서 해방된 스팔렌디탈들은 위험 없이 자라면서 그 개체 수가 점점 더 늘어났다. 땅 신령들 때문에 스몰컨트리는 결과적으로 자이언트 전갈, 자이언트 거미, 자이언트 다족류에게 점령되었다.

자이언트 거미_ 스팔렌디탈과 마찬가지로 스몰컨트리가 원산지이다. 땅 신령들이 말처럼 타고 다니며, 그 거미줄은 아주 질긴 것으로 유명하다. 여덟 개의 발과 여덟 개의 눈, 전갈처럼 독침이 있는 꼬리가 달려 있는 것이 특징이다. 아주 영리하며, 잡아먹기 전에 먹이에게 수수께끼를 내는 것이 취미이다.

글루릅스_ 머리가 아주 갸름한 초록색과 갈색의 도마뱀으로 호수와 늪에서 서식한다. 식욕이 왕성하며, 물 속에서 숨을 쉬지 않고 몇 시간을 견딜 수 있어서 목을 축이러 오는 순진한 동물을 잡아먹는다. 물가의 은신처에 굴을 파 놓고 살며, 호수 바닥의 구멍 속에 먹이를 숨겨 놓는다.

흡혈파리_ 물리면 통증이 몹시 심하다.

트라둑_ 살코기와 털가죽을 얻기 위해 켄타우로스들이 키우는 동물. 악취를 풍기는 특성이 있어서 포식동물들로부터 자신을 보호한다. 그러나 트라둑의 냄새를 맡지 않기 위해 콧구멍을 막을 수 있는 늑대 크르르렉은 예외다. 아더월드에서 '병든 트라둑 같은 악취가 난다' 라는 표현은 모욕으로 받아들여진다.

사카트_ 맹독성의 공격적인 빨갛고 노란 곤충으로 아더월드에서 특히 좋아하는 꿀을 생산한다. 미식가들인 난쟁이들만 사카트의 애벌레를 먹을 수 있다. 다른 종족이 먹었을 경우에는 애벌레의 딱지가 인간이나 엘프의 소화액에 용해되지 않기 때문에 뱃속에서 벌떼를 분봉할 위험이 있다.

칼로르나_ 숲에 피는 매혹적인 꽃. 달콤한 장밋빛과 흰빛 꽃잎으로 아더월드의 초식동물과 모든 동물에게 특선요리를 만들어 준다. 멸종을 피하기 위해서 칼로르나는 세 개의 꽃잎을 포식동물의 접근을 감지할 수 있는 탐지기로 만들었다. 커다란 눈 모양의 이 꽃잎들 덕분에 칼로르나는 재빨리 모습을 감출 수 있다. 그런데 불행히도 호기심이 많은 칼로르나는 그 꽃잎들을 세우고 있다가 포식동물을 제때에 피하지 못하는 경우가 종종 있다. 호기심이 많은 사람을 보고 '칼로르나 같다'고 말하는 것은 바로 그 때문이다.